超脑

田炳信 著

当代中国出版社
Contemporary China Publishing House

图书在版编目(CIP)数据

遛脑（精）/田炳信著.—北京：当代中国出版社，2014.5

ISBN 978-7-5154-0457-8

Ⅰ.①遛… Ⅱ.①田… Ⅲ.①散文集—中国—当代 Ⅳ.①I267

中国版本图书馆 CIP 数据核字(2014)第 088376 号

出 版 人　周五一
策划编辑　黄　珊
责任编辑　黄　珊
责任校对　康　莹
装帧设计　王道坤　程天成　李群荣　谢元明
作者肖像　梁　昕
漫画配图　黎锛崇(虫子)
出版发行　当代中国出版社
地　　址　北京市地安门西大街旌勇里 8 号
网　　址　http://www.ddzg.net　邮箱:ddzgcbs@sina.com
邮政编码　100009
编 辑 部　(010)66572264　66572132　66572154　66572434
市 场 部　(010)66572281 或 66572155/56/57/58/59 转
印　　刷　北京盛源印刷有限公司
开　　本　880×1230 毫米　1/32
印　　张　11 印张　插图 124 幅　243 千字
版　　次　2014 年 5 月第 1 版
印　　次　2014 年 5 月第 1 次印刷
定　　价　100.00 元

序言一

遛脑

中华老子国学会会长　中国社科院哲学博士后　李安纲

田炳信先生《遛脑》一书获奖，一见“遛脑”二字，或惊或异。异者之见，脑非动物，岂可遛之！惊者之见，脑非有形，如何遛之？盖常人闻此，而溜入脑海者，无非遛狗、遛马，妙者遛猴、遛鸡，神者遛鸟、遛蛇，未闻遛脑、遛心者。能遛脑、遛心者，自非寻常之人也。

“遛”字从留从辵，“留”字金文作“”、“”，从卯从田，谓河水流到某地被灌溉在田中；“辶”即辵，甲骨文作“”，从行从止，表示在路上行走之义。合而言之，“遛”字则有慢走、留着走、走走停停之义，如河水一般，一路流淌一路灌溉，故亦写作“溜”，如蒸溜之水；或写作“蹓”，如蹓跶、蹓弯等。

“脑”字从月（肉）从巛从囟，大篆作“”，谓囟门中肉类有沟回状之物，即人脑，而“巛”像头发，亦可会意为头脑中思考而无法看见之思绪、思想、思路等。脑既有思路、思绪，自然可遛，而遛脑之活动，古已有之，即是“道”字。

金文之“道”字作“”，从行从夏，像一人在走，谓人所走者即道。后省去“止”而作“”，像一首（头）在走，谓头所走者即道。首者，脑也。头脑在走，即头脑在思索，我思故我在。使头脑思考、运转者，岂非遛脑乎！而遛脑者岂非“道”乎！

据传河出图而洛出书，伏羲悟道而一画开天，黄帝知道而成《内经》，颛顼专政天道而定历法。至夏禹始而有大夏之道（），不仅善于遛脑，更善于溜河、溜水，竟然溜出天下九州岛。商朝之伊尹谓：“与治同道，罔不兴；与乱同事，罔不亡。”（《尚书·太甲下》）周武王克商而作《洪范》谓：“无偏无陂，遵王之义；无有作好，遵王之道；无有作恶，尊王之路。无偏无党，王道荡荡；无党无偏，王道平平；无反无侧，王道正直。”均为帝王之遛脑高人。

至春秋末期，有高人号老子者出，最善遛脑，而修道德。其《道德经》者，当为中华遛脑之经典者也。其中有云：“道生一,一生二,二生三,三生万物”；“人法地，地法天，天法道，道法自然”。其遛脑之法，谓之“致虚极、守静笃”，“众人皆有余，而我独若遗。我愚人之心也哉！沌沌兮。俗人昭昭，我独昏昏；俗人察察，我独闷闷。众人皆有以，而我独顽且鄙。我独异于人，而贵食母”。于遛脑之际，竟然遛出道来：“道之为物，惟恍惟惚。惚兮恍兮，其中有象。恍兮惚兮，其中有物。窈兮冥兮，其中有精。其精甚真，其中有信。”恍惚惚恍，遛脑之状。有像有物，有精有信。把握真信，与道合同。

此“信”字甚妙，大篆写作“”，从人从言，谓之“人言为信”；又写作“”，像蛇类嘴里吐伸之信，指一定之规律。可知，有规律者，方可把握；有把柄者，始堪交往。诚信乃人类社会活动之把柄，有把柄可握者，人始敢与之交往。为求此把柄，人们不惜采取一切手段，针孔摄像，谍妓勾引，私家侦探，不一而足。与其被动遭人搜索把柄，不如主动与人把柄。被动授人以柄者，谓之证据；主动与人把柄者，谓之诚信。有此诚信，且会遛脑者，自然“不出户，知天下；不窥

牖，见天道。其出弥远，其知弥少。是以圣人不行而知，不见而明，不为而成”（《道德经》）。

后来，此老子或者彼老子之老子将汉字以及汉字所产生之觉悟思维西传天竺，便有佛教之觉悟与菩提。“佛”字大篆写作“”，从人从弗，弗是人者谓之佛。欲超越人类而进入佛域，自然需要修炼思维。梵文名作“Dhyana”，音译作“禅那”、“禅定”，音译作“静虑”、“止观”、“冥想”，即通过身体之清静，打开思路进行观想，即“思维修”、“修思维”，俗言“遛脑”。“禅”字大篆写作“”，从示指神灵，从单乃捕蝉之具。以“单”而捕捉“示”，即达摩祖师之“不立文字，教外别传。直指人心，见性成佛”。“冥”字甲骨文作“”，大篆作“”，像人开动脑筋思维冥想，正是“遛脑”之意。“想”字大篆作“”，从木从目从心，谓心中之目能见树木生长变化之形象；又谓之“Sam à dhi”，音译作“三摩地”、“三昧”，谓心一境性，觉悟真谛。能与自然天地融为一体，自可为天地代言，依陆游之言则为：“诗家三昧忽见前，屈贾在眼元历历。天机云锦用在我，翦裁妙处非刀尺。世间才杰固不乏，秋毫未合天地隔。”（《九月一日夜读诗稿有感走笔作歌》）

由遛脑之“道”，而静虑之“佛”，至顿悟之“禅”，“悟”字至关重要。“悟”字大篆作“”，从吾从心，悟者，觉也。心有觉悟，知我是谁，即善遛脑。今之善遛脑者，有田炳信氏。“田”字甲骨文作“”，像有规划经营之田地。田氏曾经营物质之房地产及精神之书报业，且足迹遍及海内外，大有“普天之下，莫非王土”之势。田者，为“遛脑”之“留”字下半，又为“思想”之“思”字之上半。合而论之，能使思想留下者，当为文字组成之章句，《遛脑》乃其精华。“炳”者，从火从丙，丙午之火为大火，谓其文章之彪炳。田氏将文章当房地产做，将房地产当文章做，无论在新华社，抑或在地产业；于《新快报》，或者《成报》，都有丰功伟绩，光彩夺目。田氏之欲彪炳者，盖一“信”字。辽阔草原，软红京华；羊城暗哨，明珠香港。彼人哼着信天游，打着信号弹；写着信史，编着信报，扛着信念，玩着信息，领着信士，奔向信仰。

予之识炳信氏也，盖缘于《西游记》一书。孙悟空者，人类心灵最完美之象征也，故《西游》一部，乃人类修心炼魔、觉悟成佛之心路历程也，属于“遛脑”之巨著矣。此绝非不通儒、道、佛之吴承恩所著，古来皆署全真巨子丘处机为作者。时炳信兄正主持《新快报》之《深谈》栏目，群贤毕集，声甚镗鎝。有中国社科院志存高远之同道沛老王志远兄绍介，予亦忝厕群贤而发声《西游记：是一部信息世界的圣经》，引起强烈共鸣。予甚爱其所采编之信史，故责编其四十余篇名曰《我说你听》而于中国社会出版社梓行。自此订交，每遇其北上，必至其寓居，行遛脑之实。常见各路高手，云集田宅，遛出诸多花样，妙不可言。田氏主持香港《成报》后，每有动作，颇获信誉。悯予之文章孤穷、惨淡经营，故聘为其出版社之副社长，予亦乐得与其共事，而多遛脑之机会者也。

予谓炳信兄之《遛脑》者，乃“信言”也。“信言”即是真谛，“谛”字大篆作“諦”，从言从帝。“帝”字既象花卉之蒂柄，又象帝王之权杖。谛乃具有根蒂之言，亦即上帝之言，自然是宇宙真谛。直指人心，不加雕饰。《老子》曰：“信言不美，美言不信。”读者自可通过具有根蒂和把柄之“信言”，得象忘言、得意忘象，一超直入，顿悟真相，而得大自在。其间妙处，自不待予之饶舌矣！

序言二

遛脑

原新华社副社长　高级记者　崔济哲

恭喜《遛脑》得奖。

作为评委之一，我力推《遛脑》。在颁奖大会上，是麦家为《遛脑》颁发的奖杯和奖状。走下颁奖台，麦家坐在我旁边，很有意思地对我说，炳信至少有两点可疑。我悄然低声，何以见得？麦家两眼很有神地关注着获奖人正在发表的获奖感言，却意味深长，似乎经过深思熟虑地说：之一，衣着相貌，举止做派，言谈话语，方言声调皆不像港客，亦非想象中的香港《成报》老总；之二，剑走偏锋，语不落俗，有风格。看麦家两眼有睿智之光，我怀疑，田炳信很可能会走进他的下一部小说，是什么样的人物我不好说，麦家小说中的人物谁能琢磨得清呢？炳信有了归处。

雨落半坡，剑走偏锋。有大路偏不走，攀岩登岭方感山后独有天地。遛狗、遛马、遛车、遛鸟、遛弯、遛腿、遛嗓，从来没听说脑有遛者，麦家言之有理。

善为诗者不说，善为易者不占，善为礼者不相，善为酒者不沽。莫等炳信谈思想，尤其在其把酒临风，对烛独坐，望天长歌，得意忘形，突发奇想之时。

我和炳信同入一门，是同届毕业生，一同走进新华社，所不同的是他入的是新华社内蒙古分社，我入的是新华社山西分社。新华社的入社培训教育我俩分在一组，可以说三同，同吃、同住、同学习。让我惊讶的是，那时我们刚到分社，东南西北还没分清楚，炳信言其已发了五篇通稿，我们小组无人信之，皆斥之，言之无实，实不堪言。没想到，炳信乃极其认真直至较真的内蒙古热血汉子，此言污其面如刀利其心，他竟然在周末休息时跑回分社，把已发出的五篇新华社通稿剪报拿回来，让众人皆看得目瞪口呆。炳信此人可交！那时候我们正年轻，血一涌上腔子，何论“刺刀见红”。

炳信冒一大通，京片子说的叫露一大脸儿是在培训学习即将结束时，新华社组织我们去参观毛主席纪念堂，瞻仰毛主席遗容。那是件极严肃、极庄重、极肃穆的政治课。由负责培训的老师带着，大家垂手俯首，鱼贯而入。一进入大厅，连刚才沉重的脚步都变得轻起来。谁都没想到，就在那鸦雀无声、连掉根针都能听见响声的时候，炳信不知是哪根神经突然亢奋起来，竟然敲着毛主席纪念堂放着水晶棺材大厅的大门，仿佛在问我，又仿佛在自言自语地说：这是什么木头做的呢？是不是金丝楠木的？周围的同学皆大吃一惊，什么时候了，还这么个色？还这么不讲政治？还这么捅娄子？还这么不着调？果然，一位一脸沉霜的干部十分严肃地走过来，两眼狠狠地瞪着他，以手示意严肃、安静。据说参观后，纪念堂的人对我们带队的领导提出了极严肃的批评，要不是看在新华社的面子上，可能要把此事通报。当时我们都着实吓了一跳。没想到田炳信却十分不以为然，他对我们说：人都走下神坛了，我看看神坛是什么成色的，踩着谁的大脚趾了？这就是田炳信。

言时光如白驹过隙，兔起鹘落，那须是回首望。蓦然回首，那人却在灯火阑珊处。老子言，鸡犬相闻，老死不相往来。老子其言，当有千层万层解义。数年后一寒冬，正值大风暴雪之夜，田炳信突然闯入，一身寒气，一身江湖，有些老版的《林海雪原》中杨子荣的味道。二话不说，拉着我就走，原来他已是内蒙古分社的办公室主任，为给分社改善生活，不知用了什么路子、什么招数，为分社搞回一卡车大米。

20 世纪 80 年代中期，山西太原供应依然十分紧缺，市民一个人一个月只供应三斤大米。田炳信让我找口袋跟他走，来到卡车前，他解开滚了一身土的羊皮大衣，抽出一把蒙古刀，在一麻包大米上狠狠地划了一刀，着着实实地让我漏了大半口袋。那时候大米金贵啊！那多半口袋光亮耀眼的大米我们都没舍得吃，一直给女儿开着大米小灶。说起来几十年过去了，但那时那景却丝毫未忘。看到他风餐露宿的艰辛，想起那时车匪路霸的嚣张，真不放心他。炳信龇着板牙对我笑，说恶鬼都怕咱，咱怕过谁？把挂在羊皮大衣内侧的蒙古刀露出来，得意地拍了拍说，为了分社的父老乡亲，咱敢一肋插刀！我当时就感慨万千,万千化为一句话，内蒙古分社的父老乡亲们有福气！

那时候，新华社各个分社的记者经常到总社来改写稿子，五湖四海聚在总社招待所的 6 号楼里好生了得。那时候业务空气浓厚，记者们相遇哪有一个说谁发财、谁升官、谁出国、谁买车买房的？都一个心眼地谈稿子，聊情况，碰思想，忙得白加黑。一旦交了差，兄弟们就喝大酒、侃大山，其实那也是一种交流，很多后来有些影响的稿件都是在这种侃山之中产生的火花。当时我们都说，记者无废话。那个时期，新华社有五大超九段侃手，田炳信荣膺其一。大家伙儿爱和炳信神聊，一是基于他熟悉基层生活，二是他思想活跃，绝不囿于框框。什么事情到他嘴里，总能说得活灵活现，毛须毕见。炳信侃起来神在离经叛道，思维、看法、见解，多带旁门左道，甚至邪门歪道，绝不按常理出牌，绝不按文件讲话。我们皆说，大海航行靠舵手，他头摇似鼓，偏说大海航行靠自己，由此侃开，一发又不可收拾。那时新华社大食堂每晚十一点有夜餐，我们大家看他侃得云山雾罩，草原大海，领袖百姓，男女两性的，小作休息状，齐声唤，马上去吃夜餐。谁知一看表，齐声骂他，原来已经到凌晨 2 时。这就是田炳信。

炳信文章写得不错。文如其人，写得也痛快敞亮，也热血男儿，也剖心利胆，也敢作敢当。有些内参写得也惊心动魄，也仗剑而起，也秉公为国，也扶弱济危。

谁也没想到，我在广东见他时，他竟然离开新华社做起房地产来。人各有志，炳信也是个认准一条路，九头牛也拉不回头的人。有意思的是，当他全程陪我时，他身后总有几位范儿缠着他要买楼盘，他佯作不见，仿佛专心致志地陪着我逛那个陌生的城市。我心中老大不乐意，套用他的粗口，牛逼不能牛到腚前头。他对我说，广东人都有钱光，眼睛只注重钱的反光。现在从我手中买一幢楼，不用多，敢切指滴血为证，十年后就是十幢楼。那血不是白滴的，没想到炳信经商亦能悟出商道。

再后来，几经曲折，几经风雨。他又转回到新闻圈里，最终到香港《成报》当老总。我得知之后，先是一顿即是一乐，我欣赏炳信的精神。

那天都半夜十二点多了，他从机场赶来，非要我出去聊聊，我都上床了，但你遇上炳信来，还说什么？新华社周围的大小饭店都打烊了，好不容易才找到一处挂着巫山烤鱼的小店，进去喝着烧酒，聊着天南海北，我感到炳信依然那样健谈神侃，依然那样眼光独到、睿智，依然那样敢说敢道，依然那样热血沸腾。

说起来，炳信也是要翻六张的人了，但人不老，思想更新，能写出遛脑来的人，会送给你一个新的世界。我写此序也是为了让你认识认识遛脑的人。

2013 年 11 月 1 日于北京逸然斋

目录

目 录

第一部分

一字一解

1 義，义。一繁一简。義：是由羊、禾苗、武器构成。一个小家、大家、国家都不能缺这三样。有了这三样就有大义、底气。这是一种解释。另一种解释是我的羊就是我的，自古以来就是天经地义的事。私有制最早的痕迹就在这个字里。义像个上刑场的囚犯，两把刀架在脖子上，说不说拉出去毙了。

2 義：上面是一只羊，下面是一个我字，在蛮荒时代，谁捕获的羊就归谁，是天经地义的。所谓社会就是社会，主义自己拿。

3 烟：夕阳西下，肥沃的原野上有星星点点的火星琐琐碎碎闪闪婆娑。天上是星光铺排，地下是篝火呼应。原始人穿梭其中，野狼绿眼迷离，仰天嚎叫。时而有飞蛾闪过，流萤划过。因火而生的气体为烟。在牧人和猎人的栖息地里飘出的烟是炊烟，在边关飘出的烟叫狼烟。估计狼烟是用野狼的粪便打造的。

4 疑：疑字是由四种兵器组成，一把匕首，一张弓箭，一根长矛，一条三节鞭。匕首和长矛是硬兵器，弓箭和三节鞭是软兵器。两软两硬同时出现在你面前，不知如何应对一瞬间的心态为疑。所谓用人不疑疑人不用。

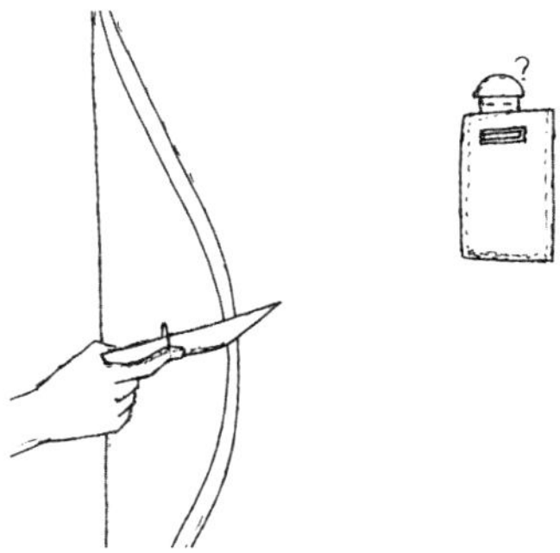

5 贱：贱字是由一个贝 + 一个戈 + 一个戈构成，换句话说财力加武力意味着贱。一个有道义的财主，一个有良心的资本家，一个有权杖的政治家，一个拥有百万大军的将军，他们乐意慈善，愿意为人民服务，梦想做全球的大慈善家，全球的超级警察，全球的印钞机，钱多了就要撒，武器多了就要打。

6 事：许多事好办也不好办，关键看你办不办；许多事难办也真难办，关键看你想办不想办；许多事能办也真能办，关键看你愿办不愿办；许多事是事也不是事，关键看你当不当回事；许多事不是事也真不是事，关键看你处理成什么事。

7 好：天地在一起为好。龙凤胎为好。一英雄一美人有大故事为好。好最简单又最复杂，好最朴素又最奢侈，好最多又最少，好最难又最易，好最好说又最难讲，好是金，好是银，好是铜，好是铁，好是棉花好是盐。

8 俗：吃五谷杂粮放臭屁谓俗；七情六欲活灵活现谓俗；饱吹饿唱穷撒谎谓俗；老子英雄儿好汉谓俗；好汉不提当年勇英雄莫问出处谓俗；见人说人话，见鬼说鬼话谓俗；恨人有笑人无谓俗；东施效颦狐假虎威装模作样谓俗。俗气是常态，不俗气是变态。大俗气小俗气都是气。脱俗是梦，不俗是仙，何人不俗？

9 酵：酵是慢生活慢节奏，永远不慌不忙悠悠闲闲，早看小月淡，暮闻夕阳浅。酵有礼貌有孝心有惧怕有敬畏。一滴酒是从十粒稻米酵出，十粒稻米是从百滴汗水酵出。酵的过程是有微微的动静微微的响声，酵的流程是柔姿万千打磨棱角的过程，酵是有腿有脚似蜗牛如壁虎，酵不骄不躁不紧不慢。

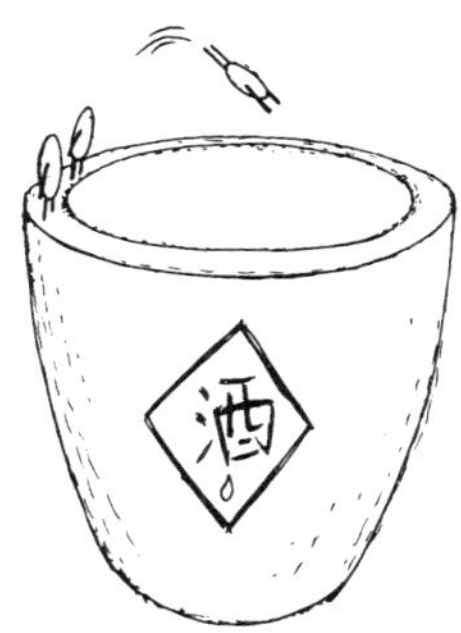

10 门：开门七件事：柴米油盐酱醋茶。闭门是什么？繁体字的门里有七个字表现得非常形象：闲闯斗闹哄阄阋。它们的整体形象主题思想就是闲得无聊，无事生非无所事事，争斗争抢，胡闹胡来，起哄起腻，抓阄分赃，在继续阋讼，阋谗。每个旧王朝的皇门就是被门里这几个字搞坏搞垮的，自古以来概莫如此。

11 鬼：鬼的家族是个历史悠久的家族，别看它们笔画繁多，却是大同小异。神仙不与它们为伍，人不屑与它们往来。由于不理不睬，它们躲过了一场场人制造的政治运动经济革命文化过山车，活得也悠游自在。鬼傀廆瑰螝魑魅魍魉魂魁愧隗媿謉魃魈。

12 药：繁体字的药是一个给人带来乐趣的一个字。简体字的药好像是一场约会。在草丛里在森林中，一个真正的药师会有一双慧眼，草根，草芽，树根，树叶，沾露水，无露水，不重要，有阳光，无月光，也不重要。重要的是这味药，不管你是人还是妖，不管你是水桶腰还是小蛮腰，吃下这味药，你就乐遥遥。

13 美，羊大为美。这是牧羊人在畜牧业社会制定的审美标准。美人，唐朝皇帝眼中的美人，承接了牧羊人的审美观，肥而不胖，熊猫眼，陕北鼓似的蛮腰。美国，中国翻译家精心挑选的字眼，同类的翻译还有米国，霉国，没国，媚国。

14 家：来了就不走，赖着就不走。以此为生，以此谋生。可以谋一代，可以传三代。譬如：作家，东家，买家，卖家，杂家，主家，仙家，佛家，道家，神学家，私享家，史学家，美食家，美术家，新玩家，世家，商家，独家，大家，店家，方家，思想家，大当家，道德家，政治家，资本家，野心家。

15 砍：刀光剑影，尔虞我诈。这个字是用血水、汗水和泪水构成的。在这一个字面前，封建的，民主的，古代的，现代的，表现都大同小异，本质上没有太大的区别。

16 梦：老树林深深，夕阳沉沉。星星如老年斑布满夜空，月亮晃荡着虚弱虚荣的腰板。这时鬼有鬼的梦，仙有仙的梦。神有神的梦，人有人的梦。激情，幻想，畅想，荷尔蒙，激素，面对浩瀚喜怒哀乐和无垠春夏秋冬无怨无悔粉墨登场。

17 哥：上面是一个可，下面也是一个可，二可成一哥。哥的表述是两个系统。一个是按血缘家族构成的，先出生的是哥，哪怕他是个弱智、脑残。后出生的是弟。一个是按江湖地位决定的，不按年龄排序。年轻，牛，办事，为大，为哥。年老，位低，愚，依然是弟。江湖次序不能乱。

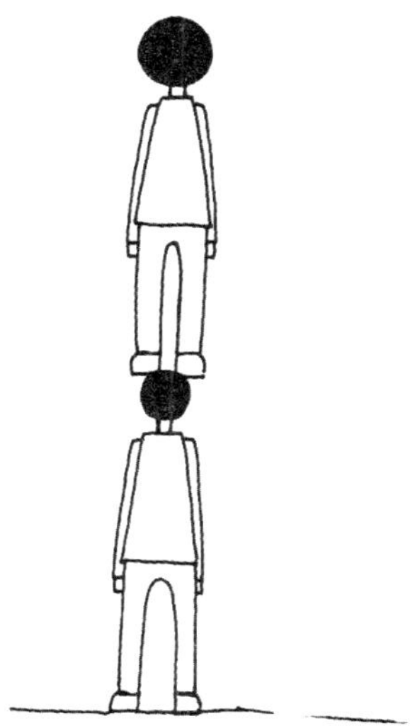

18 我：“我”字是一个随机应变的字。远古时一个人拿着树棍大声呐喊：我喔握卧。一个人喊为我，一群人喊为我们，抱团取暖加油呐喊。到了农耕社会，好事之徒将此字改为禾 + 戈 = 我。禾是物质文明，戈是精神文明。禾是天天离不开、顿顿少不了的事，戈是一年或几年才摊上一回的事。美国人最明白，禾是印美元，戈是概念。

19 废：滥竽充数，万箭齐发。弓箭手里百步穿杨的毕竟是少数，滥竽充数的是多数。西施是少数，东施效颦是多数。什么事重复过了都让人烦，什么名称流行了都会走向反面。譬如：老板，小姐，同志……箭射多了，就没了；弋飞多了，就空了。没了，空了，就病了，就废了。

20 禅：大禅，一生都昏迷，近处不要看，远处看不见。中禅，半生都昏迷，近处不愿看，远处看不清。小禅，天天昏迷，近处想看看不清，远处想看看不到。

21 鲜：茹毛饮血的蛮荒世纪，南人吃鱼为鲜，北人吃羊为鲜。鱼和羊到底谁更鲜？为了和谐，经蛮荒时代的上帝仲裁，各占百分五十的股份组成一个鲜字。如果不守规矩，南人吃鱼称鱼腥，北人吃羊称羊膻。

22 默：默字是由黑和犬字构成。当星星撒满夜空时，在牧羊人的羊圈，在牧马人的马厩，在农家小院，都有一只狗静静地圈卧在门口，它们不叫，不闹，默默享受星空带来的空旷，静谧，不劳心，不费力。那是一个路不拾遗、夜不闭户的年代啊。任何的狂吠都是多余啊。默然。

23 朝：朝阳，朝廷，朝代，朝里，朝拜。日月同辉的景象一般在清晨在小草小葱小菜还含着露滴的时辰能看到。朝的同音字有吵巢潮超嘲等等。一朝有时如一草，一季就过。一朝有时如潮水，一会就没了声响。一朝有时会吵吵闹闹热热闹闹，在时空里朝也就是一个时刻表，也是匆匆过客。

24 烟：因火而燃，因火而起。烟是因果的集合。烟是风的百万雄兵云的威武雄狮。烟是遮遮掩掩左左右右朦朦胧胧的寒暑。烟是秋波万里，烟是遮风挡雨的屋檐。烟是一张拖拖拉拉剔透玲珑的渔网。烟是一块百磨不烂的名砚。烟是世代相传的一句谚语一首童谣。烟是慢腾腾的慢生活慢节奏慢晃悠。烟是盐慢慢咸。

25 妖：这是从女性角度观察造出的一个字。当她看到一个早早夭折的缺少零部件的小人时，她会非常不舒服，她会觉得非常不正常无法理解。这种感觉延伸出下面一些词：妖精，妖术，妖魔鬼怪，妖言，妖艳，妖冶，妖歌，等等。

26 爱：爱字的繁体字长得端正端庄，一个人把心捧在手里，把心放在雨淋不着，雪盖不着，阳光晒不着的地方。爱有小爱有大爱，小爱清晰清新，大爱无边无际。爱非常形象，爱可以想象。爱是星期一早晨，爱是星期天黄昏。爱是中秋节的月饼，爱是中秋节的中秋月。爱是一张网，爱是一张弓。爱是一，爱是二。

27 疯：风要是病了，感冒了，发烧了，风就疯了。类似的事很多很多。比如葡萄酒，豪宅，股票，等等。美国纽约警察局局长可能是历史上坐牢最长的局长。他曾经是“9·11”事件的英雄。一头牛一年产十吨牛奶。一头牛有四个胃，吃的是草产的是奶。在内蒙古呼和浩特的伊利转盘式挤奶厅参观。草原姑娘的美丽是一种白云的美丽，是蒙古包的一种美丽。

28 门：门有天门，地门，人门，神门，鬼门，佛门，魔门，红门，金门，黄门，黑门，白门，大门，小门，真门，假门，熟门，生门。天上的门，雷鸣电闪；地上的门，地动山摇；是门就有闭合，进出，就有生离死别，出生入死。门是窗户的哥哥，是墙的奴才。门有时讲理，有时不讲理。门是家的句号，路的省略号。

29 仙：何为仙？人在半山为仙。什么人在高山？登山运动员，樵夫，气象观测员，自杀爱好者，酒大者，自以为是者，情殇者。什么人在半山？和尚，尼姑。癌症患者，躲债者，迷路者。不要以为在半山者都是高人。

30 累：一个人心系一处田，一块地，一个屋肯定累。衣食住行，住排在第三，可见地位之高。香螺背个大屋满世界游荡累，身累。骡子出身不明，血缘不清，来路不对，心累。古人造字，早就知道皇帝头上顶一片天，地主头上顶一块田，农夫头上顶一个屋都不容易。现在一个屋，一间房搞得沸沸扬扬，古人早知道。

31 然："然"是由一片夕阳，一条狗，一条小河构成。在一片夕阳西下的黄昏，一顶硕大的蒙古包旁，一条牧羊犬默默地望着远方，一群牧归的羊群缓缓地飘来。一条小河翻滚着小浪花轻轻地流淌。这种景象就是然象。

32 官：官的同音字有管观关灌罐惯馆，当官的肯定要管理，肯定要观察，肯定要关注，肯定要灌水，肯定要金罐银罐，肯定要习惯指手画脚、胡说八道、颐指气使，肯定视察会住宾馆吃饭馆。大官小官多了肯定就会该管的管了，不该管的也管了。少管不该管的事，就得减少不该设的官位官职。

33 贫：分贝为贫。贫有三种结果：1. 品，有时间品味人生的苦辣酸甜，有时间倒腾烦恼忧愁，有时间折腾是是非非。2. 拼，光脚的不怕穿鞋的，光脚的不用擦皮鞋。可以拼搏不怕漂泊。在拼杀搏斗中得到全世界的自由和梦想。3. 频，频频出击，四处游走，有千言万语，有千辛万苦，有千方百计。

34 罡：有四四方方，无是是非非。有正大光明，无狗苟蝇营。不因东南西北的风风雨雨而沸沸扬扬忽明忽暗忽冷忽热，也不因春夏秋冬的周而复始而翠凋红落晃晃悠悠叮叮当当忐忐忑忑吞吞吐吐。罡是正东正北正南正西都可以是一目了然的一个字一颗星一束光。好正直好光明磊落好帅好酷好真的一个字。

35 安：家中有女为安，家中有玉为宝。好男儿四海为家是处处有家。这个规矩是在民国后期结束的。其实与安有关的许多词汇大都有此意。安歇，安心，安息，安详，安享，安插，安定，安澜，安居，安乐，安内，安宁，安神，安身，安康，安可，等等。

36 闹：在门里，在心里，在围墙里，在脑袋里，在情绪里，在公司里，在单位里，总之在一个有形和无形的框架中不停地折腾不停地争斗不停地讨价还价就是闹的状态。闹心，闹情绪，闹元宵，闹革命，闹腾，闹大，闹洞房，闹市，闹事，闹鬼，闹剧，闹僵，闹哄，闹气，闹区，闹人，等等。

37 哄：哄字是由一个口字加一个共字构成。哄可以是一个大人物对一群小人物说一堆不能兑现的废话、大话、假话。也可以是一个男人对一个女人信誓旦旦地讲一筐甜言蜜语的废话。哄的后果和结果是两个字：如果。哄是在拖延时间，不了了之。你真整明白，可以把哄字当成相声、小品、滑稽剧看待。

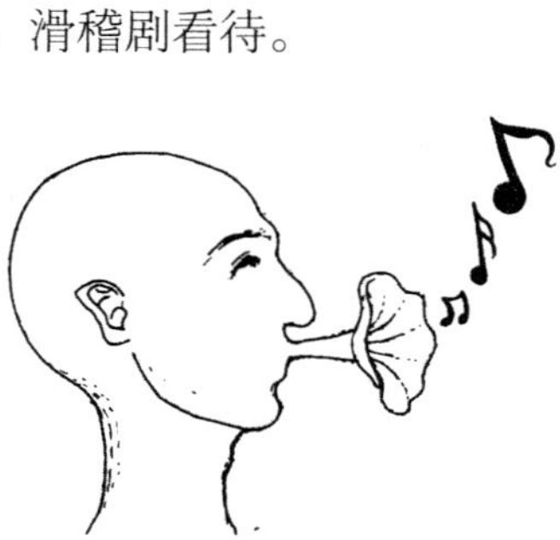

38 贵：贵子可以理解为一个贝 + 虫，虫为什么值钱贵重，这里的虫不是指蚂蚁、树虫等。古人把蛇称作长虫，老虎称作大虫，龙称作飞虫。你该知道虫有多么值钱，多么贵重了。贵州人最近有个新解，贵字是一个中字加一个一字再加一个贝字，合起来就是贵州是中国的一个宝贝。

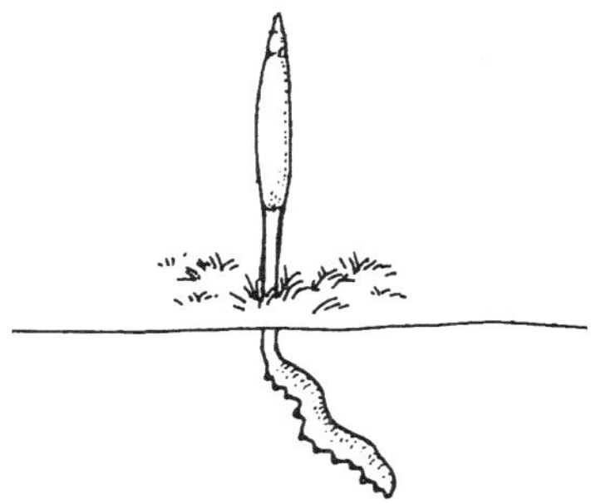

39 黨 = 党。这个字是简化得比较好的一个字。繁体党的本意是在明亮的地方干着黑色的事为党，在古词里党的名声不太好。如：君子不党，朋党，乱党，结党营私。简党改得比较好，在明亮的地方大家称兄道弟一起干点事。嘿嘿，开心为大，遛脑为高啊。

40 慢：慢是一种生活态度，慢是一种价值观，慢是和大自然交流的一种手段，慢下来会听到鸟鸣虫吟，慢下来能看到月光悄悄流淌，慢下来是一种宗教是一种哲学，慢下来非常容易也非常不容易，慢下来需要智慧更需要胆量。

41 变：是一个最具活力的字，一个最不稳定的字，一个最玄的字。变是喜怒哀乐春夏秋冬都沾边的一个字。变是感冒发烧青春痘老年斑更年期的集合体。三十年河东三十年河西讲的是变。变是常态，不变是变态。一个东西有不同的反应是变。变心，变形，变性，变天，变法，变革，变色，变快，变味，变老。

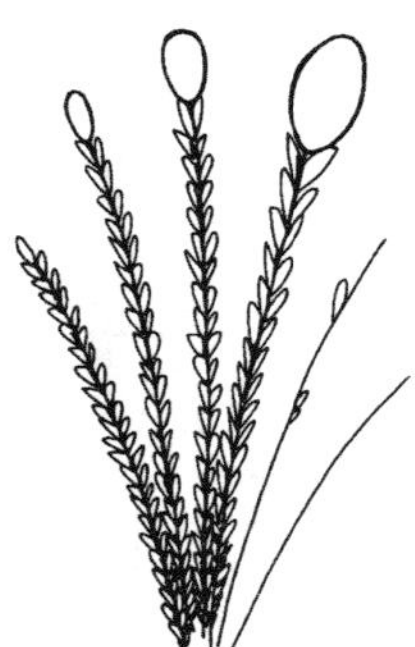

42 美：羊 + 大 = 美。此字带着浓浓的畜牧业社会的深深的痕迹。有羊粪蛋的味道，有芳草的味道，有天然的大森林大草原大氧吧的味道。此字最玄此字多变。此字随时空的变换而不断变幻。此字流行之时就是减肥药减肥仪消遁之日。此字与眼有关，与心关联更大。喜怒哀乐羡慕嫉妒恨都在这个里。

43 装：装是最累的一个字。上大下小，比例失调。矮装高，黑装白，瘦装胖，丑装美，臭装香，无装有，下流装上流，小沟装大河，母猪装大象，雪花装梅花。装象，装死，装蒜，装上，装疯，装酷，装法。装有时是一种体面，一种标识，一种需要。西服是装，工作服是装，警服是装，袈裟是装，龙袍也是装。

44 驻：1. 马要是有了主意，即刻就会跑马圈地；2. 马要是有了主义，就会万马奔腾骉骉骉骉；3. 也可以理解成马克思主义的简称。

45 钱：金 + 戈 + 戈 = 钱。商场如战场是对这个字最好的注解。血雨腥风，杀杀。

46 玩：皇帝，老大，大王，枭雄，干的第一件事为玩。不把事当事，世间就有了玩车，玩票，玩人，玩字，玩政治，玩股票。

47 幽：高高的山谷，深深的山崖。有茂密的杉树白桦，无名的野花野草，远看是绿浪，近观是绿雾。啾啾啾啾复啾啾，野鸟穿林又一枭。动静有序，天籁无涯。春夏秋冬熙熙攘攘，雷鸣电闪迷迷糊糊，山还是山，花还是花，一年一年大同小异，一月一月素面朝天。

48 门：一个机构关起门来，无非是以下的动作真实的动作。闩门，保密，制定游戏规则。哄议，自吹自擂。挣扎。阛，门里像个大超市。闹，闹腾，折腾，门里闹够社会上闹。闲，无所事事无事生事。阈，门槛修得高大威猛。阚，门里什么都行，门外什么都不行。闷，闷臊，闷蛋，闷气。

49 鬼：笔画不多，诡异。鬼是由王、田、人、私字的右半边及头字的一点注册而成。第一代横刀立马夺江山为王；第二代坐吃山空为田，田字由二个王组成，一立一卧。田多地多，人多嘴杂，田上的小头，油头滑脑，牛逼哄哄。田下的小人，人大腿小，腿一起蹬，魑魅魍魉，牛鬼蛇神，不鬼才怪。

50 会：会字由一人一云构成。1. 人云亦云，上传下达。2. 云山雾罩，腾云驾雾。3. 研讨惠、慧、悔、毁、汇几个字，实惠的事，智慧的事，后悔的事，毁约的事，汇总的事。4. 一种仪式，一种形式，一种习惯，一种姿态。5. 抱团取暖，相互打气，沟通信息，同仇敌忾。

51 霸：雨大如注，湿气弥漫朦胧迷离。黑灯瞎火，莽莽苍苍浑浑噩噩。再圆的月亮再美的月亮都像被厚厚的牛皮、象皮、骆驼皮包裹得严严实实。无边无际无根无蒂无高无低无棱无角，这状态这折腾这景象这气魄就是一个霸字。美国算是混上了一个霸字，给全球印钞票，给全球讲革命道理，给全球制造新概念。

52 闯：在圈里关着一匹马，也可能是一群马。管久了。马也烦闷也纠结也闹情绪，一旦有机会破门而出，即刻变成一个无组织无纪律的野马，似风似电似雾似梦。小马驹会找片蓝天当草地。在闯荡中要看运气，马要是入错门户，可能变成驴；要是碰到皇亲国戚可能变成驸马；要是碰到组织，可能会骉骉。

53 肺：肺在人体器官里是专门和气体打交道的重要部门。不管是青气浊气大气小气火气烟气闷气废气怄气臆气统统都要在这里接受安检。这里每天都有一场气态的广交会，每月都有一场国际的气态大贸易交易会。不管什么气到了这里都会沸沸扬扬叽叽喳喳热热闹闹进进出出。肺是车马大店，肺是时代广场。

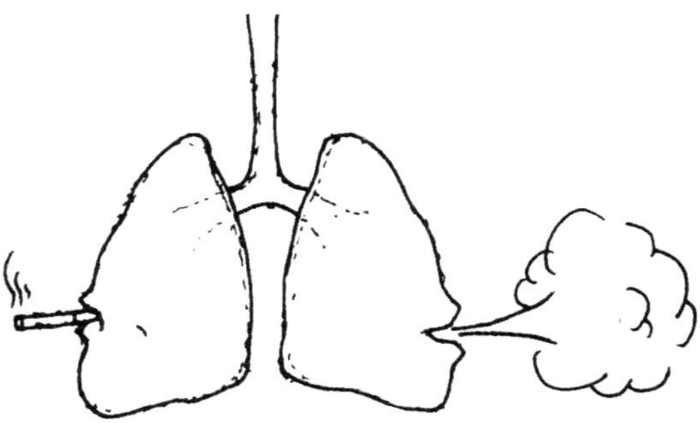

54 神：是由以下几个字构成：日，王，田，由，甲，申，外带一件羽绒服。像太阳牛，称王称霸牛，有田有地牛，自由自在牛，富甲一方牛，申猴酉鸡，知天知地牛。穿上道袍、外衣，西服革履，一端，一装，就不牛。牛鬼蛇神，装神弄鬼。

55 河：河是呵呵的祖宗，一群蓬头垢面奔突的士兵，十里百里千里没有见到一滴水，在大元帅的忽悠下望梅止渴画饼充饥管用，也只管用一会儿。当蜿蜒的小河像根箭射进士兵的眼睛，欢呼声，庆贺声，呵呵声响彻河岸。岸边伫足的是仙鹤，还有流连忘返的大雁。一滴水也是水，一河水更是水。呵呵喝喝河。

56 追：追既有被动的成分也有主动的因素。如鲠在喉不吐不快是追，慌慌张张手忙脚乱是被追。追有时是一把锐利的锥子，有时是腾云驾雾的一种感觉，有时是拿不起放不下的一堆累赘的情绪。与追组合的词特别多：追究，追击，追问，追悼，追来，追求，追日，追认，追讨，追逃，追影，追月，追忆，追捧，追随。

57 坏：不土为坏。读万卷书，行万里路，识万种人。见过世面，有过经历为坏。男人不坏，女人不爱。世界管理的链条，大坏蛋控制小坏蛋，小坏蛋管理大好人，大好人忽悠小好人。只有坏蛋才能控制好蛋，坏蛋好蛋一起过圣诞。

58 聽＝听。简化字里听字是由繁到简简化得比较好的一个字。繁体的听字是说你要一心一意地听，用眼睛去看，用耳朵反反复复地听。人类早期没那么多废话、大话、假话。少说为佳，多听有益。到简化字年代，造此字之人，估计不是叛逆期就是更年期，你一张口说一斤多的话，烦不烦。听字诞生了。

59 智：远古有一牛人，手抓一根野鸡翎，口中念念有词，黄昏时他吹牛用野鸡翎把太阳射下山。一会儿太阳果然下山，万众欢呼跳跃，尊称他为智者，睿智之人。有一人有点儿二，死活不承认，太阳下山不管你的事，和你有什么关系？这牛人手拿野鸡毛问众人，这个有点儿二的人是什么人？众人说你睿智他弱智。

60 黩：指鹿为马，声东击西，围魏救赵，隔山打牛，过河拆桥，望梅止渴，狐假虎威，这些都属于技术活。而一个将军一个元帅敢把黑夜当白天卖给你，这得有多大的胆量，多大的魔力，多大的想象力和创造力。不顾一切，不留后路，置之死地而后生，一个黩字险象环生。

第二部分

一语道破

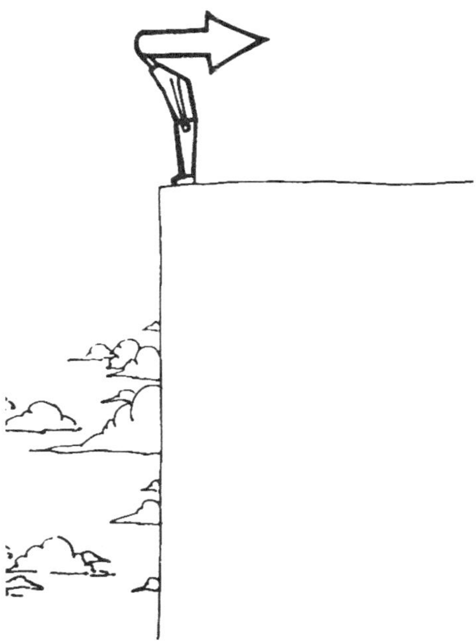

1 历史往往是斑驳陆离半半拉拉阴差阳错；历史往往是紫气东来红霞万里一落千里。

2 春天的颜色，不骄横，不跋扈，不做作；不虚情假意，不铺张浪费，不虚张声势。

3 十三亿百姓盘起二十六亿条腿，看日落月出，潮起潮落，房涨房落，股阴股阳，雨瞎云晕。

4 要想胖，躺，糖，汤，烫。要想瘦，愁，抽，仇，臭。要想浪，踉，狼，郎，朗。要想狂，荡，凼，当，党。

5 广州小蛮腰夜空中依然是鹤立鸡群，带着赤橙黄绿青蓝紫的色彩和态度，彬彬有礼。

6 中是一条路，中是一把刀，中是一扇门，中是一条缝，中是一条海岸线，中是一个平衡点，中是哲学的一个观点，中是和谐的一个分水岭。

7 如果从经济的辐射力和影响力来看，长江三角洲上空的太阳是上海，月亮是南京；珠江三角洲上空的太阳是香港，月亮是广州；黄河三角洲上空的太阳是北京，月亮是天津；香港和台湾是中国大地上的一对睾丸，制造生机，制造活力，制造奇迹。

8 求是不易，求实不易，求识不易，求食不易，求室不易，求师不易，求石不易，求史不易，求市不易，求势不易。

9 一小群人里有小人，小小人，小好人，小大人，小闲人，小吓人，小仙人，小凡人，小妇人，小富人，小诗人，小贱人，小狂人，小可人，小浪人，小恋人，小野人，小文人，小铁人，小强人，小气人，小奇人；一大群人里有大人，大达人，大浪人，大坏人，大强人，大成人，大骗人，大旁人，大要人，大佳人。

10 你说你高大，高大威猛，高入云端，高不可攀，高级无比，高高在上，长脖鹿嘴里含着一根红花草，微微一笑。

11 寒阳躺在云堆里，懒洋洋，绵羊羊，笑成一朵大菊花，风沿着黄河的冰道比比画画。

12 神婆是沟通神和人之间关系的联络员，媒婆是沟通男人和女人之间关系的联络员。

13 这群小绒鸡生活在音乐中，每天只干七件事：叨米，来米，觅米，发米，扫米，拉米，戏米。哈哈哈哈。

14 曝光大多时候不是一件好事，你没长后眼不等于其他人没长前眼。

15 在这个世界上任何一个国家印钞票多多少少有点战战兢兢哆哆嗦嗦有所顾忌有所怕，只有美国无所顾忌无所谓想印多少印多少，印多少卖多少，无人能约束无人敢约束，真是名副其实的美利坚，大话说得美利益大于天坚挺有人怕。

16 山野的树一旦挂满山野的花，山野就是一坡撒欢的山野，就是一个沸腾的山野，一个万紫千红的山野。

17 孩子，我在狒王的位置上说了一辈子假话，现在看它们说假话，我不但脸红而且连屁股都红透了。

18 有时纠结是一种艺术的状态；有时啰唆是一种工作状态；有时重复是一种关心的状态；有时……

19 人因为太实际太势利就有了小人，小小人，伪真人，伪大人，伪高人；人因为太浪漫太浪荡就有了浪人，小浪人，伪浪人；人因为太短寿太命短就有了千岁万岁；人因为太浅薄太短见就有了预言家阴阳家；人因为太狭隘太自不量力就有了刚愎自用和自以为是的牛人；人因为太不把冬天当冬天，就有了疯人。

20 当年可能是真的。当年美元还是黄金的小老婆，当年金融的游戏还有点羞涩，当年的政客说谎话屁股和脸会一起红，当年还不知每一次硝烟炮火的弥漫都有成群结队的财富跟在后面，当年还知道斯大林也是一个说一句是一句的人物。

21 假象往往有好的卖相，假象往往贼眉贼眼装模作样，假象往往甜言蜜语有模有样，假象往往悲天悯人一副菩萨模样，假象往往掩盖着真相还指手画脚颐指气使说假象多了就是真相。

22 人，鸟，兽，没血没肉没皮没筋，只胜下一副骷髅时，再美也是骷髅的美，再牛也是骷髅的牛，再美轮美奂也是骷髅的美轮美奂。

23 人：攀龙附凤是常人；飞檐走壁是贼人；字里乾坤是文人；琴心剑胆是智人；趋炎附势是小人；披星戴月是猎人；哭哭啼啼是妇人；唯利是图是商人；深谋远虑是高人；披荆斩棘是猛人；唯唯诺诺是官人；窝窝囊囊是愚人；风雨无阻是牧人；吹吹打打是乐人；痴痴呆呆是傻人；疯疯癫癫是狂人；无拘无束是浪人。

24 网是复制；网是裂变；网是故事；网是忽悠；网是匕首；网是大道；网是气球；网是现象；网是秘密；网是空旷；网是混合；网是反复；网是佛法；网是狂风；网是原油；网是功夫；网是距离；网是记录；网是平台。

25 鹅的自由在脖子上，牛的自由在尾巴上，马的自由在蹄子上，鸟的自由在翅膀上，猫头鹰的自由在黑夜，蝴蝶的自由在花丛，鲸鱼的自由在大海。

26 三十年河东三十年河西，黄河千里奔腾咆哮七扭扭八转转来到垦利县，终于放下身段放平心态悠悠闲闲平平缓缓投入大海的怀抱。

27 一个西班牙的大厨在烹炸煎炒锅碗瓢盆的叮叮当当手忙脚乱中，也能悟到烹饪的真谛：缺少耐心的抱负是一种危险的东西。

28 毛泽东当年有一句名言：一万年太久，只争朝夕。如今这一句话成了一代人的思维定式和行为模式。匆匆忙忙的学习，匆匆忙忙的思考，匆匆忙忙的模仿，匆匆忙忙的拍板，匆匆忙忙的决定，匆匆忙忙的表态，匆匆忙忙的发文，匆匆忙忙的忽悠，匆匆忙忙的青史留名，匆匆忙忙的雕龙画凤，匆匆忙忙的自以为是。

29 和陈芝麻在一起会有烂谷子的感觉；同祥林嫂在一起会有懵懵懂懂絮絮叨叨的感觉；与东施在一起会有廉价化妆品大拍卖的感觉；同奥巴马在一起会有美元当卫生纸用的感觉；与林妹妹在一起会有晴天下大雨的感觉；与鲁迅在一起会有霉干菜的感觉；同卢美美在一起会有参加联合国大会的感觉。你愿意同谁在一起?

30 一半明明白白，一半反反复复，一半地地道道，一半恍恍惚惚，一半亲亲热热，一半风风光光，一半生生死死，一半啊啊啊啊，一半噼噼啪啪，一半淙淙细细，一半自作主张，一半生生死死，一半详详细细，一半劳劳碌碌，一半将计就计，一半黏黏湿湿，一半空空旷旷，一半坎坎坷坷，一半缝缝连连。

31 武林高手出拳是睁着眼睛出拳，政客睁着眼睛说瞎话，这都是功夫啊，都是训练有素啊。

32 中规中矩的人，懵懵懂懂的人，面无表情的人，装模作样的人，贼眉贼眼的人，双双对对的人，洗心改过的人，高高瘦瘦的人，服服帖帖的人，干干净净的人，蝇营狗苟的人，关关开开的人，恍恍惚惚的人，柔柔涓涓的人，口口声声的人，凄凄惶惶的人，浓浓淡淡的人，唠唠叨叨的人，迷迷糊糊的人。

33 星期一的早晨天蓝蓝，风平浪静闲云闲；星期一的早晨鸟喧天，鸟语花香鱼元眠；星期一的早晨大路宽，秋风秋光秋是仙；星期一的早晨真新鲜，车水马龙似射箭；星期一的早晨日蹲山，东南西北望秋雁；星期一的早晨数繁简，龙争虎斗瞎扯淡。

34 春夏秋冬螺旋地来螺旋地走；喜怒哀乐排队来排队走；生老病死结伴来结伴飞。

35 劳动者的眼睛永远是那么生猛海鲜，永远是意味深长，永远是知足长乐，永远是旮旮旯旯，永远是山山水水，永远是愁吃愁穿，永远是纯纯粹粹，永远是步步小心，永远是单打独斗，永远是快快乐乐，永远是红红火火，永远是密密实实，永远是噼噼啪啪。

36 开开心心是一天，高高兴兴是一天，凄凄惨惨是一天，疯疯癫癫是一天，滴滴答答是一天，风风光光是一天，健健康康是一天，蹦蹦跳跳是一天，仔仔细细是一天，迷迷糊糊是一天，马马虎虎是一天，聚聚散散是一天，哩哩啰啰是一天，磊磊落落是一天，忐忐忑忑是一天，呜呜咽咽是一天，古古怪怪是一天。

37 互联网是一张密密麻麻绵绵密密无边无际无头无尾的网，报纸就是一尾摇头摆尾的马哈鱼，电台就是一尾东张西望的小蝌蚪，电视台就是一尾花里胡哨的大锦鲤，杂志就是一尾怀孕的石斑鱼，通讯社就是一尾能掐会算的大章鱼。

38 当越来越多的人选择性失聪，选择性失明，选择性失眠，选择性失语，选择性失身时，这个世界会不会选择性失常呢？

39 狗穿着西服扎着领带打着蝴蝶结涂着口红说着英语法语西班牙语耸着肩站在高台还是改不了吃屎的遗传基因和爱好。

40 早年，北京知青上山下乡到内蒙古的乌兰察布市，这个市里有一个商都县，县里有一个毛都公社，知识青年打了一首顺口溜：从首都来到商都，从商都来到毛都，一都不如一都。

41 浑浑噩噩有时是一种意境，糊里糊涂有时是一种精神，急急忙忙有时是一种心情，是是非非有时是一种角度，朝朝暮暮有时是一种活法，明明白白有时是一种无奈，神神叨叨有时是一种功夫，晃晃荡荡有时是一种释放，文文静静有时是一种尴尬，疙疙瘩瘩有时是一种浮夸，颠颠晃晃有时是一种契约。

42 红色是一种水果颜色，是一种政治颜色：宝石红，鸡冠红，石榴红，西红柿红，玛瑙红，猴腚红，酒糟红，夕阳红，晚霞红，女儿红，西藏红，高原红，过渡红，老年红，牛逼红，骆驼红，罂粟红，领章红，血红，通红，大红，在颜色里对红是描述最多的一种颜色。

43 狼是被牧羊人拉黑的，老虎是被武松拉黑的，美国是被拉登拉黑的，斯大林是被赫鲁晓夫拉黑的。

44 一场大雪让祁连山披上银装，弯弯曲曲的山路也变得羞羞答答，大货车气喘吁吁，小车哆哆嗦嗦。

45 当还能观察细节还能记录细节的时候是小说；当游手好闲还能记住色香味时是散文；当装伪上流和真下流时是诗；当二时喊口号时是愚民和善民是名言；你信不信？我信。

46 南中国海是一壶好酒，东南西北都有酒鬼醉鬼在那磨磨唧唧，喃喃自语，撒泼耍赖。

47 天要是蓝的准有太阳；天要是灰的准下雨；天要是黄的准刮风；天要是白的准下雪；天要是什么都看不见，准是你睡着了。

48 神装神弄鬼是地上的一堆泥，鬼装神弄鬼是地下的一堆泥，人装神弄鬼是准备做地上的一堆泥，其实也不过是地下的一堆泥。

49 有的人粉墨登场，一把鼻涕一把泪，小小的脸盆总是装不下太多的山水，哪怕是山水晃荡的影子；有的人乔装打扮，装神弄鬼，以为是摆上神坛的一堆泥，不用风吹不用雨淋，泥还是泥啊。

50 六十耳顺是蓝天里的白云，晴空里的风，大河的随意，大海的随便，戈壁滩里的不化妆不修饰不矫揉造作的玛瑙石，兴安岭里无声无息的野果。六十耳顺是冷冷热热就是春夏秋冬，六十耳顺是来来往往就是东南西北，六十耳顺是起伏跌宕就是喜怒哀乐。

51 鸵鸟迈着伟大领袖的步伐，昂着美国人的长脖子，长着朝鲜的小脑袋，带着拉登一样牛逼的大屁股，在自己的领地走得不紧不慢不慌不忙不骄不躁。

52 兵荒马乱和眼花缭乱有时是指同一件事情；山盟海誓和背信弃义有时是在同一个时间发生；装聋作哑和心知肚明有时是一种禅境；一马平川和无路可走有时是发生在一个地平线上。呵呵。中国的词汇太丰富太反复太风范太肺腑。

53 赵本山是味精，扔到碗里是味精，扔到锅里是味精，扔到井里是味精，扔到河里什么都不是。

54 山东最近发明了狼或者说是发现了狼，武松笑了：英雄又有了用武之地。武大郎哭了，这还敢上街卖烧饼吗？

55 这个世界谁在夏天不被太阳晒两下；谁不在秋天被秋风骚扰一把；谁不被冬天冻两把；谁不在春天被蚊子叮几口。

56 选择性失明，选择性失忆，选择性失聪，选择性失身，选择性失语，可能在2012年登峰造极。

57 一个大腹便便的人必定有一个能熔金化铁的胃；一个骨瘦如柴的骨感美人必定有一个不瘦不罢休的强大的想念。

58 人啊，想明白了，就老了；想通了，就能见到孔子、老子、墨子，就能见到马克思、列宁、斯大林，就能见到上帝耶稣和真主。

59 居高临下是一种角度，大大方方是一种角度，浑浑噩噩是一种角度，装模作样是一种角度，登高望远是一种角度，孤孤单单是一种角度，风风光光是一种角度，出出进进是一种角度，侃侃訚訚是一种角度，吃吃喝喝是一种角度，浩浩荡荡是一种角度，洋洋洒洒是一种角度，布帛菽粟是一种角度，鬼鬼祟祟是一种角度。

60 如果说 2012—2022 年是中国未来的黄金十年，可不可以说 2002—2012 年是中国的白银十年？可不可以说 1992—2002 年是中国的青铜十年？可不可以说 1982—1992 年是中国的白铝十年？

61 叽叽喳喳是微博，吞吞吐吐是博客，战战兢兢是报纸，真真假假是广告，煞有介事是周刊，胡编乱造是电视剧，一惊一乍是电台。

62 这个世界上真有装疯卖傻的人，真有装聋作哑的人，真有指鹿为马的人，真有大言不惭的人，真有胡作非为的人，真有大奸似忠的人，真有隔山打牛的人，真有浑浑沌沌的人，真有松松垮垮的人，真有善贾而沽的人，真有疯疯癫癫的人，真有捂捂盖盖的人，真有风风火火的人，真有鲜血淋漓的人，真有一针见效的人。

63 在天空的眼睛里，不管雨花如何滴滴嗒嗒，不管雪花如何飘飘洒洒，一个喜欢在夏天裸奔，一个在冬天裸奔。

64 七嘴八舌是一种热度；七扭八歪是一种角度；七拼八凑是一种高度；七通八达是一种广度。

65 “生老病死”如果同“精神”这个词分拆组合，就会产生精神生，精神老，精神病，精神死。“精神病”看来是躲藏在这里啊。精神生，没人注意；精神老，没人注意；精神死更没人注意。只有精神病能玩时空穿越啊。

66 一个中国的小网民指着野田说：扒光了你的西装，你也就这个球德行。

67 所谓潮流，就是一个连一个的喜欢，一个连一个的循环，一个连一个的花花绿绿，长长短短，黑黑白白，高高低低。

68 如果人人都穿上袈裟，六祖慧能笑了；如果人人穿上军装，成吉思汗笑了；如果人人用上苹果，乔布斯笑了；如果人人都跑上高速公路，高速公路的老板哭了。

69 牧羊人，狼，牧羊犬，虽然都在看着羊，可是心神不一样，心术不一样，心思不一样。

70 每个人都有两个化妆师，一个每天把你恭维得花枝招展浓妆艳抹，一个每天把你修理得素面朝天烂漫天真；一个每天把你忽悠得胆大包天恣意妄为，一个每天把你敲打得小心谨慎洞鉴古今；一个每天把你怂恿得指鹿为马颠倒黑白，一个每天把你吓唬得将心比心得过且过。

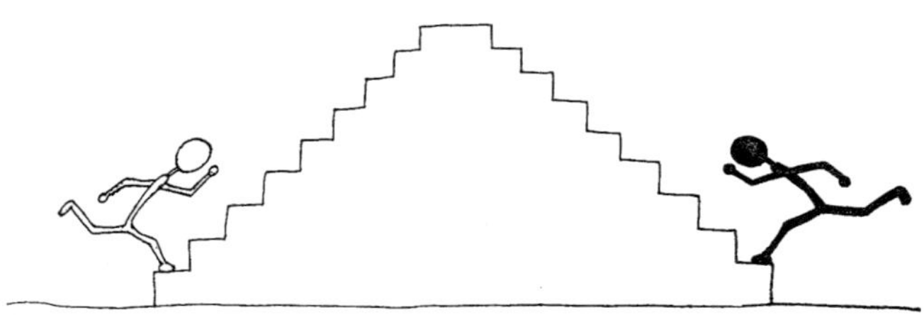

71 涂脂抹粉是一种人生，涂涂抹抹是一种人生，嘀嘀咕咕是一种人生，疙疙瘩瘩是一种人生，反反复复是一种人生，结结巴巴是一种人生，缝缝补补是一种人生，迷迷糊糊是一种人生，花花绿绿是一种人生，疏疏落落是一种人生，点点划划是一种人生，古古怪怪是一种人生。

72 “精神”还可以同任何动物和植物组合在一起：骆驼精神，凤凰精神，马铃薯精神，黑猫精神，小老鼠精神，柳树精神，松树精神，木棉花精神，老虎精神，秃鹫精神，狐狸精神，斑鸠精神，穿山甲精神。精神一词是雾是风是雨，是东南西北，是春夏秋冬，是五行八作，是百川归海，是一地鸡毛。

73 叽叽喳喳是微博，交头接耳是微博，自娱自乐是微博，一针见血是微博，听风是雨是微博，见缝插针是微博，无处不在是微博，稀里糊涂是微博，古古怪怪是微博，详详细细是微博，斑斑点点是微博，啰啰嗦嗦是微博，来来回回是微博，随随便便是微博，沸沸扬扬是微博，林林总总是微博，敲敲打打是微博。

74 把别人当傻瓜的人一定是一个大傻瓜，把别人当傻逼的人一定是一个大傻逼，把别人当弱智的人一定是一个大弱智的人，把别人当道具的人一定是一个大道具，把自己当成了不起的人一定不是一个了不起的人，把自己当成菩萨妹妹的人一定不是菩萨的妹妹，把自己当成爷爷的人一定不是爷爷，肯定是一个孙子。

75 封建社会把自己的大大小小的官员全搞成衣冠禽兽，21世纪非要把自己的官员全搞成西服革履，这就是现代化，这就是信息化，这就是革命化。

76 看风使舵不一定是水手；看法不一定是和尚；看笑话不一定是医生；看死不一定是殡仪馆；看透不一定是预言家；看破红尘不一定是乌鸦；看见不一定是眼睛；看官不一定是组织部；看好不一定是双胞胎；看低不一定站在高高的山上；看不惯不一定是元芳。

77 黑天鹅疲倦了，是因为黑眼睛疲惫了，黑眼睛疲惫了，是因为黑乌鸦疲沓了，黑乌鸦疲沓了，是因为黑鹰疲困了，黑鹰疲困了，是因为黑月疲弱了，黑月疲弱了，是因为黑夜疲乏了。

78 红白喜事总是能碰上红男绿女；红斑狼疮总是红光满面；红榜总是牵着红包的小手；红绿灯总是惹不起红卫兵；红皮书总是害怕红衣主教；红缨枪总是不如红宝石；红蜘蛛总是不要化红妆；红彤彤总是免费看红日；红头文件总是远看像红军近看似红马甲。

79 胡说有八道的背景；胡吃有海喝的靠山；五湖有四海的帮衬；魑魅有魍魉的虎胆；信口有开河的供养；蚍蜉有撼树的梦想；琵琶有胡语的秋波；窃钟有掩耳的胆量；生荣有死哀的无耻；舐皮有论骨的厚颜；嗜痂有成癖的坚韧；下塞有上聋的耐性。

80 冷静要是蹲下，冷暖就不敢站着；冷酷要是呲牙咧嘴地笑了，冷噤就不敢嬉皮笑脸；冷眼要是配上假睫毛，冷战就不敢戴上假发套；冷天要是不穿西服，冷泉就不敢穿上中山装；冷霜要是不怕下雨，冷门就不敢打伞。冷气要是光脚，冷宫就不敢穿鞋。

81 到了医院、殡仪馆和皇宫能想起肃静一词；到了旷野、戈壁和纪念堂能想起寂静一词；见到雪花、寒风和冷面孔能想起冷静一词；没有了车水马龙、喧嚣和沸腾能想起安静一词；没有了寒暄、客套和废话连篇能想起清静一词。

82 躺着说话需要温度；坐着说话需要广度；蹲着说话需要力度；爬着说话需要韧度；走着说话需要长度；跳着说话需要高度；蹦着说话需要大度；颠着说话需要角度；跑着说话需要气度。冬天里不怕冷的有常年穿着真皮夹克和皮大衣的绵羊、狐狸、老虎、狗熊和欧洲体毛非常异常发达的人群。

83 无赖和无聊是孪生姐妹；流氓和流浪是双胞胎；马克和马克思是一个草原上的浩特出来的；和谐和喝醋是同父异母的兄弟；幸福和辛苦是龙凤胎；党校和夜校一个是白天出生，一个是晚上降生；掩饰和修饰是两个离婚又再婚的主一人带一个；厚道和厚德是在孤儿院长大的；假话和套话是一对私生子。

84 拿起放下 = 立正稍息 = 苦辣酸甜 = 喜怒哀乐 = 东南西北 = 春夏秋冬 = 生老病死 = 释迦牟尼 = 老子孙子 = 阴晴冷暖 = 江河湖海 = 魑魅魍魉 = 上下左右 = 大小粗细 = 耳鼻喉舌 = 牛鬼蛇神 = 金木水火 = 甲乙丙丁 = ？？？

85 正月初二，满大街走着人，有的人带着灯红酒绿的笑容；有的人露着唬鬼瞒神的眼神；有的人呲着炮火连天的大牙；有的人蹦蹦跳跳大红大紫像从毕加索的画框里走出的印象大师；有的人开始物归原主；有的人和气生财刮骨去毒；有的人势如破竹拈花惹草；有的人装聋作哑抱子弄孙；有的人装模作样驴唇马嘴。

86 在辽阔的草原面前，任何装饰都是小得不能再小的小小道具。任何人都是小得不能再小的小小人。草原博大无垠真神奇，真神秘。

87 南方的石狮子长得就是秀气，灵气，会挤眉弄眼，会嬉皮笑脸，会摇头摆尾，会善解人意。

88 装神弄鬼的人是无奈的人，神不发津贴，鬼不给工资；装腔作势的人是无力的人，腔不是字正腔圆，势也仅仅是狐假虎威；装模作样的人是无分的人，模是歪瓜裂枣，样是五谷杂粮；装聋作哑的人是无神的人，有耳朵不能听，有嘴巴不敢讲；装疯卖傻的人是无病的人，疯是挡箭牌，傻是护身符。

89 一目了然和视力有关；一望千里和想象有关；一见钟情和痴迷有关；一举成名和运气有关；一决雌雄和决心有关；一览无余和高度有关；一哄而起和无知有关；一呼百诺和威信有关；一国两制和历史有关；一改故辙和教训有关；一挥而就和熟练有关；一箭双雕和阴险有关；一刻千金和心情有关。

90 饭菜不在贵贱，可口就好；景色不在春秋，可看就好；词章不在长短，可意就好；朋友不在高低，可知就好；计划不在繁简，可行就好；相貌不在美丑，可爱就好；承诺不在厚薄，可信就好；领袖不在老少，可敬就好；工作不在忙闲，可以就好；微博不在多寡，可乐就好。

91 谁一辈子没有个得意忘形的时候；谁一辈子没有个装疯卖傻的时候；谁一辈子没有个忘乎所以的时候；谁一辈子没有个头痛脑热的时候；谁一辈子没有个张牙舞爪的时候。

92 大海航行靠自己；大海航行靠运气；大海航行靠天气；大海航行靠舵手。到底哪个更靠谱更着调？

93 速度：一日十里，骑毛驴；一日百里，骑骏马；一日千里，骑高铁；一日万里，骑飞机。品种：一日十里，放羊；一日百里，放马；一日千里，放鹰；一日万里，放风。

94 点点头，摇摇头，昂昂头，低低头，就这一点、一摇、一昂、一低中，一个人的境界、视野、见识、判断都在里面了。

95 天一亮，老鼠磨老鼠的牙；麻雀练麻雀的嗓；乌鸦跑乌鸦的调；喜鹊蹦喜鹊的舞；蜜蜂扎蜜蜂的针；狗熊睡狗熊的觉；山羊吃山羊的草；毛驴拉毛驴的磨；狼狗瞪狼狗的眼；母鸡下母鸡的蛋；哈巴狗摆哈巴狗的尾；蚂蚁走蚂蚁的路。大千世界，千奇百怪，各有各的活法，各有各的玩法，各有各的说法。

96 一个团队往往就是由好人、坏人、不好不坏的人组成；由男人、女人、不男不女的人组成；由富人、穷人、不穷不富的人组成；由高人、矮人、不高不矮的人组成；由文人、武人、不文不武的人组成；由臭人、香人、不臭不香的人组成；由红人、黑人、不红不黑的人组成；由哄人、骗人、不哄不骗的人组成。

97 春天是一场庙会：春风拉着春节，春饼吻着春色，春晖搂着春晚，春哥扶着春梦，春秋恋着春暖，春桃吃着春卷，春蕊骑着春牛，春雨护着春燕，春动骂着春哥，春明等着春夏，春雪看着春茶，春宵梦着春华，春茶喊着春梅。

98 这些“果”有的能吃有的根本不能吃：苹果，腰果，水果，蔬果，圣果，结果，浆果，禁果，坚果，仁果，如果，佛果，复果，未果，无果，效果，橡果，香果，成果，彩果，陈果，灵果，乐果，林果，落果，梨果，裂果，蜡果，后果，瓠果，花果，红果，腐果。

99 它们都是一家人：神神叨叨；大大方方；风风光光；沟沟壑壑；哼哼唧唧；健健康康；拉拉杂杂；细细长长；白白嫩嫩；畏畏缩缩；歪歪倒倒；往往复复；捂捂盖盖；文文静静；问问看看；完完整整；歪歪斜斜；唯唯诺诺；窝窝囊囊；打打停停；涂涂画画；挑挑拣拣；痛痛快快；拖拖拉拉；推推搡搡。

100 蚊子看不起血站的忙碌；苍蝇看不起检疫局的勤快；白云看不起方丈的磨叽；磕巴看不起研究室的稳重；老鼠看不起老猫的忠诚；狐狸看不起老虎的智商；孔雀看不起八哥的伶牙俐齿；黑猪看不起白羊的素食习惯；泥巴看不起菩萨集合起来的泥巴；高耸的纪念碑看不起横着的纪念堂；和尚看不起光头的艺术家。

101 如果讲目标，结果都是荒诞的；如果讲理想，思想都是鞋垫；如果讲命是老大，运都是老二；如果讲历史，皇帝都有一肚子的苦水；如果讲爱情，杨贵妃的鼻涕可以流出一条江；如果讲正义，关公的脸比猴子的屁股还要红八个立方；如果讲广阔，成吉思汗笑掉黄黄的大牙；如果讲牛逼，大象的屌毛上春晚。

102 打乒乓球，你来我往；官场：打篮球，你争我抢；战场：打网球，指东打西；市场：踢足球，你踢我踹。输赢在裁判，热闹在观众。

103 别了，一机部；别了，二机部；别了，三机部；别了，四机部；别了，五机部；别了，六机部；别了，七机部；别了，铁道部。千万不要改头换面，千万不要隐姓埋名，千万不要换汤不换药。

104 1+2 给 3 打工；元朝 + 明朝给清朝打工；百川 + 千河给大海打工；绵羊 + 草原给狼打工；第三世界 + 第二世界给第一世界打工；皇帝 + 太监给老百姓打工；总编辑 + 记者给舆论打工；资本家 + 资本给财富打工；丑恶 + 辉煌给历史打工；无赖 + 无聊给娱乐打工；牛逼 + 傻逼给装逼打工；跳得高 + 落得下给地平线打工。

105 一个人说了不算，一群人说了也不算，一大群人说了更不算。谁说了算？一个神经病人说了算，一群说不清道不白的神经病医生说了算，一大群关着神经病人和神经病医生的神经病院说了算。

106 2013 年是光芒四射的一年：光斑，光波，光背，光盘，光谱，光标，光饼，光荣，光滑，光环，光辉，光火，光看，光靠，光口，光控，光伏，光怕，光头，光天，光听，光腿，光棍，光管，光杆，光怪，光玩，光威，光说，光腚，光想，光鲜，光面，光信，光吃，光宗。

107 你一岁穿个开裆裤，她赞美你；你三岁穿个开裆裤，她赞美你；你三十岁时，她想象你穿了大号开裆裤，依然赞美你；你六十岁了，她幻想你穿了超大号开裆裤，依然赞美你；不依不饶地勇往直前地赞美你。直到你恶心了，呕吐了。

108 无比有大，无比有多，无比有高。无是无限，有是有限。无趣，无情，无期，无穷，无奇，无求，无欺，无畏，无二，无如，无痛，无题，无它，无垠，无涯，无私，无上，无神，无数，无敌，无德，无非，无方，无法，无关，无归，无辜，无果，无患，无话，无尽，无极，无价，无间，无可，无空，无量，无限。

109 聚焦，费神；聚气，费肺；聚集，费劲；聚客，费力；聚合，费心；聚众，费话。

110 鞋垫总是仰望乳罩；马总是渴望被马克收养；敏感总是打扮成敏捷；东风总是勾引西风；蝴蝶总是想象是狂轰滥炸的鲜花；挂号总是惦记着挂彩；恐龙总是忘了恐怖；报告总是看到立正；克隆总是喜欢复制；说法总是纠缠办法；鹦鹉总是折腾八哥；饥渴总是嘲笑饥饿；童谣总是跟踪童话；叛逆总是讨厌叛徒。

111 纠缠，纠结，纠纷都患有先天性肺气肿；无聊，无赖，无耻都患有选择性耳聋；封侯，封建，封面都是面部神经麻痹症患者；装模作样，装疯卖傻，装腔作势都有难以治愈的口臭。摇头摆尾，摇头晃脑，油头滑脑都有小儿多动症。

112 十年磨一剑；十年磨一箭；十年磨一间；十年磨一鉴；十年磨一贱；十年磨一煎；十年磨一荐；十年磨一茧；十年磨一谏；十年磨一俭；十年磨一艰；十年磨一蹇；十年磨一键。都不容易，都不容易，都不容易。你磨了什么剑？箭？间？鉴？贱？煎？荐？茧？谏？俭？艰？蹇？键？

113 酒是个好东西，到了成语里基本不是个好东西：酒肉朋友，酒肉兄弟，酒后无德，酒后失言，酒池肉林，酒食地狱，酒囊饭袋，酒病花愁，酒阑人散，酒地花天，酒绿灯红，酒入舌出。都是喝酒，有人喝成酒仙，有人喝成酒神，有人喝成酒圣，有人喝成酒名，有人喝成酒鬼，有人喝成酒怪，有人喝成酒缸。

114 1. 病毒常常是一把嘹亮的军号。2. 麻袋见了集装箱总是有点自卑和自闭。3. 疯狂是风中的精英。4. 剪影也是无奈无聊无以自拔的一种修行和休息。5. 臀围在腰围面前总是财大气粗。6. 扮鬼是叶公好龙的复印件。7. 扯淡看到咸盐就像骗子遇到老乡。8. 恐龙靠近蛇悄悄说你中有我，我中有你。

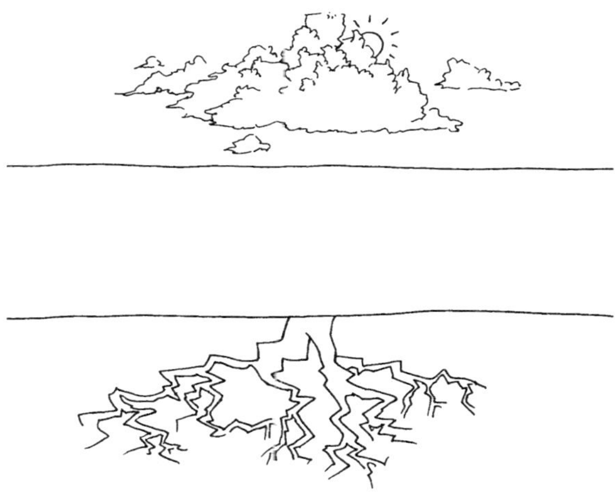

115 给成语上点颜色：黑色的劈头盖脸，红色的操矛入室，黄色的潜移默化，紫色的厚颜无耻，白色的惺惺相惜，绿色的荡气回肠，橙色的富丽堂皇，灰色的装聋作哑，青色的鼻青脸肿。

116 海誓山盟总是等不到海枯石烂；海外奇谈总是听不到海内鼎沸；海啸山崩总是拦不住海市蜃楼；海纳百川总是忘不了海角天涯；海底捞针总是打不过海底捞月；河落海干总是玩不过海水桑田。

117 它们是同班同学，它们来自五湖四海，它们来自东南西北。五百年前它们都出自一个大家族，它们都姓光：光荣，光彩，光吃，光棍，光玩，光滑，光环，光感，光驱，光枪，光泉，光威，光雾，光影，光有，光耀，光晕，光焰，光看，光靠，光背，光标，光想，光在。谁都惹不起啊。

118 可耻之人必有可憎之处；可怜之人必有可悲之处；可爱之人必有可口之处；可靠之人必有可行之处；可笑之人必有可取之处；可观之人必有可贵之处；可惜之人必有可疑之处。

119 乌鸦被人类忽悠了，乌鸦是有文化概念的乌鸦，乌鸦自由自在地活了下来；喜鹊被人类忽悠了，喜鹊是有文化概念的喜鹊，喜鹊活蹦乱跳地活了下来；鹦鹉被人类忽悠了，鹦鹉是有文化概念的鹦鹉，鹦鹉人云亦云地活了下来；乌鸦沾了遗臭万年的光，喜鹊沾了流芳千古的光，鹦鹉沾了趋炎附势的光。

120 点头哈腰不如点头称是；点头称是不如点头会意；点头会意不如点头咂嘴；点头咂嘴不如点指画字；点指画字不如点睛之笔；点睛之笔不如点石成金；点石成金不如点兵派将。

121 有主张是一场底气，爱夸张是一场喘气，敢嚣张是一场匪气，能扩张是一场豪气。

122 匆匆总是拉着忙忙的小手；缠缠总是搂着绵绵的小腰；唧唧总是听到歪歪的小话；风风总是带着光光溜达；勾勾总是望着搭搭的小眼；懵懵总是知道懂懂的心意；时时总是牢记刻刻的嘱咐；坦坦总是想着荡荡的遗产；沸沸总是看到扬扬的气场。

123 有容乃大：容易，容纳，容器，容物，容忍，容人，容让，容恬，容身，容声，容色，容得，容道，容光，容规，容和，容积，容量，容灾，容止，容重，容姿，容错，容成，容差，容貌。容易“容”易，其实能容非常不易。哪个容也不简单，哪个容也不容易。

124 花骨朵，牛犊子，马驹子，兔崽子，龟孙子，羊羔子，狼崽子，都是讲它们嫩，是真嫩，不是假嫩，是一掐出水的嫩。

125 鬼哭狼嚎，陈词滥调；事怪必妖，歪打正着；横吃愣睡，呲牙咧嘴；东游西逛，装模作样；毕恭毕敬，裙布钗荆；群情鼎沸，兔死狐悲；凤毛麟角，虎头虎脑；滥竽充数，死猪上树；满腹牢骚，搬石砸脚。

126 一塌糊涂有时是忘了东南西北，有时是丢了春夏秋冬，有时是没了苦辣酸甜。

127 这个世界上能不能做点事，最最牛逼的是靠空气，第二牛逼的是靠雨水，第三牛逼的是靠土地。

128 折腾是老大，扑腾是老二，闹腾是老三，翻腾是老四。谁家有了这几个活宝，那不热闹，那不红火才见鬼呢。规律是按年算，规则是按月算，规矩是按天算。

129 换一个时代，换一批歌喉；换一批歌喉，换一批耳朵；换一批耳朵，换一批嘴巴；换一批嘴巴，换一批鼻子；换一批鼻子，换一批气味。

130 吃喝嫖赌，死蛇挂树；胡说八道，张牙舞爪；人来人往，魑魅魍魉；道听途说，滑泥扬波；酸文假醋，走投无路；脱胎换骨，病猫似虎；脸宽面大，一马平川；望尘莫及，小心翼翼；毫不利己，刨根问底；船坚炮利，嗤之以鼻；歌舞升平，秤砣落井；蚂蚁上树，宦海沉浮；落花流水，齿如编贝。

131 微博真神奇，有时就像一个百发百中的狙击手，七拐八拐三转两转总能找到需要命中的目标；微博正能量，有时就像一个超高温的锅炉总能把铜墙铁壁化成铜水和铁水。

132 听雨滴说它们聚在一起会暴风骤雨，那是曾经发生的自然界的艺术行为；听清风说它们发怒时会狂风大作，那是曾经发生在自然界的一场石破天。

133 看得远，有星星作伴；看得见，有白云聚散；看得近，有狗尾草讲演；看不看是你的事，看远看近看见看不见也是你的事。

134 一旦有人选择了选择性耳聋，就有人选择了选择性失语。

135 风也分个三六九等：一等是风流，风景，风行，风度。二等是风骚，风尚，风神，风水。最差的是风湿，风口，风道，风浪，风门，风声。

136 蚂蚁活得很卑微，白蚂蚁不这么看，黑蚂蚁不这么看，黄蚂蚁更不这么看；老虎活得很霸道，东北虎不这么看，华南虎不这么看，上山虎不这么看，下山虎更不这么看。没有了解就没有理解，没有理解就没有谅解。不解万种风情，千种密道，百种人言是常态。

137 一个准备牛逼或者即将牛逼的城市，一定逃不掉这样一个铁律：香三年，臭三年，香香臭臭又三年。总是在风一场，雨一场，捧一顿，臭一顿，热一会儿，凉一会儿，阳一阵，阴一阵中跌跌撞撞摇摇摆摆神神叨叨，时而豪情万丈，时而默默无语，时而豁然开朗，时而雾霾满天。呵呵。

138 有时看一些地方政府出台的政策，换汤不换药，就像一个成年人穿着一个国际品牌的大号开裆裤，给人的感觉除了丑陋，丑陋，还是丑陋。

139 地大物博有的国家是，有的国家不是；地广人稀有的地区是，有的地区不是；地瘠民贫有地瘠民贫的地方，也有地瘠民富的地方；地动山摇可能是神话，可能是地震；地老天荒用在发誓上肯定是忽悠，用在地球本身可能是真的；地角天涯可能是三亚，可能是满洲里；地远山险一定是珠穆朗玛峰。

140 春风有时是抽风的姿态，夏风有时是伤风的气概，秋风有时是长风的胸怀，冬风有时是刮风的告白。

141 在成语里拿动物说人的事的成语比比皆是：张牙舞爪，照猫画虎，鸡鸣狗盗，狐假虎威，狼心狗肺，狼狈为奸，龙凤呈祥，心猿意马，虎头虎脑，狼吞虎咽，龙腾虎跃，牛鬼蛇神，魑魅魍魉，潜龙伏虎，降龙伏虎，兔死狐悲，凤毛麟角，麟角虎翅，蝉腹龟肠，蟾逃兔遁，虎头蛇尾。

142 行尸走肉不是脑残的状态就是休闲的姿态；魑魅魍魉不是一个家族胜似一个家族；牛鬼蛇神有时是一个政治符号有时是一个歧视的节点；刚愎自用对个人而言是性格对国家而言是一种祸害；沽名钓誉上了瘾精神病院都不敢收留；装聋作哑是一种处理问题的办法不是唯一的办法；好大喜功遇到好大喜功总是一拍即合。

143 狼吞虎咽是饿坏了；狼奔兔脱是吓坏了；鸡鸣狗盗是学坏了；恋酒贪杯是渴坏了；桀骜不驯是惯坏了；卸磨杀驴是用坏了；钟鸣鼎食是撑坏了；鱼死网破是急坏了；沾花惹草是闲坏了；卖官卖爵是心坏了；投石问路是眼坏了；巧言令色是嘴坏了。

144 愤世嫉俗往往是还没有把社会的台词背熟；羡慕嫉妒恨是《长恨歌》另一种解释；难得糊涂是老眼昏花的后遗症；巧舌如簧是面对乌鸦的一种无奈；指桑骂槐该是一种多么多么纠结的心态；装模作样活得多累只有装模作样知道；马不停蹄是马鞭子太有效力；废寝忘食除了高考上有哪里还有？

145 变是常态，不变是变态；变是天籁，不变是天灾；变是方向，不变是偏向；变是潮流，不变是下流；变是抱负，不变是包袱；变是一，不变是二；变是气量，不变是凄凉；变是反复，不变是颠覆；变是故事，不变是事故；变是遗传，不变是遗嘱；变是尽力，不变是费力；变是出发，不变是出卖；变是齐心，不变是缺锌。

146 有的公司是摇身一变膀大腰圆肥头大耳财大气粗；有的公司是摇身一变瘦骨嶙峋伤痕累累骨瘦如柴。有的是五十年摇身一变，有的是三十年摇身一变，有的是五年摇身一变，有的是一年摇身一变。中国很少有百年老店，百年不知道又经历了多少改朝换代啊，多少斜风细雨，多少腥风血雨。

147 生老病死如果加上精神，分列如下就变成：精神生，精神老，精神病，精神死。只有精神病还活蹦乱跳生龙活虎穿越时空掠过旷野不死不灭，还赖在医学辞典上高歌猛进。

148 俄罗斯的莫斯科说它的春天有多么盎然，马来西亚的吉隆坡笑了；朝鲜平壤说它的夏天多么漫长，新加坡哭了；越南河内说它的秋天多么沉重，澳大利亚的悉尼恼了；日本的东京说它的冬天多么漫长，冰岛懵了。

149 有一棵树是鹤歇处；有一朵花是蝶歇处；有一塘水是蛙歇处；有一座山是虎歇处；有一片云是雨歇处，有一片叶是虫歇处；有一座庙是僧歇处；有一首歌是心歇处。

150 天空时常有云朵来撒娇，有电闪来调侃，有雷鸣来忽悠，有雨丝来抚慰，有雪花来呢喃，有冰雹来鼓掌。月亮睁眼看，天空是蓝的，斜眼看，天空是灰的。睁一只眼闭一只眼看，天空有时黑，有时蓝，有时红，有时白。

151 锅黑不是锅的事，是烟火的事；泥塑的菩萨熏黑了，不是菩萨的事，是香火的事。

152 兵荒马乱和眼花缭乱有时是指同一件事情；山盟海誓和背信弃义有时是在同一个时间发生；装聋作哑和心知肚明有时是一种禅境；一马平川和无路可走有时是发生在一个地平线上。呵呵。中国的词汇太丰富、太反复、太风范、太肺腑。

153 男人和女人是一台戏；警察和小偷是一台戏；皇帝和太监是一台戏；猫和老鼠是一台戏；牛逼和傻逼是一台戏；无耻和无奈是一台戏；装疯卖傻和装模作样是一台戏；魑魅魍魉和牛鬼蛇神是一台戏；一和零是一台戏；美国和日本是一台戏；城管和小贩是一台戏；微博和微信是一台戏；放歌和放牧是一台戏。

154 有的人一生简简单单是战士，大大咧咧是勇士，轰轰烈烈是烈士；有的人一生抄抄写写是学士，方方正正是硕士，畏畏缩缩是博士；有的人一生无事生非去惹事，牛逼哄哄去肇事，拈花惹草去生事。

155 在一个透明透亮透视的年代，不装逼不牛逼不傻逼才是一个清醒清楚清白的选择。

156 社会就是个海，浩海的海，无边无际的海，你就是搬座山扔进去，也凸不出一个岛。

157 真主拉扯着真理，告诉他，你的同父异母的哥哥叫治理，你的同母异父的妹妹叫哲理，你的同父同母的弟弟叫代理。

158 有些事像幽静的小径开满野花；有些事像涂满月光的沙滩有节奏的涛声呼朋唤友；有些事像绿意盎然的椰树林，大摇大摆的风和有气无力的蛙声一唱一和；有些事像库不齐沙漠的驼迹，模模糊糊的记忆和酢浆草的味道摇曳不一；有些事像无边无际的夜空，数不清的星星和独一无二的月牙调和成最安静的呢喃。

159 忙忙叨叨和神神叨叨，一个是自言自语，另一个也是自言自语；大放厥词和大海捞针，一个是夸夸其谈豪情满怀，另一个是心无杂念一意孤行；纳贡称臣和纳污藏垢，一个是揣着聪明装糊涂，另一个是揣着糊涂装聪明；守口如瓶和守身如玉，一个是吝啬鬼，另一个也是吝啬鬼。

160 大 V 的脸谱：像春天的草，绿得彪悍野蛮夸张；像夏天的云，白得悠荡雁荡淫荡；像秋天的风，狂得神经铺张变态；像冬天的雪，灵得轻俏抖擞癫痫。

161 有些词说得好听是高瞻远瞩，说得不好听是杞人忧天；有些事说得好听是琴心剑胆，说得不好听是瞻前顾后；有些人说得好听是彬彬有礼，说得不好听是装模作样。

162 当财大气粗成了昨日黄花，节衣缩食就会应运而生；当九牛一毛成了八旗子弟，勤俭节约就会横空出世。

163 民谣是夏天里的蚊子，不管你讨厌不讨厌，每到季节一定来拜访；民谣是冬天里的雪花，不管你欢迎不欢迎，每到隆冬一定铺天盖地飘飘洒洒；民谣是春天里的沙尘暴，不管你高兴不高兴，每到春暖花开一定是劈头盖脸洋洋洒洒。

164 有的人一生是战士，战死，战神；有的人一生是战士，勇士，烈士；有的人一生是刺客，政客，黑客；有的人一生是播士，搏士，博士；有的人一生是好事，惹事，坏事；有的人一生是小话，大话，废话；有的人一生是哑语，无语，心语；有的人一生是傻逼，装逼，牛逼；有的人一生是磕头，摇头，点头。

165 美元是靠着硝烟炮火而坚挺，硝烟炮火是美元的伟哥。

166 能和星星对话的是一群又一群童心未泯的孩子，能随着阳光翩翩起舞的是一群又一群的无忧无虑的孩子，能痛痛快快指出皇帝的新衣根本不存在的也是一群又一群的无所畏惧的孩子。

167 天空靓不靓看风，人间闹不闹上网。

168 1+1=2，诚实；1+1=3，聪明；1+1=11，睿智。

169 “前无古人，后无来者”的简约版：不曾有，不再有。

170 一壶奶茶温暖了一个民族，奶茶是蒙古族牧民百喝不厌的第二壶酒。

171 真善美是一只羊，真是羊骨架，善是羊肉，美是羊皮。

172 新闻玩的是毛尖茶的活，不是玩的普饵茶、砖茶、砣茶的活。

173 一部部历史就是在选择性失聪和选择性失明中写就的。

174 一只流浪的鸟对一对小鸳鸯羡慕嫉妒恨地说：你们真是一对儿啊。

175 有时觉得这世界越来越好玩，许许多多的评奖就像在评谁比谁的脸皮厚。

176 思考者往往是蓬头垢面，想不明白的事再想也是不明白。

177 苦辣酸甜咸，要是没有了盐，一切味道都是扯淡。

178 心静，天就淡云就白风就轻！

179 日本这一年首相换得快，快得好似一个吃了泻药的人。

180 历史最真实是在于它的不真实。

181 每一天都有历史的胎记，每一个胎记都有一个说法。

182 文化就是没事找事，文明就是没事说事。

183 历史常常像一条黄金蟒，乍看金光灿烂，细看毛骨耸然。

184 美国人装穷，日本人装硬，中国人装什么？

185 伪君子多了，小丑就特别可爱，可亲，可贵。

186 眼花不是花，花眼满眼都是花。这一倒腾，一翻腾，一闹腾，天壤之别啊。

187 会叫的孩子有奶吃，这孩子真真正正是懂得舆论的重要性。

188 有些人不务正业是最大的正业，有些人无所事事是最大的事。

189 一个准备管好自己的人有可能出家，一个准备管好两个人的人有可能成家。

190 有时给点颜色看看，并不一定包括赤橙黄绿青蓝紫。

191 冷漠是这个社会的人群里在慢慢扩散的一种精神白内障。

192 别看雪花飘飘洒洒，雪花最喜欢给高山戴上一顶高帽。

193 天籁之声永远听不烦：虫鸣，狼嚎，狗吠，鸟啾，猫咪……

194 吃五谷杂粮，放臭屁，古往今来不过如此！

195 人生三大态：饱吹，饿唱，穷撒谎。

196 把简单的事做简单就不简单，把复杂的事做复杂就更复杂。

197 一个人可以让你眼花缭乱，一棵对着太阳的向日葵也会让你眼花缭乱。

198 名气是脸的鞋，味道大味道小只有脸知道。

199 一个城市是什么颜色，是由太阳的位置和云彩的浓厚来决定的。

200 休假式治疗 = 官众席治疗，表演系治疗，边缘化治疗，应急式治疗。

201 人万岁，是假的；人民万岁是真的；人民币万岁可能是真的。

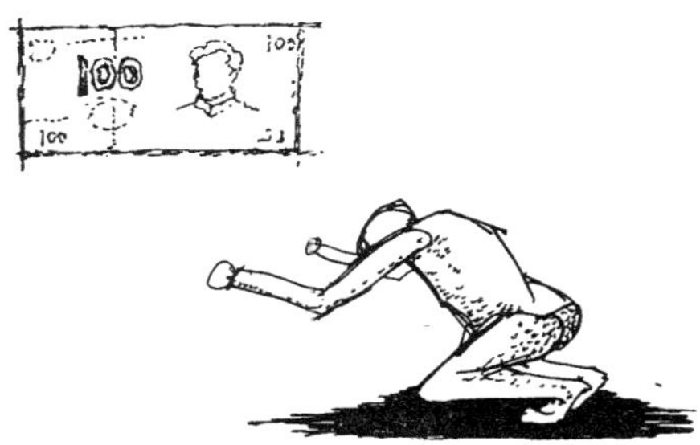

202 美国如果像个牛逼哄哄的新郎，日本总像一个挠首弄姿的新娘。

203 1. 星星要是在夜空里交头接耳，寒风就会肆无忌惮地大声喧哗。2. 羊要是站在山坡上，狼正在神气活现地走在羊肠小道上。3. 骆驼要是站立不动，沙尘暴正在周围咆哮。4. 狗要是摇尾巴，它太久没有见到陌生人了。5. 萤火虫要是亮得像块金子，你就知道黑夜的架子有多大。6. 乌鸦叫了，公鸡不一定打鸣。

204 夸口，夸大，夸张，夸赞，夸诞，它们都有一个共同的干爹叫忽悠。

205 一个小坑可以崴了脚，一个大坑可以闪了腰。

206 “头头是道”这个词念三遍，就读出了真实的味道。头头是道，强者是道。

207 这是包公祠里的龙头铡，古往今来也就是个摆设。

208 世界上最伟大的民营企业是元朝和清朝。

209 这些动作和声音你肯定熟悉：咿咿呀呀，哭哭啼啼，嘟嘟囔囔，嘀嘀咕咕，叽叽喳喳，嘻嘻哈哈，哆哆嗦嗦，蹦蹦跶跶，口口声声，踉踉跄跄，蹦蹦跳跳，打打闹闹，说说笑笑，唯唯诺诺，勾勾搭搭，拉拉扯扯，走走停停，歪歪斜斜，勤勤恳恳，兢兢业业，疯疯癫癫，随随便便，颠颠簸簸。

210 这个时代更需要的是对话，狒狒们已先行一步。

211 左耳听到了，右耳没听到，是为绝密；左眼看到了，右眼没看到，是为机密。

212 有些人，有些事就跟一颗龅牙一样，再厚的嘴唇也挡不住龅牙奔跑夸张扩张的脾气。

213 不知道是什么原因，赤橙黄绿青蓝紫七色中对红的颜色的堆砌是最多的：玛瑙红，鸡冠红，霞红，枣红，高原红，猴腚红，玫瑰红，苏丹红，圣诞红，东方红，大红，鲜红，苹果红，石榴红，西瓜红，猩红，杏红，祁红，蛮红，灯笼红。

214 近期从网上看一些官员和企业家的言行和嘴脸，无非是几类人：1. 与时俱进。2. 与食俱进。3. 与嗜俱进。4. 与屎俱进。5. 与死俱进。呵呵。

215 敲一天木鱼念一天经，好经在红尘，真经在人间。

216 站高枝，你以为就看得远啊？站高枝，你以为你是黑凤凰啊。

217 偏激偏颇，极具攻击性，意思不大好：诈，谀，夸，诳，诡，诱，诋，讣，讦，讻，讨，诽，谤，等等。凡是站在言字右边的简称言右派，基本是两个字，一个信字，一个狺字，一个指人话，一个指兽语。从字里行间你就知道自古以来左多右少。

218 这个世界不怕不正经，就怕装正经；这个世界不怕王八蛋，就怕王九蛋；这个世界有无耻，也有无赖，更有无知；这个世界有公的，也有母的，更有不公不母的；这个世界有装疯卖傻的，也有装聋作哑的，更有装模作样的；这个世界有牛逼的，也有傻逼的，更有二逼的。

219 1. 长老：长大了就老了，简称长老。2. 总经理：总是经常修理你的人，简称总经理。3. 总理：总是有理的人，简称总理。4. 书记，看了小人书线装书漫画书都能记住的人，简称书记。

220 在天空上默默无语的有云儿，星儿，月儿；在海洋里默默无语的有虾儿，鱼儿，蟹儿；在大地上默默无语的有树儿，花儿，草儿。眼睛要是不说话，嘴巴说再多也是废话。

221 忘恩负义有时是指一个人对另一个人，有时是指一群人对另一群人，有时是指一个国家对另一个国家，有时是指一段历史对另一段历史。

222 佐料在厨房，石料在山坳，资料在档案室，废料在垃圾场，肥料在田间，笑料就在你的耳朵里。

223 无知无畏肯定是年轻人独有的笑声，无聊和无赖会不会是老年人独有的咳嗽声？

224 草原上是不冷不热的天气，不紧不慢的生活节奏，不温不火的眼神，不大不小的羊群，不浓不淡的原野，不慌不忙的秋风，不疾不徐的白云，草原给你安宁并附送一份辽阔和厚道。

225 黑蚂蚁，黄蚂蚁，白蚂蚁集合在一起看狮子大开口，那是何等壮观的景象：那哪是口啊，那是天际线和地平线的交汇点，那是天空和土地的汇集点，那是浩瀚的穹庐，那是一部伟大的易经，那是自强不息厚德载物。看不看，看谁看；大不大，跟谁比。吨位就是吨位，体量就是体量。大和小离得很近又很远。

226 1. 蚍蜉戴盆，落魄丢魂；2. 疲疲沓沓，松松垮垮；3. 暮暮朝朝，黑打混闹；4. 酒足饭饱，胡吹毛料；5. 晨钟暮鼓，稀里糊涂；6. 马不停蹄，一日一里；7. 坎井之蛙，生出夏娃，8. 看风使舵，没对没错；9. 地广人稀，无量天机；10. 弹尽粮绝，门前扫雪；11. 信誓旦旦，孤行己见；12. 古肥今瘠，胡作非为。

227 1. 蚯蚓是惊蛰的情人，是龙王爷打进土地爷家中的间谍。2. 蝴蝶是黛安娜，活得短什么都知道。3. 兔子不喜欢战争，不必像战马长那么长的尾巴。4. 鸡就是不吓唬猴，人该宰你还是宰你，谁让你哪么早就由鸟变成了鸡。5. 不是狐狸耍两面派，是季节变幻太快。6. 鹅眼看人低，因为鹅是鸡群里的天鹅。

228 看星一定要等到天黑，看海一定要等到退潮，看花一定要等到春天，看透一定要等到心凉。

229 1. 猫头鹰喜欢黑夜，是黑夜给了猫头鹰亮晶晶的星星。2. 蛇从来不想复杂，是路太蜿蜒曲折。3. 都说河马嘴大，看看屁股后面也不小。4. 鸵鸟下了个蛋，鸡蛋，鸭蛋，鹌鹑蛋一起高喊此生终于见到了老大老大的蛋。5. 小牛犊子碰见小兔崽子，小兔崽子说你好牛逼，小牛犊子说，你还没看见牛爹牛马。

230 1. 老虎都快消失了，人们又制造了比老虎更老虎的老虎。2. 企鹅大摇大摆不是牛逼，是北极太冷。3. 麻雀叽叽喳喳，他们全是为人类的生存在争吵。4. 刺猬长刺也算是一种自我批评。5. 鸽子不爱唱歌，不喜欢高调，人总喜欢在它的屁股上安个鸽哨。6. 狗要捉耗子，猫为什么不能当一回狗的领导。

231 有激情的窝，才能下出激情的蛋；有理想的房，才能摆下理想的床。

232 别无选择，就是唯一选择，复杂的问题往往就是这么简单和滑稽。

233 1. 狼毒花不毒，狼不待见，羊也不待见，标准还是狼定。2. 牡丹花俗不可耐，俗不可耐人人喜爱。3. 青松似乎是一种群体的坟树。4. 竹叶青天生有股酒香，灯红酒绿是它的简历。5. 秋后的蚂蚱，蹦跶就是一种修行和养生。6. 苍蝇从小就热爱光明和自由，总是被撞得头破血流。7. 老鼠过街是你眼花。

234 1. 天要是黑了，一定是星星躲在远处观看。2. 乌鸦哭了，肯定是狐狸叼着肉跑了。3. 大象笨，是森林里的路太窄了。4. 不是蟋蟀好斗，是人群喜欢这样一种血腥的谄媚。5. 青蛙从不羡慕嫉妒恨公鸡的打鸣，只是青蛙的外语公鸡不懂。6. 骆驼长了两个驼峰，很多男人看成两个乳房，这不能怪骆驼。

235 1. 松果躺在森林里，松鼠总能找到。2. 枯叶趴在草原上，可能是秋天来了，可能是冬天来了，也可能是春天来了。总之不可能是夏天来了。3. 沙锥鸟要是在湖面撅着嘴思考，鱼儿们知道向刘翔学习的时候到了。4. 狐狸要是行走在雪野，估计还没有找到饭馆。5. 麻雀待在天线上，肯定不是对电视感兴趣。

236 1. 鸭子只炫耀了一下鸭掌，春天的预言家的奖状就拿到了手。2. 狐狸和老虎刚刚喝了一杯酒，狼们就找到了靠山。3. 蚊子吸了一口血，就留下了遗言。4，蝴蝶总是花枝招展，麻雀说它阅历简单。4. 刺猬伸伸懒腰，蛇就说它气焰嚣张。5. 蝌蚪每天摇头摆尾最终还不就是一个癞蛤蟆。

237 1. 当河马裸奔时，非洲大象一丝不挂地大笑了。2. 当猴子迈着罗圈腿敲起锣鼓时，明星们都激动地流出了羡慕嫉妒恨的泪水。3. 当癞蛤蟆装模作样打了一个喷嚏，山谷都拍红了巴掌。4. 每个湿漉漉黏糊糊的石阶爬满了蟑螂时，白蚂蚁黄蚂蚁都磕头作揖终于找到了老大。

238 1. 莫斯科莫名其妙成了白天鹅的干爹，乌鸦就没明没黑地上访告状。2. 蜜蜂每天忙忙碌碌，每一朵鲜花知道蜜蜂的心思。3. 毛驴经年累月忙得团团转，卸磨杀驴时该杀的还是驴。4. 牛真当自己是个角斗士，傻逼的装逼的观众笑得前仰后合。5. 蜥蜴歪歪斜斜写了几行字，屎壳郎忘乎所以地装裱在客厅。

239 1. 长颈鹿要是低下头，那一定是树太矮了。2. 野兔子在星光撒野的野地竖起耳朵，那一定是看到了光明。3. 晚上八点，野鼠都不在甘蔗林里溜达，一定也知道早睡早起身体好的训条。4. 狗都是一个议会的议员，一个吼叫，另一群也一定跟着吼叫。5. 不管怎么说，蝴蝶都是 21 世纪的微笑。

240 1. 腹大不一定是蟒蛇，菠萝蜜腹大常常是吊儿郎当晃里晃荡。2. 保密机密绝密秘密常常怪嘴巴跑得快，嘴巴跑得再快也不如耳朵飞得快。3. 欺骗是一朵朵奇葩，春天来一次，它就绿一场，红一次，白一层，黄一圈，紫一回，蓝一趟，黑一片。4. 空格是抑郁症的前兆。5. 耽搁是因为你一点也不重要。

241 1. 感动流出的眼泪总是比鼻涕多得多。2. 没有穷神，财神去当谁的领导？3. 歌喉再美，发炎也要去医院挂个号。4. 资本滔滔不绝，资金源源不断，资产装模作样。5. 轮廓是辽阔的风干肉。6. 梦想和梦乡是双胞胎，鼾声总是一见钟情。7. 风景要是高空逛逛的大雁，白云就是黄河岸边的芦苇。

242 1. 蚊子没有见过血站，所以飞扬跋扈自以为是。2. 剩饭是蛋炒饭咖喱饭扬州饭的导演。3. 奴才也是一种昵称。4. 刮风和下雨总是白头到老。5. 生气往往像一个乔装打扮的勇气和脾气。6. 东南西北不知道春夏秋冬也有洞房。7. 奔驰要是走上羊肠小道就是一个笨蛋。8. 麻痹是一锅潮州粥。

243 1. 老鼠比牛大比龙牛，不信你看看在属相里谁是老大。2. 伯乐是上帝的弟弟，见不到上帝就见不得伯乐。3. 大气只属于空气。小气才是一种礼貌。4. 劳动是一种习惯性流产。5. 摊位有时是老年斑有时是青春痘。6. 蝙蝠是一艘黑夜的航空母舰，猫头鹰常常自言自语。7. 辣椒是夏天永恒的微笑和傻笑。

244 1. 咳嗽是一种控制不住的旋律。2. 食客是乞丐的初级阶段。3. 蚂蚁也是五官齐全。4. 摇滚是一个人在寒冬腊月里待了多久才能不管不顾。5. 围墙再苍茫，鸟儿依然云游四方。6. 当上师傅自然会舒服，但一定要首付。7. 骨头不一定仅仅是狗喜欢，考古学家有时比狗更喜欢。8. 东西不一定是东西。

245 1. 印象常常是眼睛的图章。2. 模仿常常是黑夜中的一个小偷，没有星光没有声响。3. 无聊是白内障的另一种说法。4. 无赖总是怀里揣着一颗豹子胆。5. 撒谎是人群里的一个屁。6. 愤怒总是装模作样。7. 废话铺天盖地，上帝从来不生气。8. 抓耳挠腮不是感冒就是发烧。9. 闭嘴是一场白灾。

246 1. 癞蛤蟆嘴大，星星才印在春天的大裤衩上。2. 布谷鸟每天清晨鸣叫，自以为闹钟挂在它的嘴上。3. 猪不是懒惰，因为贵族都是这个习惯。4. 猫头鹰加班加点，因为天一亮老鼠都是老板的模样。5. 沙漠也是金子，所有的动物都用第三只眼睛看世界。6. 屎壳郎是烽火狼烟的最忠实的读者。

247 龙年龙词回顾：龙飞凤舞，龙楼凤城，龙精虎猛，龙雏凤种，龙举云兴，龙凤呈祥，龙飞虎跳，龙幡虎纛，龙虎风云，龙翰凤翼，龙眉凤目，龙盘虎踞，龙马精神，龙攀凤附，龙蟠凤逸，龙蛇飞舞，龙潭虎穴，龙首豕足，龙头蛇尾，龙骧虎视，龙吟虎啸，龙钟老态，龙子龙孙。

248 1. 千遍万遍的浪打浪才能看到沙滩上的细腻和稀泥。2. 唱歌有时就是一种吆喝。3. 薪水酒水药水泪水常常纠缠不清。4. 无辜总是看到了雨看到了雪看到了冰雹总是忘记了风。5. 不管香火如何缭绕，菩萨总是镇定自若。6. 封鬼和捣鬼往往就是一对孪生姐妹。7. 周期是一种掩饰不了的皱纹。

249 1. 黄河跑一次调，大湖小湖都变成了激动的音符。2. 芦苇荡弯下腰是背负的风太沉太重。3. 每一片山的皱纹都让黄河的波浪复制成畅快的曲调。4. 蜻蜓飞得不高却总能俯瞰辽阔的草地。5. 蝴蝶闭住了嘴，熙熙攘攘的雪花咋咋呼呼迷迷糊糊进场了。6. 大雁横笛，天地合一，山依旧是山，河依旧是河。

250 1. 猩猩草是星星的遗腹子，刮风下雨是夏天常有的事。2. 干枝梅是一棵草，素面朝天总能碰上雪花飘飘。3. 山里红朴实朴素得只剩下红肚兜，一换了户籍就学会了甜言蜜语。4. 山高山低，云只是笑笑。5. 装模作样也是蚂蚱保护自己的绝招。6. 山蚊子再不嗡嗡，再不唧唧歪歪扭扭捏捏，秋风就过去了。

251 奥巴马既要讨好也要讨吃，活得好纠结活得好分裂活得好雷达，要 HOLD 住下一届总统不容易啊。

252 1+1=11；1+1+1=111；1+1+1+1=1111；这个世界角度决定高度宽度厚度。

253 1. 猫头鹰进了动物保护的黑名单，老鼠们知道该给红尘中的人们好好磕头作揖。2. 狼吃了几只羊，就被写进了小学课本，天天享受着草原哭哭啼啼的诅咒。3. 土地伸了伸疲惫无奈的懒腰，沙漠舒展了眉头，晃着油光锃亮的大脑袋知道自己的地盘又要扩张了。4. 小溪小河自从有了味道，鱼儿都进了寺庙。

254 1. 地龙是一条条蚯蚓，总会蠢蠢欲动，春天不来，它就纹丝不动。2. 乌云常常是打着腹稿，黑色的牢骚经常受到白云的嘲笑。3. 自作多情的是梅花，寒冬腊月里手舞足蹈，摇头晃脑。4. 冬天来了，狗熊不再吃吃喝喝，为了下一个季节的吃吃喝喝装模作样也该歇一歇。

255 1. 星星在天空闲逛，月亮一定皱起了眉头。2. 蜜蜂在花从里闲逛，一定是花香卖出的广告。3. 雨滴在池塘里同涟漪共舞，肯定是鱼儿在演奏。4. 祁连山要是穿上白色的斗篷，阴山也不会落后。5. 落花要是和流水混到一起，一定是风儿在默默打着掩护。6. 盐湖总有一口雪白的牙齿，那是从不与污垢为伍。

256 1. 雪莲花在山顶吹起小螺号，雪花飘飘洒洒无拘无束。2. 喇叭花开得清清白白时，蜜蜂说庸人自扰。3. 狼毒花虽然名字不好听，但从来不干落井下石锦上添花的傻事。4. 夹竹桃有风拍巴掌，无风自欣赏。5. 木棉花也是一种花，有人当茶有人当花。6. 鸡蛋花总有一股鸡粪的味道。7. 甘草总是默默无语。

257 1. 天下的老鼠都牺牲了，老鹰会哭泣，蛇会嚎啕大哭，老猫会踌躇惆怅会得抑郁症。2. 沙尘暴真的壮烈了，海洋会咆哮，鲸鱼会闹腾、鲨鱼会撞海底的礁石。3. 都要路不拾遗夜不闭户，你问一问陶渊明他何时见过，在桃花源里你都没有见过，在杏花园里梨花园里更不可能见过。4. 水清无鱼关键是无污泥。

258 1. 坟树告诉你下一次磕头在什么地方。2. 杏树通知你醋会在什么地方开会。3. 胡杨树总会发个传真知会你沙尘暴是雾霾的天敌。4. 椰树总会引颈高歌，水乳交融有时也会在树上。5. 木棉花清清楚楚知道英雄气短儿女情长。6. 枣树知道红得发紫，就是老的开始。7. 榕树盘根错节忙半天也就是个盘根错节。

259 其实，任何一个年代都是好坏同居的年代，都是阴阳合谋的年代，都是凤枭同巢的年代。

260 1. 傻子和傻子集合在一起总能找到天真无邪般的乐趣。2. 傻子们要是互相拍起马屁，托尔斯泰，乔布斯，马克思都要集体上访。3. 狗总能在主人不知所措的情况下哼出莫名其妙的曲调。4. 看家狗总是搅得左邻右舍不得安宁。5. 天空要是忽悠出一片云，预言家总是不紧不慢地预测：天要下雨了。

261 1. 草原不是铺的，戈壁不是砌的，沙漠不是堆的，黑夜不是染的，太阳不是画的，森林不是涂的，灶王爷不是哄的，黄河不是灌的，老天爷不是选的，王爷不是任命的。2. 大海航行靠对手，万物生长靠太阳。南雨北雪都是雾，人来人往是战场。3. 小丑玩嘴，小官玩会，小姐玩睡，小鬼玩醉，小人玩歹，小痞玩坏，小文玩转，小商玩赖，小哥玩呆，小师玩猜。4. 人怕出名猪怕壮（吓唬），死猪不怕开水烫（清醒），自古英雄出少年（历史），网络社会浪盖浪（现实）。5. 熙熙又攘攘，来来又往往，人生不过百，匆匆又忙忙。暮观月亮亮，朝看太阳晃，春夏又秋冬，过客敲晚钟。6. 理论是一回事，实际又是一回事。计划不如变化快，中国没有预言家。

262 消失的传说中的都可以称为神：枪神，器神，球神，雀神，拳神，穷神，武神，瘟神，巫神，舞神，网神，亡神，王神，恶神，日神，天神，太神，胎神，屠神，土神，塔神，元神，屁神，牌神，喷神，暗神，死神，睡神，山神，圣神，水神，兽神，蛇神，善神，煞神，赌神，盗神，疯神，法神，福神。

263 1. 溪水顺着山涧缓缓流淌，碰到大大小小的石头，总是欢歌笑语。2. 羊肠小道总是刺激人类的思考。3. 一片落叶的勇敢和睿智是十个将军及十个哲学家比不了的。4. 风要是加速度，季节的变幻就要来到。5. 山蛙蹦跶蹦跶，溜达溜达总能看到秋冬春夏。6. 秋天一来，艾草就长出灵敏的鼻子。

264 这些人是这个社会的味道：好人，坏人，牛人，能人，鸟人，犯人，高人古人，寡人，工人，佳人，贱人，黑人，后人，狂人，苦人，敌人，道人，达人，党人，歹人，文人，武人，伟人，闻人，倭人，歪人，红人，憨人，浑人，猎人，懒人，恋人，老人，丽人，雷人，烂人，艺人，要人，洋人。

265 拿得起，放得下。人生没啥了不起。不卑不亢，大大方方。走走停停，天高云长。

266 先学好再学坏，是小坏蛋中的大坏蛋；先学坏再学好，是大坏蛋中的小坏蛋；先学好再学更好，是鹌鹑蛋中的鸡蛋，鸡蛋中的鸵鸟蛋；先学坏再学更坏，是鸵鸟蛋中的鸡蛋，鸡蛋中的鹌鹑蛋。坏在这里不是贬义词当然也不是褒义词，不土为坏，见过世面为坏。

267 凡是被人类修理过、管理过、整理过、道理过、物理过的牛马羊鸡鸭鹅，只要不服从组织不服从纪律一概被冠以野牛，野羊，野马，野鸭，野鸡，野鹅。凡是没有被人类修理过、管理过、整理过、道理过、物理过的动物，人类对它们就不敢冠以野老虎，野狮子，野豹子，野龙，野凤凰。内外有别也是一项潜规则。

268 天天加月月给年年拜年；春风加春花给夏天送礼；南方加北方给西方磕头；无耻加无奈给无知洗脚；马克加法郎给美元献媚；乌云加白云给月亮擦鞋；囚犯加监狱给和谐文身；废话加套话给大话鼓掌；答复加说服给应付报道；酒盅加酒缸给酒仙承诺；乌鸦加喜鹊给文化注解；赌气加赌博给赌场欢喜。

269 面对一个真佛，一个人一个群体也就这些动作：求佛，听佛，吞佛，浴佛，诵佛，赕佛，非佛，供佛，化佛，敬佛，开佛，卡佛，礼佛，信佛，学佛，修佛，心佛，笑佛，成佛，拜佛，抱佛，念佛，面佛。

270 冥思苦想可能是在考场，也可能是在商场；朝思暮想可能是在情场，也可能是在道场；胡思乱想可能是在官场，也可能是在舞场。

第三部分

不解风情

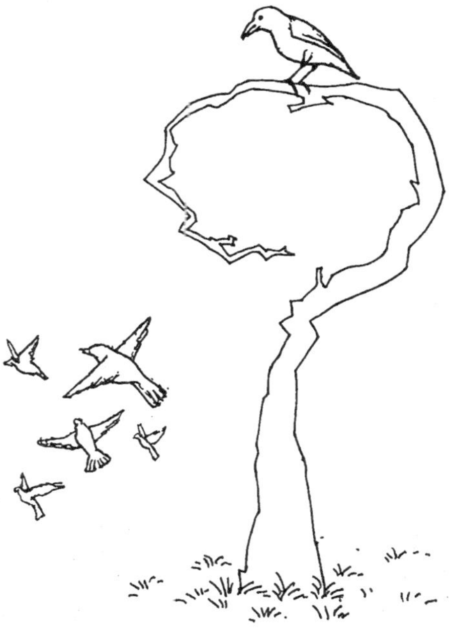

1 跟着风走有时是羊群，有时是马群，更多的时候是春天和秋天一路跌跌撞撞。雪是飘飘洒洒，那也要赶上寒冬腊月，要是在夏天你想让雪花飘飘洒洒，那只有是梦中的水中捞月。冬天必定有冬天的棱角，夏天必须有夏天的态度，春天你千万不要小看，它也是有不大不小的脾气，秋天雍容大度请记住那全是装的。

2 有什么样的地理景观就有什么样的人文景观。地形地貌对音乐的影响非常大。没有平原的舒展，哪有河南豫剧的爽快；没有内蒙古草原的辽阔，哪有蒙古长调的悠长；没有小山小水的七缠八绕，哪有越剧的缠缠绵绵；没有黄土高坡的七上八下，哪有爬山调的忽高忽低；没有东北的白毛风，哪有二人转的飞扬和裸露。

3 小小的火狐看到的黑夜和白白胖胖的北极熊看到的黑夜是一模一样。脱肛的黑夜会讪皮讪脸撒泼耍赖地撒下大把大把的星星。火狐看到的角度和北极熊看到的角度大同小异。于是就有了诗歌，就有了传说。就有了神话和赞歌。火狐学会了沉默，北极熊自然也懂得了沉默。沉默是会说话的黑夜。

4 火车火车有火有煤就有火车，汽车汽车有汽油就有汽车，动车动车有系统控制就动，无人控制就不动。是谁让该动的不动，不该动的动了？是老天爷吗？是龙王爷吗？是土地爷吗？哪个环节出了问题，真该把细节好好挖一挖。换个把局长容易，换一个实实在在的安全不容易。

5 在冬季里微笑，雪花是个符号。狐狸知道，狗熊睡觉，百灵鸟蹦蹦跳跳在雪野撒娇。麻雀蹲在屋檐，腊肉香辣椒红一清二白还有青萝卜和炊烟袅袅。雪地盖住了野兽的足印，苍穹里老鹰瞅了又瞅，喜鹊报喜，乌鸦也学会了吹腊月的口哨。

6 昨天见一老友，当一不大不小的头儿，忙得东倒西歪，脚不沾地，南北不分，东拜西叩。这年头当小头，管人被人管，看人被人看；当中头，上传下达，假模假式，非道非魔；当大头，像道具搬来搬去，像面具等来等去，像模具倒来倒去，你说好玩吗?

7 广州话：一是鸭，二是姨，三是生，四是死，五是母，六是楼，七是气，八是爬，九是狗，十是师。

8 秋风扫落叶是形容北方秋末的一种自然景象，广州恰恰是晚一个季节，春初是春风摘落叶，揪黄叶，掐败叶。各种树木的落叶飘飘洒洒弥漫在广州大街小巷。春初的树叶的颜色猛看上去是绿叶，仔细看，绿和绿不一样，深绿，老绿，苍绿，残绿。夏初的绿是鲜绿，亮绿，浅绿。春夏秋冬是自然的律动，广州只有春和夏。自从到了野生动物园就像进了敬老院，感觉不一样。一级保卫，园外美女如水，帅哥如火。福利待遇美国英国都不能比啊。

9 月瞰人间碌碌忙，人观月亮星空荡。千年悬月似飞鸟，人不知月月无妨。

10 一朵花长着长着就尴尬了，一朵云飘着飘着就扯淡了，一场雨哭着哭着就没气了，一阵风吹着吹着就凉了。生老病死看着看着就虎头蛇尾了，春夏秋冬望着望着就横躺竖卧了，东南西北听着听着就无声无息了。

11 乳燕剪空柳招风，红粉黄绿涂京城。又是一年椿树芽，静听惊雷落酒盅。

12 幸福有时很简单。一池水看春夏秋冬，看云舒云卷，看清风翩翩，看霞光万里。一树荫听虫吟蛙鸣，听柳絮喃喃，听麦穗灌浆，听月亮欢唱。

13 天井里放个木桶，怀疑火灾，监督火灾。春天理解，夏天明白，秋天也通情达理，冬天怎么也搞不明白。雪花不远万里难倒就是为了变成木桶里的水？了解是一种态度，理解是一种热度，谅解是一种宽度。雪花变成水，不是高度也不是深度是温度啊。

14 十年磨一剑，一剑能砍剑。一剑去穿山，佛笑魔疯癫。

15 无人打搅的山水总是那么坦然，云过云梳妆，雨来雨含苞。燕累燕歇脚，雀跃雀留踪。

16 一只脚半个酒窝，一架钢琴拉拉扯扯，你是你，我是我，这个世界每天每年都在拉拉扯扯涂涂抹抹。

17 西方的草原跑来一匹奥巴马，东方的麦田野田长得疙疙瘩瘩。

18 田野里驻足，耳福就在两侧。美丽常常是一种眼福。有时是一枝花，一只蝴蝶，一片云，一弯月，一湖水。

19 又到墙红柳绿时，蝶飞蜂舞待蝉鸣。春夏秋冬齐折腾，清风驾雾笑不停。

20 蚊叮蛙鸣，椰树数星。心石云岩，白雨黑风。右眼迷瞪，左眼圆睁。有佛无声，无道有形。

21 有灯光的夜晚和有星光的夜晚不一样。有人情的夜晚和没有人情的夜晚不一样。

22 火烈鸟用花枝招展的翅膀花枝招展的姿势花枝招展的心情迎来了花枝招展的春天。不计成本的花枝招展和铺张浪费的花枝招展以及豪气冲天的花枝招展会让春天一路高歌不管不顾张牙舞爪烂漫天涯。

23 心静，雪花赛梅花，月光也能叮当响；心清，溪流似哈达，鸿雁送来星满天；心骄，阴山举苍穹，长风回头过秦岭。

24 寒风来了，比风跑得更快的是绿了又绿的树叶，红了又红的树叶。风是有方向的，树叶自然也会顺着风道走得整整齐齐。不要说季节的坏话，也不要说季节的好话。不怕冷的花是好花，不怕热的花也是好花。浩瀚是没有东南西北的，青山对春夏秋冬是麻木不仁的。瞬间用耳朵听是瞬间，用嘴巴品就是苦辣酸甜。

25 星期天的早晨是晨风吹出的口哨，是霞光一眨一眨的眼睫毛，是蒙古包里飘出的奶茶香，是南海退潮的浪花的嬉闹。

26 一棵榆树，陶醉，安歇，不理不睬，立者，立者，再立者。站者，站者，再站者。鸟鸣是心跳，雨来去洗澡，光来咂咂嘴，风来扭扭腰。吵什么，闹什么，东来西去，草黄草绿。

27 春天又回来了，非常守时。南方守望了一冬的树叶下岗了。在失眠中打起了莫名其妙的鼾声。

28 向日葵说，我也是一片树叶啊，辉煌到金秋一样成熟稳重的黄，哈哈，和上帝吃晚餐的时间就不远了。

29 俗话说树林子大了什么鸟都有。其实一换季，小风一吹，树叶一落也就剩几个鸟巢。鸟去哪里了？有的出国了，有的探亲去了，有的度假去了，有的开会去了，有的成了鸟类标本，有的和食客镖上了，有的进了火锅店。

30 长江是一棵树，珠江是一棵树。百川归海是繁花似锦，落红无数。是春秋夏冬，寒来暑去。

31 泰州见一小店，店名叫：口渴了。小店不装有文化。人说人话，店起店名。菜花黄是嫩黄，芦花黄是老黄。菜花黄是开在春天，芦花黄是在等待夏天。

32 春天来了，也不要拈花惹草。一大早这辆车冲上了路边的花基。俗话说：心急吃不了热豆腐。

33 踏景不如观景，观景不如听景。远方的世界是一幅画，是一首诗，是一瓶酒，是一个梦。

34 老芦荡老芦花还在留恋往昔的放荡和飞扬。春天来了，今年的春天不是去年的春天。

35 春天是新旧交替的季节。早开的花早落，晚开的花晚落。早开的花给你新奇和惊喜，晚开的花给你坦然和自在。

36 花开好心情，叶绿也是一团景啊。春天是一种冲突，春天是一种传统，春天是夏天的草图，是秋天的插图，是冬天的彩图。

37 江南的春天一来就是一串串一咕噜一疙瘩一缕缕一条条一丝丝一片片。要化妆就是粉一团红一片绿一簇黄一层紫一条蓝一点。

38 晨钟暮鼓，生命有了另一种节奏，有了另一种韵味，有了另一留恋，有了另一种角度，有了另一种反馈，有了另一种沟通，有了另一种肯定，有了另一种摆脱，有了另一种盛开。

39 耳朵里的春夏秋冬是由掌声锣鼓声汽笛声钟声狗犬声鸡鸣声跺脚声喘息声哭声笑声雷声雨声构成；眼睛里的春夏秋冬是由红一片绿一团紫一朵蓝一丝黄一块青一点构成；鼻子里的春夏秋冬是由香一阵臭一阵香香臭臭又一阵构成。人生哪一声都不能缺，哪一味都不能少。

40 有两只鸟沾了文化的光，没有被人赶尽杀绝。一只鸟是喜鹊，一只鸟是乌鸦。喜鹊报喜不忧，乌鸦报忧不报喜。一个是喜鸟，一个是丧鸟。喜鸟人们喜欢所以活下来，丧鸟人们惹不起所以活下来。

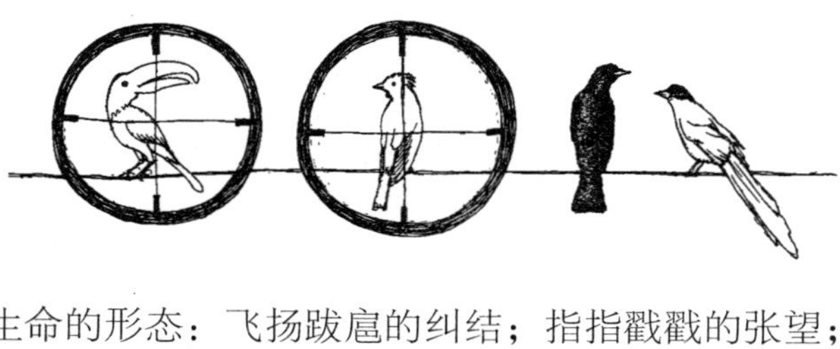

41 生命的形态：飞扬跋扈的纠结；指指戳戳的张望；东南西北的悬挂；无声无息的坚守；无上无下的等待；乱七八糟的遐想；自作多情的描画；自生自灭的挣扎；众所瞩目的幻想；本本色色的循环；肝胆俱裂的对抗；五彩缤纷的夸张；大喜大悲的飘逸；慢慢吞吞的抛弃；服服贴贴的低头；悬心吊胆的折腾。

42 小径弯弯，余辉淡淡。黄墙灰瓦，草绿花红。远是大海横波，近是长江缠绕。木鱼声声，香火飘飘。善男信女拾级而上，古寺古庙沿山而建。

43 每个季节都有落叶，每个月都有落叶，每天都有落叶。有时落得星星点点，有时落得羞羞答答，有时落得絮絮叨叨，有时落得鼎鼎沸沸，有时落得大大方方，有时落得瓷瓷实实，有时落得马马虎虎。大自然不需要装腔作势遮遮掩掩，大自然不需要前呼后拥一轰而上。

44 蝉，夏天里声嘶力竭歌唱。一丝不挂的是太阳。星星瑟瑟缩缩，月亮摇摇晃晃。唱一万遍，流浪也变不成流氓。

45 黄河滩上的青麦穗。长得大方，厚道。长得不言不语默默无闻。长年累月兢兢业业勤勤恳恳。不如花俏不如梅艳不如松傲不如竹清，可它就是实实在在的青麦穗。

46 忽明忽暗蛙一声，断断续续满天星。云厚情薄山淡定，欲阳拨雾自多情。藤缠树来花招蝶，鸟飞雨泼雷先鸣。灼月如火扮天晴，一雀凌空射苍穹。

47 一个朝代是一幅画。在春天里是香气四溢生机昂然魅力四射的一幅画；在夏天里是红得发紫白得带粉黄得掺金绿得冒油的一幅画；在秋天里是财大气粗牛逼哄哄四处撒野见风就疯逢云就晕的一幅画；在冬天里是拿着显微镜端着放大镜找不着北摸不到东看不到景的一幅抽象派的画。

48 野花黄，蝴蝶白。毛茅草，迎风摆。黑狗吠，雀飞来。鹅扬脖，猪怀崽。花牛俏，麻鸭乖。一闲人，常发呆。一群人，乐开怀。

49 那一年，我就碰上了这样一场雨，对饥渴的锡林郭勒草原，那是屁股大的云影，小气抠门的雨点，就这点雨，就这点水，一降到还到处泛黄的草原上，降哪，那就立马绽出一团绿，一片绿。草芽钻出草地的速度，像神话，像刘翔，像一种时光倒流，季节置换。看一眼是一点绿，再看一眼是一团绿，再看一眼是一片绿。

50 黄河老人，他在黄河大堤上忙碌了一辈子，老人说他今年 84 岁。黄河断流他见过，黄河活跃他见过，黄河安静他见过，黄河听话他见过，黄河调皮他见过，黄河三十年河东三十年河西他也见过。

51 草原不相信风。风清楚时风是风，风糊涂时风是糊涂风，风以为风大雨大，其实风大归风大雨小归雨小。各是各的事。

52 一个从来没有雪花的地方，一个每天暖洋洋的地方，一个雨水天天洗涤的地方。树木是比着长高长胖长肥，花儿是比着红中更红，黄中更黄，紫中更紫，粉中更粉。早晨是花鸟鱼虫最精神的时刻，早晨是云霞最活泼自由的时刻。早晨，眼睛看到赤橙黄绿青蓝紫，动植物也悠悠荡荡，能飞的飞，能跳的跳，能唱的唱。

53 老枯树有性格有脾气有个性，相当顽固，春天来了不发芽，夏天来了不长叶，秋天来了不落叶，冬天来了依然是春天夏天秋天的大脾气不发芽不长叶不落叶，归根结底是没有叶。无牵无挂无亲无故有如大和尚的洒脱，大尼姑的飘逸，大道长的率性。

54 天空永远空空荡荡宽宽敞敞大大方方，地面永远熙熙攘攘热热闹闹。热热闹闹归热热闹闹，宽宽敞敞归宽宽敞敞。天是天，地是地。天和地本来没有什么关系，是人生拉硬拽把天和地拉到一起，天笑，地笑，人更好笑。

55 海上的风光真实，梦幻，旋动。海上生活的人灵动，善变。地理环境对一个地区人的性格影响怎么估计都不过分。这些锁链像是吃了伟哥，一条条立得有模有样。锁链集合在一起也是一种恐怖的力量。

56 春天到夏天是一种纠缠，夏天到秋天是一种缠绵，秋天到冬天是一种怀念，冬天到春天是一种期盼。春夏秋冬周而复始，阴晴冷暖循环往复。天有天道，地有地道，人有人道。天道独往独来，地道棱角分明，人道大同小异。

57 一朵花不会移动，不会手舞足蹈，不会翩翩起舞，风来了点点头，雨来了摇摇头，云来了阴险一会儿，雷来了闪耀一会儿。蜜蜂常来光顾，传递讯息，时而窃窃私语，时而小题大做，时而欢欣鼓舞，时而垂头丧气。花不会移动，蜜蜂会移动。一动一静也是一个大世界。

58 天空永远是空空荡荡。不管是南方的天空还是北方的天空。不管是美国的天空还是中国的天空。不管是历史的天空还是艺术的天空。

59 蛙声续雨声天籁一声声，浪花连云花涟漪一圈圈。大自然美大自然巧大自然妙。巧夺天工是对人的赞美，鬼斧神工是对上帝的赞美。

60 过去霓虹灯、火树银花代表一种繁华奢靡，灯火灯光能把冬天变夏天，能把萧条变繁荣，能把丑陋变美丽。自从有了 Led 后，这一些变得简单清晰。

61 偌大的草原上有两种小草躲过羊和骆驼的牙齿，一个是狼毒花，一个是醉马草。一个开得艳，一个长得旺。哪只羊和骆驼吃了都受不了。浩瀚的天空有两种鸟被人类无形中保护起来，一个是乌鸦，一个是喜鹊。一喜鸟一丧鸟。被人类误读的是老虎和野狼。概念真恐怖，概念真杀人，概念惹不起，概念真霸道。

62 人造天空：这里的云纹丝不动，这里的云不知春夏秋冬。这里的天空没有鹰没有雀，没有电闪雷鸣。

63 大气要是哭泣可能会变成愁丝万里的雨；雨要是紧张可能会变成僵硬的冰雹。冰雹要是自以为是可能就变成什么都不是的冰碴儿。

64 北方秋天的斜阳是风在涂抹着一层又一层的焦黄，蜡黄，橘黄，老黄。南方的秋天是风在涂抹着一层又一层的老绿，苍绿，灰绿。秋天让人有凉爽凉快的感觉，秋天让人有了苍老沧桑的味道，秋天让人有了回忆回味的遐想。秋天来了，夏天能跑多快就跑多快。冬天踉踉跄跄急急忙忙虎视眈眈豪情万丈一路高歌站在那儿。

65 秋天来了，一群鸟儿飞翔，带着一脑门的幻想，带着一胃囊的理想。向南飞？向北飞？向东飞？向西飞？猎人的枪口没有东南西北，没有春夏秋冬。

66 一只鸟儿会不停不停地思考，两只鸟儿会不停不停地欢笑和吵闹。一群鸟儿会不停不停地东奔西跑。

67 叮叮当当，滴滴答答，稀里哗啦，轰隆轰隆，叽叽喳喳，乒乒乓乓，噼噼啪啪，嘎嘎嘎嘎，哈哈哈哈，哼哼哈哈，叽叽歪歪，咕咕哝哝。声音多了，有人听出了大合唱，有人听出了噪音，有人听出了简单，有人听出了复杂，有人听出了苦辣酸甜，有人听出了花香鸟语，有人听出了秦腔，有人听出了天籁之音。

68 开心是一朵花，开心是一枝红玫瑰。开心不需要眉毛，开心不需要眼睛，开心不需要预演。开心也没有预算。开心和上帝是一个心情。

69 想一路风景很美，听一路风景很爽，看一路风景很花，走一路风景很累。呵呵。所谓，看景不如听景。

70 冬天的白云是冻白的，夏天的白云是晒白的，秋天的白云是捂白的，春天的白云是吹白的。呵呵。广州今天的白云可是风白的。今天算是 12 月里最冷的一天啊。

71 春天来了。春天是折腾出来的。忽风忽雨，忽冷忽热，进一步退两步，一会儿狂风大作，一会儿春雨绵绵，生活在春天里的人，真真正正知道了什么是二八月乱穿衣。

72 二月二，龙抬头。呵呵，蛰伏了一个冬天的蚯蚓算不算龙抬头啊。安徽的春天比广州的春天来得要清晰清楚，来得夸张夸大，来得养眼养心。

73 秋天总像是一个老农夫，戴着一顶土豪金的草帽。秋天的味道总是鼓鼓囊囊，散发着一股暴发户的浓浓的气息。黑一片的是戈壁，黄一片的是沙漠，金一片的是草原。蓝一片的是湖水，高一头的是青山。不知道是留恋还是依赖，大雁肥肥的，飞得有点奢有点痴有点怪。秋风依旧由北向南，白云胖胖像群绵羊。

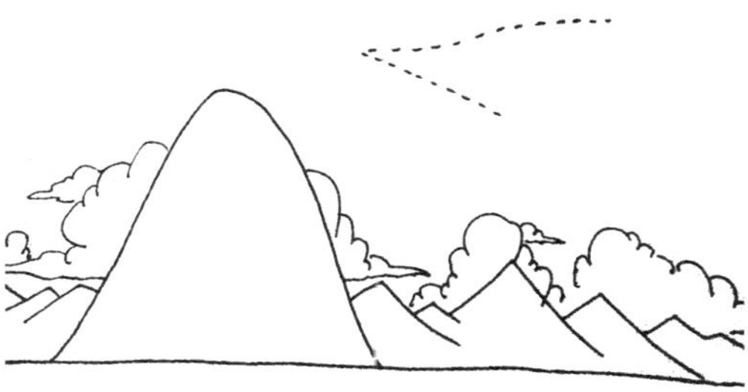

74 初一的早晨，无风无云无雨无雪的南国树林里，没有了人的喧闹声，没有了车水马龙的沸腾声，没有了鞭炮的放肆声，只有早起的鸟儿的叽叽喳喳声，啾啾鸣鸣声。它们说东道西，它们谈天说地，它们无拘无束，在空气里声音既清晰又清爽，既天真又无邪。呵呵。各位蛇年初一快乐。

75 喜马拉雅山是蓝天的屋檐，高高的屋檐下有一群野生野长的蓝色的鸽子。当蓝天中飞过一群蓝色的鸽子，当蓝色的风中传来蓝色的鸽哨，只有雪白的云看到，只有雪白的雪看到。喜马拉雅山上的蓝天没有春夏秋冬，没有春夏秋冬的蓝天也没有东南西北，没有东南西北的蓝天只有辽阔的鸽哨，只有梦幻的鸽哨。

76 春天不知道夏天的颜色，夏天不知道秋天的意思，秋天不知道冬天的味道，冬天不知道春天的烦躁。东方不知道西方何时打雷，西方不知道北方何时刮风，北方不知道南方何时下雨，南方不知道东方何时飘雪。

77 大漠里跋涉，苍穹似顶硕大的草帽。佛经般的沙风吹着袅袅的口哨，不离不弃缠绵缠绕在你的前后左右。直视天空，天空干干净净的，像你能想起来的一双眼睛。偶尔会看到稀稀疏疏的枯槁了的胡杨和柳树，你会想它们是活着还是沉睡。沙漠里的色彩是过滤过的色彩，很难碰到红色。沙漠是一本书，不斜视懂沉默。

78 大醉如梦，红尘如尘。没醉过怎知道醉的滋味是一场升腾飞腾翻腾。醉了草原没有春夏秋冬，没有东南西北。不醉能听到天籁般的蒙古长调，醉了能听到蒙古跑调。想想吧，长调再长也没有跑调跑得快啊。

79 初冬的半荒漠草原，风说来就来说走就走，一点不含糊不犹豫。有的像被打断了翅膀的野鸡扑棱扑棱连飞带跳，有的像狼吞虎咽的饿狗不管不顾。风是从哪里积聚了能量，问东问西问南问北问天问地无人知晓。风走了又来了。

80 一群鸟站在一头牛的脊梁上，叽叽喳喳，啄着牛皮上不知那股风吹来的谷粒。一群小老鼠惊呆了，惊恐了。于是给这群鸟郑重其事地颁发了牛脊梁奖。风远远地笑了，鸟儿兴高采烈飞到另一头牛的脊梁上。

81 一只狐狸一溜小跑从春天跑进冬天，从草狐变成了火狐，这是一种单纯。一只蝴蝶在二十四天里飞来飞去，让所有的花得上了颈椎病，这也是一种单纯。

82 望见大海时，大海已是皱纹满面。皱纹帮不了皱纹。浪一声比一声响。浪从不嚣张，嚣张的是声响。浪打浪是一种轱辘，是一种万年不变的轨迹。浪不管东南西北，浪不管春夏秋冬。赤橙黄绿青蓝紫总是一片掌声。掌声总是盖过雷声和掌声。天该阴还是阴，该晴还是晴。早来是雪花，晚来是雨花。

83 雨过天晴，风过天青，不是雨的事，不是云的事，不是风的事。是海的事。海依旧是那么蓝，依旧是那么青。大海有人看到是涟漪连着涟漪，有人听到大海呢喃追着呢喃。大海是一种哲学，总在挑战孔子的思考。大海是一种习惯，总让春夏秋冬无言以对。大海是一个漩涡，总让东南西北晕头转向。无赖总是一个领袖，愿意不愿意总要领导无聊，无耻，无奈。无聊会吹来弹唱，无耻会吃喝嫖赌，无奈会苦辣酸甜。

84 总能看到一片云，给一片小树林一点阴凉。总能看到一阵雨，给小草一会儿湿润。总能看到闪电给老墙一片光明。总能看到沙漠给骆驼一阵抚慰。总能看到癞蛤蟆给麻雀一个答复。有来有往，信诺如常。

85 一群群的羊踏上了春天的草地，行进在夏天的草场，穿越了秋天的草地，跋涉到冬天的草场。除了病倒的、死掉的、残疾的、牺牲的、掉队的羊外，剩下的羊群分成了两类：一类依然是披着羊皮的羊，一类已经是披着羊皮的狼。

86 太阳明亮还是响亮，太阳耀眼还是耀祖，太阳无心还是有意，苔藓抑郁起来是不管不顾，抑郁是苔藓的营养剂。苔藓是一种思想不大不小的新鞋垫。雨滴答滴答地来了，雾迷迷瞪瞪地来了，苔藓羞羞答答地笑了。南方的梅雨季节是苔藓和思想一起疯狂升值生长生存的温箱。

87 冬天同风在光秃秃的森林里玩躲猫猫，秋天就休闲的树叶一声不吭，白桦林长满了眼睛。去往南方的鸟儿飞走了，去往东方的鸟儿也飞走了。森林里除了风的喧闹就是风的瞎话，雪花学会了选择性地讲笑话，鲜花等待着下一个雨季，花籽酩酊大醉。昆虫不再蹦蹦跳跳，松鼠也呆头呆脑。蜘蛛网东张西望。

88 七月，北方的葡萄架里葡萄似黑黑的眼睛一眨一眨一眨时，秋天羞羞答答磨磨蹭蹭一步一步一步走进了葡萄园。北方的葡萄园总是在葡萄圆圆满满时，白蝴蝶黄蝴蝶黑蝴蝶像是葡萄的灵魂飘飘洒洒融进蓝色的天空和更加蓝色的夜空。葡萄是休眠的蝴蝶，蝴蝶是绽放的葡萄。大自然的奇迹总是在阴差阳错中无声无息。

89 在很久很久以前，凡是和羊沾上边的都是好事美事。美，大羊格外漂亮；善，羊分给兄弟们就是善良；祥，有羊肉吃有衣穿，就能听到一声如意吉祥；羹，能吃到一碗带汤汁羊肉就没人会耿耿于怀；姜，家里有一群群羊的姑娘是天底下最美最漂亮的姑娘；恙，吃了羊肉晚上做梦还有羊汤的梦是无恙之梦。

90 春天的来到是一路磕头作揖，一路左顾右盼，一路战战兢兢。换了冬装换夏装，换了夏装换秋装。折腾走了雾霾，折腾来了沙尘暴；折腾走了雪花白，折腾来了桃花红。折腾出个二八月，折腾出个乱穿衣。

91 一朵花是白花还是红花，绝不因为冬天是冷还是夏天热。冬天开的是白花，秋天开的是白花，夏天开的是白花，春天开的是白花。真是一白到底啊。这是一种简单，这是一种纯粹，这是一种执着。在植物界里这是一种再正常不过的自然现象。这种现象对于人群可就惊天地泣鬼神。

92 花浓，花淡，花美，花香。花绽放没有声音。花怒放没有声响。花的妈妈是一棵树，一棵从来不说话的树。树常常听到雷的叹息，雨的哭诉，风的絮叨。花的奶奶是云，忽东忽西，朝南转北，离人很近，离天很远。花不说话，树不说谎，云不说啥。

93 站在阴山的山脊上，风更大，更冷，天空更蓝，云朵更白。山渐渐退去人们视野中的绿意，开始了又一个漫长的裸露的季节。阴山的裸露不是一米百米千米的裸露，是百公里千公里的裸露。山脊上除了风声还是风声，细细辨别似乎还有一种声音，一种万马奔腾的声音。一部元朝的历史和味道似乎和阴山一起发出鼾声。

94 风是有颜色的，黄风，绿风，紫风，蓝风；风是有方向的，东风，西风，北风，南风；风是有感觉的，苦风，凄风，香风，臭风，悲风；风是有力量的，狂风，暴风，旋风，大风。风安静如处子，如种子。躲在深山老林无影无踪，藏在浩瀚海洋无声无息。风是自然界最大的物流公司，不分国籍，不分国界，不分国家。

95 白白的云彩总是变幻无穷永不重复。每一片云彩看似相似，其实每一片都不一样。大自然没有执照，也不需要制造，天天都在创造。云彩的游戏规则由和风细雨狂风暴雨来制定。

96 十月的黄河轻歌曼舞，悠闲自在。秋阳漫无目的，野芦花飘飘洒洒，向日葵趺趺撞撞从春天蹦到了夏天，从夏天跳到了秋天，懵懵懂懂知道了谦虚是一种返璞归真。野鸟最高兴，东南西北到处是粮仓。蜻蜓依旧坦然，比地高比天低，那里都是降落的平台。花蝴蝶知道该谢幕了，向每一朵花知名的和不知名的频频告别。

第四部分

有　题

1 《醉生梦死》：据说 80% 的人在梦里见到天堂，据说 80% 的人在天堂找到了投胎的地方，据说 80% 的人在投胎的地方看到了美丽和丑恶的模样。

2 《偶然》：偶然一次让你赶上了，偶然一次让你碰上了，偶然一次让你看到了，偶然一次让你听到了，偶然一次让你遇上了。是命是运是风水？偶然对天而言是天然，对地而言是自然，对规律而言是必然。大天笼罩下偶然不过是一滴水，大地苍茫中偶然不过是一片叶，大规律覆盖下偶然不过是一个词。

3 《我 + 義》：我字是由禾 + 戈构成 = 我。義字是由羊 + 禾 + 戈 = 义。粮食，胜利成果必须有武器来保卫和保护，不然就有可能变成别人的胜利成果。我放养的羊是我的，这是天经地义的事。我字和義字一个是农耕时代的产物，一个是畜牧时代的产物。大同小异，本质上是一个意思。我字有两个儿子，一个是私字，一个是公字。

4 《城市是个什么东西》：它是一个制造新名词，新概念，流行语最多的地方；它是一个记不住老街道，又公布新街道的地方；它是离我们很远又很近的地方；它是吃了激素，天天长高长胖的地方；它是一个往东往西往北往南都没有路标的地方；它是一个微观冷漠，宏观热情的地方；它是新鲜如处子，衰老如古董的地方。

5 《草原清晨》：搅碎乳白梦境，炊烟最亮，芷汲草最新。清晨是一杯奶茶，瞳孔里草原如歌似画。

6《行动》：拿得起是小行动，放得下是大行动。死是小行动，活是大行动。恋爱是小行动，结婚是大行动。学习是小行动，工作是大行动。读没用的书是小行动，读有效的书是大行动。上博是小行动，续博是大行动。

7《过黄河》：西眺黄河无渡口，野浪悠悠朝东走，万路炊烟唤阴山，鸟儿风儿天上候。

8《遥望敕勒川》：万年千年一片滩，马嘶羊咩鹰衔天，冬瘦春胖躲阴山，人来人往不见川。

9《草原听月》：十五阴山月如鼓，晚云轻敲雪伴舞，草祭花裸狼无际，黑白戈壁山元路。

10《微博上有 N 种话》：大话，真话，废话，假话，闲话，佳话，笑话，鬼话，屁话，雷话，小话，牛话……《微博上的 N 种动作》：拉拉扯扯，吹吹拍拍，打打闹闹，嘟嘟囔囔，颠颠晃晃，口口声声，推推拉拉，叽叽喳喳，爽爽快快，哦哦呵呵，乞乞缩缩，大大方方。嘻嘻哈哈。栖栖遑遑，沸沸汤汤，缝缝补补，规规矩矩，恭恭敬敬，坑坑洼洼，推推搡搡。《好微博 N 大特征》：1. 生猛海鲜，欢蹦乱跳。2. 刺刀见红，一剑封喉。3. 苦辣酸甜，五味俱全。4. 营养丰富，肥而不腻。5. 阳光明媚，养肝明目。6. 春夏秋冬，一个系统。7. 孔雀开屏，自作多情。8. 嬉笑怒骂，隔山打牛。9. 神仙老虎，一起过秤。10. 风大雨大，遇神杀神。

11《动静草原》：鸟鸣千声天不醒，鸿雁一行去敲门。星儿伴月不下床，虎啸一声蹿云层。

12《酒后感言》：不喝酒头不疼，喝了酒不疼头。不喝酒脑袋思考，喝了酒思考脑袋。不喝酒天都怕，喝了酒不怕天。不喝酒羊肠小道，喝了酒大道青天。不喝酒天是天，地是地，喝了酒地是天，天是地。不喝酒知道北，喝了酒北知道。不喝酒牛鬼蛇神，喝了酒魑魅魍魉。

13《灰色最吝啬》：颜色里涉及到灰色的描述是最吝啬的，人在这种色调中，联想和通感处于麻木、冬眠状态中。灰色是颜色中的稀有金属，坏蛋和资本主义。画家这么说，政治家这么说，后来大家也这么说。灰色在我们这一代的视觉记忆中几乎处于一种半空白状态。

14《遥想 1911 年的春天》：油菜花是黄黄的，在湖南。杏花是白的，在山西。柳叶是绿的，在甘肃。春风是手，万物是颜料，一绽放就是赤橙黄绿青蓝紫。画家能调出多少颜色？诗人能有多少想象？人穷尽一生，能记录，能表达，能描绘的有几叶几枝？有限，有时，有会。

15《冬》：风有扑朔迷离的眼睛，小清河是自拉自弹的歌，叽叽喳喳的早晨，总能见到炊烟淡定自若的身影。蝴蝶化作枯叶，蜜蜂镶嵌在秋天里，一望无垠的是原野和隐隐约约的云还有飘飘洒洒神神秘秘的霞光。该来的是寒冬，该覆盖大地的是潇洒自如晶莹剔透的雪花。

16《笑话》：不在笑话中跑掉，就被假话绊倒。不在微博中发飙，就被报纸的咆哮吓成傻冒。

17《历史》：历史是一种热胀冷缩的轨条。历史是一块面团，可捏可揉。历史是一件旧衣服，可缝可补。历史是一架望远镜，倒看近，正看远。

18《老虎换防》：据美国中情局可靠消息，全世界的老虎 30 天后大换防，这其中包括操纵航空母舰的非洲虎王，驾驶核潜艇的东北母老虎，以及在五角大楼准备欢度新年的少将以上的花老虎、黑老虎、黄老虎、红老虎等。接防是信息化全天候的兔子特种大队。《华尔街日报》明天的头条新闻：老虎大换防，兔子称老大。

19《黑白》：白雪飘飘铺天坡，乌鸦飞来花一朵。黑白分明是心境，远天近地风唱歌。

20《唤春》：天暖地痒眠龙拱，杏白桃红待春浓。荒原寂静不出声，远山晃晃大河行。

21《糊涂 / 明白》：小糊涂是小明白，大糊涂是大明白，老糊涂是老也不明白，老不糊涂是从来也没整明白。

22《2011 年五大幽默》：1. 老王卖房，你买我涨。2. 挂羊头，卖画像。3. 光天化日，扒你精光。4. 放屁不响，宰相白当。5. 耍流氓，很时尚。

23《观云》：云游南北天给道，浪晃东西地不老。崇山峻岭寒风戏，北方雪飘南国俏。

24《停柳花泊》：暮阳卧岗天苍茫，桃红杏白染北洋。三泊七山九重装，蛮春俏意雪里藏。

25《遛脑为高 1》：1. 你喝我醉，自由万岁。2. 古往今来，斜斜歪歪。3. 孤注一掷，中西合璧。3. 巧舌如簧，日月无光。4. 笨脑先飞，淡而无味。5. 博古通今，敬如上宾。6. 歪瓜裂枣，生搬硬套。7. 金风送爽，中美最强。8. 花花草草，点头哈腰。9. 歪门邪道，狗皮膏药。10. 平心静气，月落乌啼。

26《遛脑为高 2》：1. 晨钟暮鼓，红尘如土。2. 老虎卖山，老鹰卖天。3. 大蛇过街，无人敢歇。4. 羊羔放狼，狐狸吉祥。5. 山鹰出声，老鼠装愣。6. 苍蝇见面，情话绵绵。7. 狗吃王八，铁树开花。8. 乌鸦升天，黑有项链。9. 浑水捉鱼，国老骑驴。10. 黄牛撵兔，菩萨蚊咬。

27《滑冰小感》：爬着，绝不会有摔倒的危险；要不就躲得远远地观看，也会有幸灾乐祸的体验。

28《两只老虎》：小时候听惯的一首歌谣：两只老虎跑得快，一只没有脑袋，一只没有尾巴，真奇怪，真奇怪。会是两只什么老虎？残疾的虎？斩首剁尾的虎？蹦迪的虎？喝得迷迷糊糊的虎？到底是两只什么虎啊，谁知道啊。

29《北风》：北风过去了？北风过去了？北风过去了？人们都说太阳通红。我凝视了一分钟，打了十二个喷嚏。伸出双手，冻红的还有五颗铜扣子。

30《致友人》：在芦荡，蜡笔染黄的太阳，一声不响，我走下船，白帆演奏着波浪，蛙鸣远离河岸，我走向你，依然像条桅杆，任北风随意摇撼。

31《东南西北》：东南西北，人生像地图一样抽象。摸着河流，摸着海洋，帆在哪里张扬？哪一片海域可以撒网？

32《闲言碎语》：相信过头是迷信，迷信过头是迷糊，迷糊过头是迷瞪，迷瞪过头是迷茫。

33《西海岸放歌》：黄牛黑羊绿草坡，青浪白沙天似火。大海无痕夕阳过，醉眼荡去是春色。

34《羊和狼》：1. 披着羊皮的羊。2. 披着狼皮的羊。3. 披着狼皮的狼。4. 披着羊皮的狼。第一属于正常。第二属于伪装，与狼为伍变成与狼一伙的。第三不装蒜，狼就是狼。还有一种是弱狼、病狼、老狼，披着狼王的皮吓唬同类。第四比较阴险，歹毒，经常让羊防不胜防。

35《情绪规律》：有一句俗得不能再俗的俗话：饱吹饿唱穷撒谎。这似乎是一种情绪的规律，人性的铁律。政府，企业，个人都无法逃脱的魔咒。

36《1+1= ？》：少年算数 1+1=2。青年算数 1+1=3。中年算数 1+1=11。老年算数 1+1=0。数字是数，数字是玄，数字是变，数字是药，数字是宝，嘿嘿，数字奇怪，是棵大白菜。

37《排队队吃果果》：在一个单位，领导的排序一般如下：1. 一把手是绝对真理。2. 二把手是相对真理。3. 三把手是有点道理。4. 四把手是岂有此理。5. 五把手是毫无道理。6. 六把手是无处讲理。7. 七把手是没理讲理。

38《阿拉善》：胡杨扮装瀚海黄，红驼昂首风伴唱。黑城欣赏黑戈壁，白云拥天鼾声响。

39《西沙群岛》：西沙碧玉绿海浪，海龟海鸥仙人掌。阳光出浴月亮香，守岛男儿不思乡。

40《废话》：人大部分时间是在说废话，写废话，包括我。譬如下面的话：花骨朵挂在春天里，雪花飘飘洒洒在冬季，一栋大厦是砖头的领袖，大海是大江小河的保姆，你是你，你还是你，你。

41《水果脸谱》：1. 别看莱阳梨长了一脸老年斑，吃一口赛貂蝉。2. 榴莲长得火烧火燎，味道可是气冲霄汉。3. 菠萝蜜长得金碧辉煌，肉肥肉美可以开个人民公社大食堂。4. 山药蛋长得灰眉土眼，可是心中充满了诗情画意，还情意绵绵。5. 山杏长得小巧玲珑，吃一口赛过醋。

42 《老虎下山感言》：下山下台第七天，悠闲自在胜虎仙。兔子激动到处转，老龙浮云游天边。

43 《三笑》：这个世界上最值得尊重的三个大爷是老天爷，龙王爷，土地爷。你说你高升了，老天爷笑了。你说你水到渠成，龙王爷笑了。你说你想拆谁就拆谁，土地爷笑了。年也过完了，给三个大爷敬个礼吧。

44 《牛气十足的村名》：在广东的番禺、中山、珠海有三个村庄的名字是牛气十足。一个是马克村，一个是新浪村，一个是海宴村。一个是一国的货币，一个是网站的名称，一个是大海大宴宾客。你的所在地有这么有趣的村名吗？

45 《货比货，货得扔》：逻辑和啰嗦是同父异母的兄弟。流氓和流浪想法是一样的，办法却大不一样。和尚，时尚，高尚看上去是一回事，其实根本不是一回事。

46 《过江龙与地头蛇》：不是猛龙不过江，这话不错啊，可是猛龙过了江，又能怎么样？地头蛇说，你牛逼，你就在天上继续飞啊，像老鹰一样飞，像白云一样飘，像无拘无束的风一样游荡，你不还得落地啊，你落了地就得和我这个地头蛇结合，天高皇帝远，这句话你懂吗？上层建筑是风，经济基础是硬邦邦的石头啊。

47 《送冬》：一雪盖阴山，万羊白黄河。花躲草飞扬，冷月伴寒阳。

48《星期一的早晨》：星期一的早晨是群羊，漫山遍野去找粮。星期一的早晨是孤狼，蹿上山岗在眺望。星期一的早晨是老虎，站在会议室里瞎诈唬。星期一的早晨是情人节，捧着雪花当鲜花。

49《喜欢》：我喜欢你的歌声，我的双耳早已失聪。我喜欢你的训话，我心里早已开遍了雪花。我喜欢你的眼睛无牵无挂，我只能瞪着眼睛无话找话。别误会啊，我是什么也听不清。你的小嘴能蹦出阿拉伯语、法语和世界语，我只会默默无语。别误会啊，不是你大话大，废话废，假话多，是我的耳朵长得太啰嗦。

50《好酒在哪里》：好酒在井里，在河里，在江里，在湖里。好酒在酒鬼的肚子里，在酒仙的记忆里，在酒徒的嘴里。好酒离酒徒、酒鬼、酒仙很近很近，最近的可以摸到，远一点的可以看到，再远一点的可以想到。酒熟悉酒鬼，酒徒，酒仙。他们和酒没有距离，没有陌生，没有寒暄，没有客气。酒是一股气，大仙气啊。

51《元宵一笑》：1. 照猫画虎越来越时髦，歪瓜裂枣装得像颗水蜜桃。2. 找不着北，北在你后脑勺，摸不到东，东在黄河洗大澡。3. 老虎换成兔，时代在提速。4. 绵羊一激动，碰上了黑老熊。嘿嘿。各位元宵节快乐啊。

52《动静草原》：鸟鸣千声天不醒，炊烟悄悄去偷听。星儿伴月不下床，北雁一行来敲门。

53《我想写首诗，不知像不像》：我是个哑巴，总想比比划划。骑着不会飞的马，听到沸沸扬扬的闲话。夏天渴望雪花飘飘洒洒，冬天总能看到野花铺满天涯。有只野兔蹦到半空又摔下，一群麻雀叽叽喳喳。白云一丝不挂，草原秋冬春夏。一场大雪刚刚蹲下，柳树杏树开花的开花发芽的发芽。

54《打油微博》：1. 传播无围墙，微博赛刘翔。2. 一帖飞半球，微博享自由。3. 喜怒哀乐愁，微博小春秋。4. 喝醉不扶墙，微博长又长。5. 装疯代卖傻，微博哈哈哈。6. 装模又作样，你又能怎么样。

55《中国伟大的土储中心主任》：中国伟大的土储中心主任有四人：1. 秦始皇。2. 汉武帝。3. 成吉思汗。4. 康熙大帝。他们的共同特点是：1. 只储不售。2. 只进不出。3. 韩信点兵多多益善。4. 不讲废话，讲实力。5. 有地才是真皇帝。6. 地多也是核武器。7. 长城不是唯一的户型图。8. 不用丈量就储藏包括牛和羊还有狼。

56《酒肉朋友笑解》：酒肉是朋友的白话，朋友是酒肉的黑话。古时，一人待客，各酒一坛，羊肉五斤。结果人多肉少，搞得尴尬，狼狈。从那以后，再待客就换成朋友一词。朋本身是两个酒杯相碰的意思，朋党，推杯换盏，阴谋阳谋一起来的一群人为朋党。朋也是酒。友是肉。高官有朋友，百姓有酒肉。

57《潮人动作 1》：1. 情感没断乳，穿个大号开裆裤。2. 痞子装流氓，骆驼抗个大乳房。3. 生下是个单胞胎，长个二脑袋。4. 歪瓜裂枣做广告，狗皮膏药当口罩。

58《地方口音》：解放战争时期，一句口号非常响亮：打倒蒋该死，解放全中国。当时不明白，打仗就打仗，何必起外号。后来到了湖南，听当地人说蒋介石的发音，他们是把蒋介石发成蒋该死。领袖就是湖南人啊。

59《说话的姿势》：跑着说话，急事。一般发生在战场和运动场。站着说话，有事。一般发生在商场和工厂。跪着说话，求事。一般发生在寺庙。躺着说话，没事。一般发生在哪儿，你最清楚。

60《社会万象 N 种 1》：1. 灯火辉煌，空空荡荡。2. 吹牛上税，猫和鼠睡。自夸自大，佛魔一家。3. 牛鬼蛇神，三五成群。甲乙丙丁，唐僧取经。5. 装疯卖傻，遍地开花。6. 如履薄冰，装傻充愣。7. 千山万水，一群臭嘴。8. 心急火燎，抱住佛脚。9. 日落西山，酒气熏天。10. 一二三四，没事找事。11. 东施效颦，天下太平。

61《社会万象 N 种 2》：1. 大手大脚，吉星高照。2. 东门逐鼠，西门迎鼠。3. 地广人稀，天下第一。4. 白头到老，目眩神摇。5. 老生常谈，立德立言。6. 凤毛麟角，为人师表。7. 四海为家，躲刺摘花。8. 世情冷暖，功德圆满。9. 心宽体胖，过关斩将。10. 歪门邪道，狗皮膏药。11. 天高脸厚，月黑风高。12. 开门见山，说地谈天。

62《社会万象 N 种 3》：1. 大象拔河，得过且过。2. 洗心革面，洋洋万言。3. 恭恭敬敬，走走停停。4. 酒精兑水，头疼闹鬼。5. 实话实说，蛤蟆爬坡。6. 魑魅魍魉，不肥也胖。7. 巧舌如簧，日月无光。8. 仨瓜俩枣，生死病老。9. 唧唧歪歪，不请自来。10. 眉飞色舞，唯利是图。11. 一本正经，红尘修行。12. 唯唯诺诺，花花草草。

63《春晚印象》：1. 一个字，水。两个字，水货。2. 看起来是荤菜，吃起来是素菜。3. 酒是茅台，喝到口里是假茅台。4. 杂技清纯少女，相声人老珠黄。5. 魔术还算清楚，小品稀里糊涂。6. 真的变了味，假的装得像。

64《红色记忆》：一代人对一种颜色有一种特殊的印记，色彩记忆同脑记忆、胃记忆一样，有个时间段。在色彩中关于红色的描述最多。鲜红，紫红，黑红，海棠红，玫瑰红，胭脂红，玛瑙红，苹果红，国旗红，猩红，杏红，霞红，鸡血红……一个人就是一种色调。立在晚霞下是夕阳红，蹲在果园里是草莓红。

65《公和母》：大是母的，太是公的。太子是公的，太太是母的。自强不息是公的，厚德载物是母的。大海航行靠舵手是公的，万物生长靠太阳是母的。甲是公的，乙是母的。沉鱼落雁是公的，闭月羞花是母的。江是公的，湖是母的。A 是公的，B 是母的。嘿嘿是公的，哈哈是母的。

66《魑魅魍魉》：人以群分，物以类聚。有许多字也符合这个规律。魑魅魍魉，这四个字，一看就是一个家族的。造型，装修，肥瘦，高矮，三围都差不多啊。它们血统源远流长，估计到现在也是第303代的后裔了。经历了多个朝代，依然不离不弃，紧密团结在一起，面对巨大的压力他们有动力，面对羞辱依然笑傲江湖。

67《熙熙攘攘》：人喜欢凑热闹，扎堆，起哄，追潮流，奔时髦，赶庙会，过大年，朝拜，集会，等等。简单的变复杂，复杂的变庞杂，庞杂的变繁杂。一沙变一石，一石变一山。熙熙攘攘这四个字也如此，笔划繁杂，扶老携幼，臃肿不堪，小巷人挤人，大街人挨人。曲曲弯弯，卿卿我我。字也喜欢热闹啊。

68《听春》：弯桥碎溪鱼想水，满山野花蝶念蕊。暖气浩浩围天境，好似春意身后随。

69《踏青》：地老天荒又一场，乌鸦喜鹊赛新装。蓝天浮云慢慢荡，蚂蚁大象比短长。嘻嘻哈哈草张狂，默默无语花绽放。冬来冬去天不管，空空行囊伴春浪。

70《吃相：饕餮》：饮食男女，人之大欲。饮食在前，男女在后，可见饮食重要。民以食为天。中国人对饮食的研究达到炉火纯青的地步，其复杂，多样，用材，用料，烹饪手法也是登峰造极。饕餮二字栩栩如生地勾画出了人的吃相。

71《额济纳旗》：胡杨扮装大漠黄，群驼昂首风伴唱。黑城一耸立天地，滚滚沙蒿当娇娘。

72《观阿拉善黑戈壁》：苍天有情雄鹰来，大地无情戈壁衰。上下左右空荡荡，狼烟烽火化尘埃。一山一石一沙砾，晨花暮草开又败。长城远在云天外，争唯诺诺向东挪。来斗去天长在。

73《“马上就办”办公室》：山东曲阜市为了提高办事效率，专门成立了这么一个前无古人的办公室。有意思。我想起了以前的形形色色的办公室。打响春耕第一炮办公室，简称“打炮办”，社会主义精神文明办公室，简称“社精办”，诸如此类的办公室可以说多如牛毛。叫什么不重要，重要是办实事，办好事，真办事。

74《1980—2011》：昨天见一老朋友，谈到他们当年到日本演出，晚宴上日方刚刚流行卡拉 OK，屏幕上出现了一对男女接吻的画面，在场的一位领导忽然站起来大声说，是共产党员的跟我出去，然后，他带头走了。想一想，不过过去 30 年，这个世界变化太大太大了。

75《网上三种人》：网上有时会莫名其妙的碰上三种人。
1. 嘴上长痔疮，到处瞎晃荡。躲你又不是，不躲你张狂。
2. 患上狂犬病，外加神经病。咬狗又咬人，精神还多情。
3. 无事乱哼哼，脚疼头不疼。不惹天和地，孔雀自开屏。
第一种，不理。第二种，不理。第三种，理不理由你。

76《生老病死》：生老病死是人生四苦。话虽是这么说，可相对应的成语的意思和意境大不一样。生：生龙活虎，生花妙笔，生生不息，生死轮回，生拉硬拽；老：老蚕作茧，老调重弹，老而不死，老龟刳肠，老牛破车；病：病入膏肓，病民蛊国，病入骨髓，病势尫羸。死：死病无良医，死不死，活不活，死而复活。

77《1980—2011》：1983 年，内蒙古阿拉善盟组织干部深入基层，带了一部小型放映机到了巴丹吉林沙漠给牧民放电影。这部电影在一个嘎查连放了两遍，这时站起一个青年牧民怯生生地问道，能不能看一看电影里那个男的女的镜头，放映员就把接吻的镜头放了九遍，问看够了吗，他们说，看够了。人啊，多坦率啊。

78《1980—2011》：80 年代初，广州一家文艺团体到国外演出，途经香港，住在新华社香港分社，团长找了两盘录像带，让团员们观看，每当放映到男欢女爱的镜头，他就用他那只敏感、细腻、有觉悟的大手捂住镜头，怕团员们受到污染和精神伤害。不是他不想看，也不是不敢看，只是那个年代告密者太多啊。

79《星期天的早晨》：星期天的早晨是一碗滚烫的奶茶泡上一块冰凉冰凉的手扒肉。星期天的早晨是阴山顶上一支迎风摇弋的干枝梅。星期天的早晨是京藏高速公路旁被烟尘熏得黑乎乎仍在微笑的一片残雪。星期天的早晨是黄河岸边仍在聆听冬雪脚步声消遁的一根芦苇。

80《蛋球实》：蛋球实是内蒙古西部一句方言，意思是不怎么地，不好，孬，没意思，质量不好，人品差，等等。一次，一位大领导到西部考察，问当地一位农民，生活怎么样，农民回答：蛋球实。大领导听不懂，问陪同的领导，这位领导回答是很好的意思。大领导以为学了方言，后来，对小领导说，你的工作蛋球实。

81《打油沙漠挪窝》：黄河九曲缠北国，戈壁一展鸿雁过。哆哆嗦嗦是沙漠，唯唯诺诺向东挪。

82《态度》：世界上成本最高的是态度，世界上成本最低的还是态度。态度有人看是一钱不值，有人看是黄金万两。昨天看一报道，山西还是陕西某区在零下 2 度搞活动，原定 9 点开始，几千人在寒风里哆哆嗦嗦，小领导到 10 点 30 分才出场，到场后无一声道歉，无一句解释，无一点不好意思。

83《以讹传讹》：以讹传讹是一种偶然，还是一种常态。不连续传播是偶然，连续传播就是一种常态。据说熊猫最早由动物学家定义为猫熊，在发布的时候变成了熊猫。其实像猫一样的熊更准确，而不是像熊一样的猫。草原英雄小姐妹龙梅、玉荣真名叫吴龙衣、吴玉荣，新华社发稿时发成了龙梅、玉荣。许多事不过如此吧。

84《约翰·根室》：美国作家根室在 1944 年曾评价美国像一条眼镜蛇，躺在我面前，迷人，可怕，巨大。

85《传染》：小愚蠢会传染，大愚蠢也会传染。小聪明会传染，大智慧也会传染。这是一个快速传染，快速流行，快速归零的时代。

86《赞羊》：内蒙古草原上的羊享受的待遇不一样，肉美肉香肉敞亮。它们喝的是闭月羞花、如花似玉的地下矿泉水，沐浴的是没有打折的原汁原味的大阳光，吃的是李时珍开出的中草药，听的是前腾格尔和后腾格尔唱的蒙古歌谣。

87《星期六的早晨》：星期六的早晨天藏蓝，太平洋跑到天上面。星期六的早晨地很平，千里草原铺地毯。星期六的早晨没有风，炊烟一线连天空。星期六的早晨没动静，山不摇来树不动。星期六的早晨小路小，赶着羊儿吃露草。星期六的早晨奶茶浓，黄河解冻送冰凌。

88《一天》：嘻嘻哈哈是一天，骂骂咧咧是一天。开开心心是一天，愁眉苦脸是一天。自己和自己过去是一天，自己和自己过不去是一天。看天天晴是一天，看地不平是一天。装神弄鬼是一天，嬉笑怒骂是一天。抽烟喝酒是一天，微博闲逛是一天。嘿嘿，各位每一天快乐啊。

89《蛙鸣》：四个荷塘，上千只青蛙在夜空下尽情地演奏着只有它们彼此才听得懂的天籁音乐会。无鼓，无锣，无笛子，无黑管，无唢呐，只有一种蛙鸣声。由远到近，一骑绝尘。忽东忽西，万马奔腾。天籁之声，百听不厌。春天是听天籁之声的最好的季节。

90《春天的脚步》：清脆的夜空，弯弯的新月像一片梨皮，连续不断的木鱼声敲打着万籁俱静的大地。细听是蛙鸣，再听还是蛙鸣，仔仔细细听，就是蛙鸣声。春天来了，不管白天黑夜，不管你是欢迎，还是忽悠，春天的脚步一刻不停。在蛙鸣声的簇拥下，春天坦坦荡荡披星戴月不管不顾一路前行。

91《哭嚎泣》:《水浒》里谈到哭、嚎、泣时定义是：有泪有声谓之哭，有泪无声谓之泣，无泪有声谓之嚎。有泪有声是真情，有泪无声是真义。无泪无声是虚情假意和演戏。当一个人讲话讲得既无泪也无声时，这种讲话只能是干嚎，干讲，干表演。无趣，无味，无聊。骗得了掌声，骗不来心声。

92《读书笔记》:《红楼梦》是曹雪芹泡妞后的心得体会。《资本论》是马克思写给燕妮的一部伟大的情书。《童年》《在人间》《我的大学》是高尔基的求职简历。《老人与海》是海明威活在纠结人间的最后一封遗书。《孙子兵法》是孙膑老师教你如何学习魔术的指南。嘿嘿。开心就好啊。

93《谣言》：谣言是一种暗器，来无踪，去无影。如古语所说，丧中行窃，僻巷杀人，恶俗之行。真真假假，假真真假，是是非非，非是是非。谣言来自嫉妒心，猜疑心，好奇心，竞争心。一切谣言的根源是不安，人因为不安编造谣言，接受谣言，传播谣言。这个世界上不存在应该对谣言负责的人，化解谣言需大智慧。

94《春困》：蛙鸣一宿卧卵石，翠鸟啾啾数花枝。天喧地闹人熙熙，旷野如诗风添词。霞光万里云飘逸，黛山低眉笑眯眯。赤橙黄绿青蓝紫，一春揽颈向天低。

95《草原小景》：雨后斜阳蘑菇多，马儿踢踏花满坡。牛粪炙烤撒盐粒，一口蘑菇一首歌。野花蛮草顺风播，北天如仙牵小河。毡房胖胖羊儿卧，马鞭轻摇是浩特。

96《户口》：在计划经济年代，户口是一杆秤，人一生下来，就有了斤两。而在二元社会结构中，有的人斤两低，含金量高；有的人斤两高，含金量低。其中一个重要的经济原因就是户口。户籍制度其实质是一个社会的管理成本问题，更是一种特殊年代的非公平的管理手段。

97《文化与文字》：历史有两个孩子，一个叫文化，一个叫文字。文化能说会道，善于打扮，是个多产的女人。文字是个哑巴，它只会比比划划。看得明白，知道它说啥，看不明白就当它是个傻瓜。文化调皮，文字乖。文化是风，是水。文字是山，是泥。

98《工作服》：和尚的袈裟是工作服，皇帝的新衣是工作服，士兵的军装是工作服，道士的道袍是工作服，囚犯的囚衣是工作服，医生的白大褂是工作服，牧羊人的白茬皮袄是工作服，绣龙绣凤是名牌工作服，衣冠禽兽是历史上的名牌工作服，装模作样是工作服，假模假式是工作服。古往今来到底有多少种工作服？

99《弋和戈》：弋是会飞的一个字，它会跑会跳会打会闹会哭会笑，喜怒哀乐一样不少。它欢蹦乱跳，生猛倜傥，来无踪去无影。常常活在气态中，时时忽东又忽西。在土里它蠢蠢，在天上它荡荡。戈是动静兼有，好坏包容，站如松行如风。现代化战争信息化社会玩的就是这两个字。当这两个字一休息，好戏准来。

100《一世歌·唐伯虎》：人生七十古来稀，前除幼年后除老。中间光景不多时，又有炎霜与烦恼。过了中秋月不明，过了清明花不好。花前月下且高歌，急须满把金樽倒。世上钱多赚不尽，朝里官多做不了。官大钱多心转忧，落得自家头白早。请君细点眼前人，一年一度埋荒草。草里高低多少人，一年一半无人扫。

101《春忙》：一只黑蚁大道晃，万只夜莺驾云翔。青石板上水叮当，半钩弯月浪中央。杏树椰树南北长，黄牛黑牛耕田忙。早稻伴春赛酒香，星星点点游鱼塘。

102《户籍制度》：任何一种制度都有缺陷。制度是一种生命。制度也有生老病死。户籍制度也不例外。离开特定的环境和时间，任何一种制度都会漏洞百出。关键是你从什么角度去观察、透视和解剖。

103《二月二》：地龙蠢蠢伸蛮腰，清风随雀出旧巢。韭菜芹菜小蒜苗，杏花桃花枝头俏。气定神闲是毡包，蹦蹦跳跳数羊羔。财大气粗是春天，一笔挥霍山长膘。

104《户籍制度》：户籍制度研究一直是个敏感问题，每个中国人对户口都有独特的体会，或喜或悲，或忧或愁，或哭或闹，很难跳出户口的樊篱。有空往后往东南西北看一看，你能找到你或者你的家族在中间挣扎、扑腾的影子和逝去的叹息。

105《装象》：蚂蚁装象肯定不像，吨位不够。狐狸装象肯定不像，颜色太浓。斑马装象肯定不像，个头太高。老虎装象肯定不像，长相太凶。穿山甲装象肯定不像，个头太矮。绵羊装象肯定不像，皮肤太白。乌鸦装象肯定不像，历史不清白。大象装象肯定像，有吨位，有地位，有高度，有厚度，要想忽悠就要像大象。

106《大臣不廉，小臣必污》：清朝顺治帝批示：大臣不廉，无以率下，则小臣必污。小臣不廉，无以治民，则风俗必坏。层累而下，诛求勿已，害必加于百姓，而患仍中于邦家。欲冀太平之理，不可得矣。

107《遛脑过油诗》：风卷败叶云扫天，人换衣裳马换鞍。大江东去不复返，搬个马扎数青山。唐宋元明不夜天，小子河边掷瓦片。春夏秋冬大景观，冰糖葫芦一大串。

108《四望亭》：这是江苏扬州四望亭的亭联，这幅亭联看似写亭，实则写情，抒发人生感悟。亭联如下：四望亭，亭四望，望东，望西，望南北；百步梯，梯百步，步上，步下，步高低。

109《龙和骆驼》：一条龙有九种动物的特征在其身上：角似鹿，头似驼，眼似兔，顶似蛇，腹似蜃，鳞似鱼，爪似鹰，掌似虎，耳似牛。一头骆驼有十二种属相集一身：鼠耳，牛蹄，虎胸，兔鼻，龙颈，蛇眼，马腹，羊嘴，猴头，鸡冠，狗股，猪尾。人一旦形成定向思维，动物们就有事干了，鸟唱歌，狗看门，鸡打鸣。

110《好人雷锋》：雷锋是一个好人，是一个地地道道的好人，是一个没有过气的好人，是一个透明、纯粹、阳光的好人，是一个像金子一样保值的好人，是一个中国人学习的好人，也是美国人应该学习的好人，是一个拥有大爱的好人，是一个每到 3 月 5 日让我们想起来的一个好人，雷锋永远活在这一天。

111《旧光孝寺门联》：十年河东，十年河西，切莫放年华虚度。一脚门里，一脚门外，可晓得脚步留神。

112《精神病》：精神病的界定其实弹性很大，不过有一种趋势，似乎社会越发达，精神病患者越多。美国新发布了迄今为止最广泛的调查，说有一半以上的美国人早晚要得精神疾病。当一个社会中超过半数的人患有精神疾病，这意味着什么呢？

113《螃蟹》：张牙舞爪是螃蟹，横行霸道是螃蟹，三长两短是螃蟹，死缠烂打是螃蟹，你掐我咬是螃蟹，无法无天是螃蟹，壳厚嘴尖是螃蟹，装模作样是螃蟹。

114《逗字》：魑魅魍魉鬼站岗，琵琶琴瑟王挤王。金银铜铁开银行，纨绔缙绅换新装。

115《鲜花和牛粪》：一朵鲜花必定有三泡鲜牛粪滋润；一个褒义词必定有一堆贬义词支撑；一个牛逼哄哄的公司必定有一群糊里糊涂的小公司跟着起哄；一个强悍的甲方面前必定有一群跪着的乙方；一个大和尚必定有一群小和尚供养；一滴生猛的眼泪必定有二十九个海鲜般的笑声来勾兑。

116《好儿郎》：要做好儿郎，就要浪，朗，狼，騡。浪：活蹦蹦，乱跳跳，敢想，敢为，感当。朗：干净，清爽，明亮，阳光，朝气，刚强。狼：不怕孤独，寂寞，坚强，勇敢，稳，准，狠。騡：志在千里，一马行空。

117《自然与人文》：大自然的景观，几千年没变，春发，夏茂，秋荣，冬枯。而人文的景观，是一变再变。沉寂，热闹，再沉寂，再热闹。循环往复，伤春悲秋。反反复复，参差不齐，层出不穷。你想明白就没意思了，想清楚就累了，想通透了就老了。

118《衰老与年轻》：人老了，除了眼花，耳背，手麻，脚笨外，思维转速也慢，皮肤上会泛起大大小小的老年斑；人年轻，耳聪目明，反应灵敏，思维活跃，脸上还有四溢的青春美丽痘。任何一种反应即是局部的，又是全体的。

119《馒头》：社会是个蒸笼，废话大话在上面翻腾，我们都是半生不熟的馒头，废话大话怎么能把我们蒸透。

120《倒春寒》：无风鸟鸣赛脆枣，有浪鱼儿画碧涛。老鹰穿云点雷霆，野兔翻山带春跑。

121《东南西北风》：最牛的风是东风，东风吹，战鼓擂。这个世界上谁怕谁。最背的风是西风，不是东风压倒西风，就是西风被东风忽悠。最严厉、严肃、严酷的风是北风。最柔情万种甜言蜜语的风是南风。最不听话、无组织、无纪律的风是旋风。

122《河蟹》：和是由一张嘴，一把禾构成。谐是由一群人在一起唠唠嗑构成。吃饱了饭，吹吹牛。看看二人转，听听爬山调。张家长，李家短，王二麻子三只眼。不纠结，没压力。活得大大方方。皇帝干皇帝的活，老百姓干老百姓的活，互不骚扰。你装你的上流。我活我的下流。我估计这状态是产生在农耕社会。

123《逗字 2》：江河湖海水连水，魑魅魍魉鬼抱鬼。贿赂贡贺贝串贝，狼狈狗猥尾甩尾。

124《睿智的商人》：有一个商人，到外地去买了一车的沉香，运回故乡来卖。因为较昂贵，很少人购买。而旁边一个卖木炭的摊位，因为便宜，一下就卖光了。商人着急，想出了一个办法，他用火将整车的沉香烧成木炭，果真一下子就被大家抢购一空，他也高高兴兴地回家了。

125《陈嘉庚》：有的人，生前是一面旗帜，死后是一种精神，陈嘉庚就是这样的人；有的人，位卑说真话，位高依然说真话，陈嘉庚就是这样的人；有的人，失意时有理想，得意时依然有理想，陈嘉庚就是这样的人。

126《老北京》：老北京人眼里的老北京，是简朴的四合院，走腔不跑调的小胡同和那一群群人构成的老北京味，老北京腔。那人，那物，那天，那地，那树，那花，透露出的一股气，一团魂，一种神韵，一种包容。不嚣张，不跋扈，不泼皮，不蛮淫。清静的斗室有一种清澈的格调，清闲的生活有一种清高的味道。

127《二十五点》：人忙忙碌碌，人们熙熙攘攘，无非都在这些点上晃荡，云游。大同小异，殊途同归。吃点，喝点，看点，玩点，听点，想点，念点，说点，挣点，花点，写点，装点，傻点，愣点，混点，浪点，高点，低点，牛点，恨点，愁点，信点，穿点，好点，坏点。

128《南国倒春寒》：夜寒风过树吭声，花香月亮蛙不鸣。椰林颗颗瞪眼睛，红棉万朵促春浓。

129《安徽马鞍山掠影》：乌江两岸草又黄，霸王别姬江东望。爱情不如流言长，李白抱月欲跳江。鲸鱼飞天马踏燕，采石矶上云幻想。春来春去春又来，菜花黄时桃花香。

130《晒船》：在上海郊区周庄的无名湖里，渔民在晒船。船底长期浸泡会腐烂。可见把底子拿出来一晒，只会走得更远。俄国有个小老头好像讲过一句话：忘记船底就意味着背叛。

131《黑色》：黑色不是一种坏颜色，黑色是一种真实的颜色，但是经常掩盖着许多不真实的颜色。赤橙黄绿青蓝紫，红是颜色之首，紫是颜色之尾，黑是颜色之总和。黑色是一种需要平反的颜色，黑色是用量最大的一种颜色，是最真实、最长久的颜色。

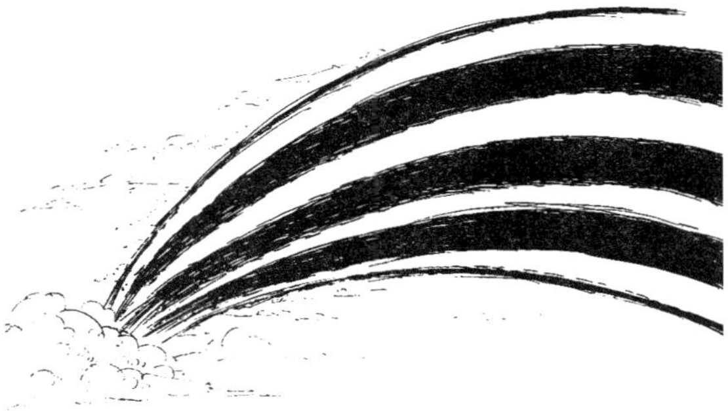

132《幸福》：幸福在字典里是名词。走下字典流窜到社会上是动词。溜进统计局的门口是数量词。到了相声演员的大嘴里是台词。歌唱家的大牙一蹦出来是形容词。其实，更多的状态是无足轻重的副词。

133《天际》：一轮古月牧云海，无帆有浪真天籁。轩窗望去空万里，小鹰一只衔星来。

134《人生三步曲》：1. 学。习。学习。2. 熬。混。玩。3. 被人欺。欺人。自欺。4. 进。守。退。5. 结缘。遵缘。随缘。6. 中。中中。中中中。7. 撞。装。壮。8. 精神。神经。精神神经。9. 无聊。有聊。有无聊。10. 是。是非。是是非。

135《鱼饵》：对于鲤鱼来说小白虾是鱼饵；对于马哈鱼来说鲤鱼是鱼饵；对于鲸鱼来说马哈鱼是鱼饵；对于巡洋舰来说鲸鱼是鱼饵；对于航空母舰来说巡洋舰是鱼饵。对于核辐射来说航空母舰是鱼饵。大小是相对的，高低是有序的，好坏是比较的，强弱是变动的。世界是没有永远的第一和牛逼。

136《变脸》：日本的核灾一来，广州变脸最快的是出售日本食品的小店和超市。纷纷更换食品的出身和籍贯。昔日引以为荣的日本原装进口食品纷纷亮出真身。挂羊头卖狗肉是一种常态啊。

137《红楼梦》：那一年，没有伤其十指不如断其一指的酷刑，就没有司马迁字字珠玑心存高远髀里肉生的《史记》。

138《香山》：鹭峰柳雨纷纷撒，香山香椿露新芽。山山鸟语山山翠，小雨飘来树树花。

139《闲气》：忙忙碌碌中，人丢掉一个闲字，按照他人设计的游戏规则一步步爬，爬得鼻青脸肿，人不人，鬼不鬼的，还全不直觉。按照财富设下的山头，打掉左山头，又攻右山头，伤痕累累，英年早衰。闲是一种心境，求闲得闲，见闲爱闲。闲是一种心气，真敢闲下来，那是一种胆量，那是一种鸟瞰红尘的气度。

140《逗字》：庸庸碌碌春夏秋，忙忙碌碌树遮羞。来来往往浮云笑，熙熙攘攘人筑愁。轰轰烈烈浪打浪，热热闹闹狼追羊。叽叽喳喳风赶鸟，唧唧歪歪鬼缠魉。

141《百望山》：百望山上花似火，黑山扈里柳成河。春荡撸来风扬歌，花坡草坡情满坡。

142《春汛》：帝都瓢泼柳条雨，杨花闻讯将身许。酒仙桥上黄花黄，十渡口外冰凌绿。

143 明代李殿《醒世诗》：急急忙忙苦苦求，寒寒暖暖度春秋，朝朝暮暮营家计，昧昧昏昏白了头。是是非非何时了，烦烦恼恼几时休，明明白白一条路，万万千千不肯修。

144《东西》：东南西北本来是个方位词，东西一组合变成一个词，前面在加几个字就意味无穷。坏东西，好东西，不是个东西，像个东西，好像是个东西再看根本不是个东西，嘿嘿，中国字，口国词奇妙无穷啊。

145《微历史》：1931 年赣南会议后，毛泽东受到不公正对待。毛泽东 1965 年 8 月 5 日回忆这段经历时说：我这个菩萨，过去还灵，后来就不灵了。他们把我这个木菩萨浸到粪缸里，再拿出来，搞得臭得很。那时候，不但一个人也不上门，连一个鬼也不上门。我的任务是吃饭、睡觉和拉屎。还好，我的脑袋没有被砍掉。

146《麻雀和蛤蟆》：麻雀同蛤蟆比赛看谁数数快。麻雀娇小玲珑，伶牙俐齿，一张嘴就数出了 1、2、3、4、5、6、7、8、9、10，轮到蛤蟆数数，蛤蟆嘴大言拙，一张大嘴，二五一十。谁输谁赢你是知道的。速度是要看基数的啊。

147《杀猪三境界》：1. 和猪跑马拉松，猪累死了，你累跨了。2. 干净利落，一刀毙命。3. 你给猪抛个媚眼，猪羞得自杀了。嘿嘿。各位星期四开心快乐啊。

148《微历史》：1992 年 12 月 18 日，邓小平说：中国发展到一定程度后，一定要考虑分配问题。不同地区总会有一定的差距，这种差距太小不行，太大也不行。如果仅仅是少数人富有，那就会落到资本主义去了。要研究提出分配这个问题和它的意义。到本世纪末就应该考虑这个问题了。

149《夜趣》：天籁声声一池塘，云儿轻轻细端详。星星点点天边荡，月儿弯弯独自晃。

150《大俗》：大俗的世界需要大俗的语言和大俗的传播方式。信息封闭的年代，信息的获得方式把人分成三六九等，装大师，装神仙，装正经，装正人君子，装王七蛋，装道貌岸然，装贵族，装血统，还装得过去。在今天的信息社会，网络时代不管你装什么都会被扒得精光。信息的原始社会让人站在裸奔的起跑线上。

151《古诗一首，作者无名氏》：万事由天莫强求，何必苦苦用计谋。饱三餐饭常知足，得一帆风便可收。生事事生何日了，害人人害几时休。冤家宜解不宜结，各自回头看后头。堪叹人心毒似蛇，谁知天眼转如车。去年妄取东邻物，今日还归西舍家。无义钱财汤泼雪，倘来田水推沙。若将狡猾为生计，恰像朝开暮落花。

152《微历史》：《论菜》作者宋朝罗大经，真西山论菜云：百姓不可一日有此色，士大夫不可一日不知此味。余谓百姓之有此色，正以士大夫，不知此味。若自一命而上至于公卿，皆能甘此味，则必皆知职分所在矣。

153《孔子的和谐标准》：孔子自从有了帝都户口后，革命干劲倍增，又听了数场大报告，参加了数场大国际论坛，生锈的脑壳开了窍。他集多年的国内外的丰富阅历负责任地指出，一个和谐社会的标准是：远者来，近者悦。其他的标准都是都是都是？

154《雍正的微博标准》：雍正在很久很久以前隆重地指出，一个好微博应该具有以下特点：有庄语，有逸语，有清语，有趣语，有浅近语，不名一体。人有仕，有隐，有儒，有释，有高名，有无名，亦不专一家。总之，戒贪怯妄，屏虑释思，寄情静心，游欢喜地，言近指远，词简味长。

155《夜趣》：天宽风硕星儿稀，无浪无喧无高低。云游云肥云似鲤，无南无北无东西。

156《警世通言陈继儒》：今日不知明日事，愁什么！儿孙自有儿孙福，忧什么！公门里面好修行，凶什么！刀笔杀人终自杀，刁什么！举头三尺有神明，欺什么！文章自古无凭据，夸什么！荣华富贵眼前花，傲什么！死后一文装不去，吝什么！得便宜处失便宜，贪什么！聪明反被聪明误，巧什么！人争闲气一场空，恼什么！

157《大学校长六不装》：一名大学的校长只要不装模作样装腔作势装神弄鬼装聋作哑装傻充愣装虚作假，就是一个好校长。就是一个可亲可敬的好校长。

158《天趣》：一声蛙鸣数黑白，两只蝴蝶结伴来，三棵老树春夏秋，四块顽石常发呆。

159《百年》：草笠张望老墙老、风吹口哨下南洋。云聚云散浪打浪，渔翁一指笑苍茫。

160《祀雨》：赤橙黄绿青蓝紫，彩云翻腾有脾气。雨来不来晴万里，高香三炷三作揖。

161《雨语》：斜风微雨百蛙鸣，一雀高枝声不吭。浮云悄悄拂袖去，梨花泪洒杏花痛。古桥结伴杨柳随，青径直达百花中。寥廓长天江一横，远山如黛蝶点睛。

162《垂钩》：春雨驾风觅涟漪，鱼戏虾来虾爱泥。一钩一笠一痴迷，钩天钓云钩春意。

163《羊肠小道》：白云一朵绽峡谷，风停鸟静牛瞩目。羊儿自知云儿白，无牵无挂爬山路。

164《节日遐想迁都》：在今天这个世界信息发达交通八达的状况下，首都是否可以每八年换一个地方？有几大好处：1. 解决首堵问题；2. 可以对庞大的官僚群体就地消化；3. 抑制摊大饼似的城市发展模式；4. 狡兔三窟，让敌人永远不知道我们的核心在那里；5. 带动落后地区的经济发展；6. 解决缺水的问题。过节了，没事遛遛脑。

165《一只蚂蚁》：一群庞大伟大体大的象为一只蚂蚁举行了不成比例的葬礼。大象们是学习的象领导潮流的象。这只蚂蚁告诉了它们一个真相：这个弱肉强食的世界上，大不是永远的大，强也不是永远的强。大有边，强有沿。小可以治住大，小可以反抗大。大也有怕小的时候。欢呼往往是另一种脆弱的表现。

166《石头》：一块有棱有角的石头抛向天空，天空慈祥地笑了，孩子别费劲了，像你一样的石头大大小小花花绿绿多去了，结局一个，哪来回哪去，谁也摸不着天。一块身价不菲的石头抛进大山，大山厚道地笑了，孙子回来啦，别听它们瞎忽悠，像你这样的小石头咱们漫山遍野多了去了。

167《嘿嘿爱情》：爱情常常像电线杆一般孤单，像兔丝草一般缠绵，像风筝一般自由飞翔，像黄河水一般说不清，像脱轨的火车一路呼啸不管不顾，像和尚的木鱼断断续续，像北国天空的候鸟来有踪去无影，像斯大林的烟斗袅袅飘飘，像美元泛滥起来不如一张纸，像穆巴拉克的处境忐忑不安，像樱花红的鲜艳凄残。

168《蚂蚁的颜色》：1. 黑蚂蚁，你不惹我，我不惹你，你惹我，我躲你。经常晒太阳，营养很辉煌。小巧又玲珑，善良又大方。2. 黄蚂蚁，你不骚扰我，我不骚扰你，你敢骚扰我，我就骚扰你。色彩有点黄，心里很坦荡。3. 白蚂蚁，你不咬我，我咬你，你敢咬我，我咬你的家具。纯洁有文化，全球都是你的家。

169《五指的含义》：1. 大拇指是老大，是赞美的指头；2. 无名指是情绪的指头，是契约的指头；3. 中指是劳动的指头，是勤快的指头；4. 无名指是皇家的指头，是贵族的指头，是仙指，是佛指，是最干净的指头；5. 小拇指是勾勾搭搭抠抠搜搜的指头，是清洁工、清道夫的指头。在草原上，蒙古人是用无名指蘸酒祭天祭地。

170《雁鸣湖》：草暖雁鸣湖飘絮，鱼肥虾美锦波聚。黄河古道无人迹，中原晓月来又去。

171《绵雨》：鸟躲花丛花失容，自作多情雨不停。朦胧迷离待天晴，老绿新绿路上行。

172《观黄河》：黄河如海水迮天，一堤似鞭向东赶。古人古城古遗篇，乾坤悠悠变平原。

173《双鹤》：双鹤纠结朝天望，北风过后西风扬。摆上鹤台不让飞，没有自由难归乡。都说长寿是我样，羡慕麻雀觅食忙。长腿长脖老长等，星牵俏月又换装。

174《云台山》：小溪分叉急回家，大瀑一声撒雪花。丹崖断壁老有理，云游云台要生芽。

175《一棵草》：黄河滩上一棵草，东南西北自逍遥。大河东去再东去，一浪更比一浪饕。

176《画山》：羞羞答答树画山，蹦蹦跳跳鸟戏天。石径一弯枫叶红，清溪转头月翩翩。

177《山藓》：山藓如松胜似松，泉水不请响叮咚。仰头观天天观山，浮云无语行色匆。

178《粟裕》：中国人民解放军开国上将。是帅尾将头。毛泽东说：大将还是要当的，而且是第一大将。

179《月亮湾》：一船游弋浪卷沙，珊瑚羞涩披浪花。天籁寂寂人稀稀，晴空唤云待晚霞。

180《一帆》：高路如箭射云端，响雷闪亮惊雨燕。海风呼啸鱼浅唱，流水常见风抱帆。

181《上，商，伤，尚，赏的联想》：这是一个只唯“上”的年代？是一个何处不“商”无处不“商”的年代？是一个“伤”不起也不得不“伤”的年代？是一个时“尚”像螺旋飞转飞旋飞奔的年代？是一个犒“赏”有的无的给得起给不起想给就给想不给就不给的年代？

182《中国道路》：是一本很有意思的书。为什么腐败成为中国的主要矛盾？为什么贫富分化严重？为什么共同富裕几成画饼？在这本书中找到共鸣。

183《阵雨》：黑云如龙横天路，大雕小雀多迷途。驻足闭目听雷鸣，雨后斜阳花无数。

184《一本正经》：经是正经，经是真经。歪嘴和尚念出歪经，花和尚念出花经，斜眼和尚念出邪经，恶魔和尚念出魔经。不同的经书到了不同的人嘴里就有不同的语气和语调。指东打西也是念经，假公济私也是念经，同浴讥裸也是念经，小题大做也是念经，装疯卖傻也是念经。

185《浮云》：鸡鸣三声连两声，野兔七窜又八跳。杨柳无絮杏花败，青山不老大路小。七十三来八十四，吃药开刀无处逃。人生不过一根草，浮云飘香远天笑。

186《1967 年》：天安门广场还没有毛主席纪念堂，林彪的经典造型不高不低举着一本红宝书，周恩来排在第三位，大喇叭是重要的通讯工具，挖地道是为了防止原子弹，火车挤满了红卫兵，大串联是免费的旅行，贫下中农是非常时髦的一种出身，工人阶级还很自豪，见到毛主席比中了彩票还要激动万分，姓钱一点没意思。

187《1966 年》：很多网友还没有出生，粮票布票油票和人民币一样重要，红卫兵红小兵刚刚风靡中国，茅台八元一瓶，很多人不知道啤酒是什么味道，电话还是等级的象征，地主富农还是贬义词，右派还没有摘帽，蓝衣服还是流行色，红色是主色调，大游行是常见的行为艺术，大字报多得像街头的性病广告。

188《1968 年》：猴年，青菜碧绿碧绿，红旗鲜红鲜红。官的数量还不大，县长坐 212 吉普，地委书记坐华沙。干部和工人一起参加劳动，牛人、怪人、猛人还没有。工作服就是牛仔服。蓝色是工作颜色，红色是政治颜色。芒果是政治芒果。上山下乡刚刚开始。贫下中农是褒义词。资本家是坏蛋。样板戏风靡中国。

189《双簧》：装模作样粉墨登场，五谷杂粮不吃也胖。遗臭万年千古流芳，不清不楚黄河如江。爷着佛装孙套魔装，古往今来套路一样。好词如蝶沸沸扬扬，万蜂过夏雨渡云爽。

190《快城》：内蒙古鄂尔多斯市过去叫伊克昭盟，成吉思汗陵就在这个城市。曾经是非常典型的慢城，每个草原小镇人口不超过五万，没有红绿灯，没有柏油路，最好的交通工具是马。现在是中国发展最快的城市，由慢城到快城历经 800 年。2010 年一个人口 150 万的城市财政收入接近 600 亿。

191《王草》：乱风盘旋草盘旋，王草为王头瞎点。根深腰软无东西，秋风如镰向阴山。

192《西北》：黄河有水山不绿，浩浩荡荡你怪谁。我来我去千百年，树碑立传几多费。

193《烧包和烧钱》：烧包是北方人常用的一个词，兜里有个仨瓜俩枣就显摆，得瑟、牛逼、找不着北、摸不到东的人一种行为方式。烧钱是一群烧包的人爬上大平台，掌握了烧钱的工具，在更大的范围，更多的领域瞎掰、显摆、得瑟、找不着北、摸不到东的一种非个人行为。小烧包是烧包，大烧包是烧钱啊。

194《忐忑》：忐忑是一种心情，是一种情绪，是一种不清不楚的味道，是白云晃晃悠悠的面貌，是夏天和秋天过度中的一种色调，是跌宕自喜和跌宕自悲的分界岭，是佛魔不二的一把利刃，是真真假假假假真真中的集合体，是清醒更清醒糊涂更糊涂的前奏曲，是青春美丽痘和垂垂老年斑中的胡志明小道。

195《轨迹》：一堆土是泥佛的轨迹，常听到善男信女的喃喃自语；一幅画像是统帅的轨迹，常听到出尔反尔的窃窃私语；一阵风是神仙的轨迹，常听到春夏秋冬的花言巧语。

196《开心是什么》：和开心是一个家族的词有：散心，放心，烦心，费心，良心，留心，闲心，洗心，虚心，细心，留心，孝心，劳心，修心，等等。开心是一个眼神，一瓶酒，一根烟，一句话，一个拥抱，一个岗位，一句问候，一个电话，一个期待，一个创意，一个赞美，一首歌。可能还有很多很多。

197《观雨》：横竖都是雨，断断又续续。一鸟掀雨帘，万树新出浴。（今晨广州大雨淅淅沥沥，如醉如痴，如梦如幻，长夏无冬的广州总是湿漉漉的绿，湿漉漉的翠。）

198《历史》：历史是由历和史构成，这本身就是一句废话。历史大多时候也是由废话构成。历 = 力，历 = 理，历 = 利，历 = 戾。有力量就有历史，史 = 事，史 =X，史 = 势，史 = 似。史是一个人，一个集团，一个公司顶着一个大脑袋，带着一张大嘴巴。可以指鹿为马，可以隔山打牛，可以颠倒黑白。真味道的历史隔代修啊。

199《维港暮色》：一艇剪浪浪打浪，千星射云云抱云。万家灯火不回头，百姓一笑谁是君。

200《香山》：千年银杏静苍凉，泉响风荡云观望。百年飘落百片叶，万年香山万山香。

201《乌龟和野兔》：乌龟对野兔说，你跑得再快，也没用。野兔说，为什么？乌龟说，你是运动员，我是裁判员。你是游戏规则的执行者，我是游戏规则的制定者。我是慢的代言人，你是证明快比慢还慢的实验品。背道而驰往往是真理的哈喇子。

202《龙和蛇的不同》：在属相的排序里是子鼠丑牛寅虎卯兔辰龙巳蛇午马未羊申猴酉鸡戌狗亥猪，龙和蛇是属相里挨得最近的，表面看是邻居是合伙人是股东是一个班子成员。其实不是那么一回事。龙是来无踪去无影，是爬行动物兼飞行动物，是一个远古的概念，是遥远的神话，有真龙天子没有真龙。蛇只会爬，无脚。

203《折腾》：折腾有大折腾，小折腾，乱折腾，瞎折腾，常折腾，短折腾，真折腾，假折腾，活折腾，死折腾，有事折腾，无事折腾。有无奈的折腾，有无耻的折腾，有无聊的折腾。泥沙在黄河里不敢不折腾，乌云在天空不得不折腾，麻雀在树林不能不折腾，人在江湖不准不折腾。哈哈，各位星期天早啊。

204《凡人》：平平凡凡的人，平平淡淡的人，生老病死喜怒哀乐一样不少的人，有话说有屁放的人，平平稳稳走一生的人，看到神仙鞠躬敬礼的人，揣着明白装糊涂的人，春来不惊夏来不躁秋去不恋冬遁不想的人，鼓鼓掌拍拍巴掌送走伟人牛人高人的人，不卑不亢的人，真真实实扎扎实实的人，是地球上人数最多的人。

205《隔山打牛》：古人有远见有预测，当年还没有穿甲弹没有导弹就知道将来会有一种高科技的武器会出现，会隔山打牛，而且不是打到一头牛，是打到一群牛。打到一群小公牛一群小母牛。呵呵，古人牛啊，牛大了啊。

206《胡说八道》：胡说的人有八条道，红道白道黑道黄道灰道绿道青道。为什么爱听相声，为什么爱听讲演，为什么爱看电影电视……耳朵看上去比脸长得隐蔽谦虚，实际比脸要夸张要张扬。海涅曾经说过，换一个时代，换一副歌喉，换一副歌喉，换一群耳朵。耳朵的需求比脸大比鼻子高比嘴奢侈。信不信由你。

207《三种人》：这个世界上有一种人用他们的脑汁墨汁和口水每天每夜每年在写着两个字：如果。他们通常被称作预言家阴阳家设计师规划师忽悠家。还有一种人或被人交口称赞或被人千夫所指，承担着两个字：后果。他们通常被称作将军元帅老板统帅。最后一种人如果和他无缘结果同他不沾边，只在两者之间晃荡转悠。

208《沽名钓誉》：最近有个莫名其妙的野鸡机构颁发一个共和国脊梁奖，这奖其实就是一个野奖，先钓一两个托免费送，再把名沽出去。倪萍不幸中招，易中天调侃说倪萍得了一个戳脊梁奖。话是刻薄了点，可是你认真读一读沽名钓誉这个成语，你就知道沽名是什么意思，钓誉是什么意思，名是卖的誉是钓的。

209《香港黄昏》：维多利亚港的天空，布满了恋恋不舍的浓云，一轮金阳如大慈善家把最后的辉煌撒向大海。

210《遐想阴山》：空谷怀云一线天，娇雨含苞万重山。崎岖羊肠绕山坳，半坡野花无人伴。蝈蝈声声撩暑气，倦鸟无息待月湾。大桦小桦眨眼睛，牧羊人家炊烟欢。

211《GT》：电脑常常是莫名其妙，打出 GT 的字母后，后面连着的词组如下：高铁，过头，滚烫，改天，骨头，钢铁，感叹，怪胎，管他，鬼跳，罐头，赶趟，宫廷，锅贴，告他，公摊，刚停，更痛，鬼胎，归天，骨痛，鬼图，钢梯，敢停，观天，高弹，怪题。非常奇怪的词组。非常奇怪的组合。

212《新闻发言人》：有时真不明白，从哪里找了这么多新闻发“炎”人，跑到大庭广众丢人现眼。鬼话你可以说，神话你可以编，醉话你可以喷，废话你可以扯，可是大庭广众之下你总要讲点人话啊。这年头除了你自己是个装模作样的白痴，没人是白痴和弱智。

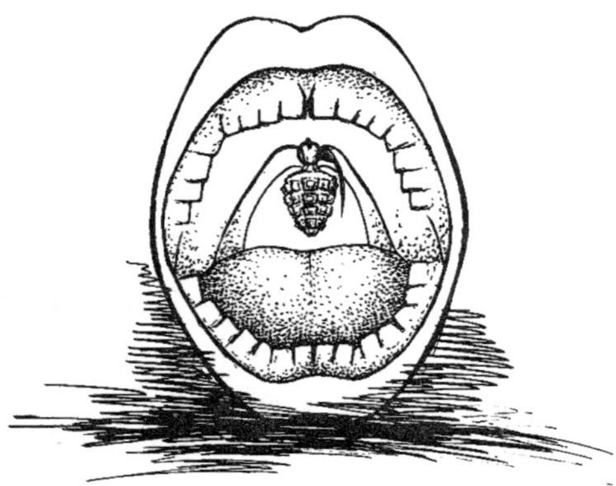

213《鞋垫》：20 世纪 60 年代，每个人没有几双鞋，鞋穿久了就有臭味，汗味，酸臭味，鞋垫就变成了隔离带和一种鞋的替代品。可是鞋臭鞋垫再干净也没用。有时观察久了，发现新闻发言人就像一副鞋垫。

214《ZF》：无聊了，在电脑上打出了 ZF 两个字母，有以下的字库：政府，祝福，租房，装疯，中风，嘱咐，装法，追肥，自负，罪犯，征服，最烦，制服，自焚，作风，杂费，执法，追风，致富，蒸发，找房，造法，责罚，重罚，撞翻，作福，猪粪，真肥，最富。其实一个人的想象力联想力再牛牛不过互联网。

215《星期一》：星期一上午忙中忙，太阳蹲山瞄四方；星期一上午忙中忙，动车往复拉锯狂；星期一上午忙中忙，山寨老树城里长；星期一上午忙中忙，浊水浑河浪赶浪；星期一上午忙中忙，废话连篇耳砌墙。

216《无题》：春心荡漾一佛闲，斑驳陆离万僧忙。无东遁西黯南北，晨钟暮鼓旧经黄。朝朝暮暮秋怀恶，冬染白发夏揣凉。鹰随寥廓叶随风，大山小寺梦声长。

217《三态》：固若金汤，海纳百川，大气磅礴。其实讲的是三件事：固态，液态，气态。他们本来就不是一回事，是八竿子打不着的事。是没头没尾的事，是上辈子的事和下辈子的事。没有了解哪有理解，没有理解哪有谅解。世界的丰富多彩就在于你是气态，他是固态。沟通，勾结，苟且，长得不一样，本质是一模一样。

218《中国脊梁奖献辞》：骆驼啊，你真的好伟大啊，你把一对乳房长在脊梁上。由于有了脊梁奖没人敢再设这个奖，要设只能设肋骨奖，排骨奖。

219《蓝天》：辽阔的蓝天是无垠的牧场，肥肥的云儿是白白的羔羊。向南向北向东向西，自由自在四面八方。浩瀚的蓝天是广袤的牧场，美美的风儿是静静的羔羊，迎春迎夏迎秋迎冬，无拘无束转悠荡漾。蓝天牧场，白云羔羊。自由的牧场，自由的羔羊，你在何方？你在何方？你在何方？

220《沽名钓誉》：没有微博时，你沽名钓誉没人理你，你招摇忽悠没人理你，现在你再挂一堆时髦生猛的头衔，可要小心了。我估计这几天挂一堆头衔的人正忙着大清理。人啊，真是没事找事啊。

221《文字》：文字有时是孤独的舞者的舞姿，跳的是无奈无聊；文字有时是歪嘴和尚的歪经，念叨的是密密麻麻的晨钟暮鼓；文字有时是人老珠黄的淑女的过气晚装和过时的化妆品；文字有时是午夜的哈欠和瞌睡；文字有时是王者的外痔强者的癔症；文字有时是蚊子叮咬无处不在；文字不好也不坏，有理也无理。

222《微博》：三人成虎是微博，一针见血是微博，千夫所指是微博，刨根问底是微博，隔山打牛是微博，指桑骂槐是微博，无病呻吟是微博，打情骂俏是微博，慈悲为怀是微博，嬉笑怒骂是微博，春夏秋冬是微博，生老病死是微博，通风报信是微博，一马平川是微博，古是今非是微博，家喻户晓是微博，伶牙俐齿是微博。

223《人事》：有些人不能见，有些人不想见，有些人不愿见，有些人不准见；有些事不能说，有些事不准说，有些事不想说，有些事不愿说。

224《自然自来香》：蓝天白云自作主张，高山流水不管不顾，千山万壑大气磅礴，一马平川坦坦荡荡，小桥流水自作多情，狂风暴雨一泻千里，雷鸣电闪转瞬即逝，风花雪夜福祸相依，大街小巷潮起潮落，溪水潺湲专心致志，高楼大厦目不转睛，星星满天交头接耳。

225《香》：太阳没有禾苗高的时候，小鸟蹦蹦跳跳，露水含苞待放。天籁之气地籁之气和禾苗的香气袅袅升起时谓之香啊。香总是给人一种遐想：香格里拉，香港，香山，香河。

226《微博》：哼哼哈哈是微博，红红火火是微博，含含糊糊是微博，嘻嘻哈哈是微博，点点滴滴是微博，三三四四是微博，琐琐碎碎是微博，反反复复是微博，加加减减是微博，惺惺相惜是微博，斑斑驳驳是微博，坎坎坷坷是微博，吞吞吐吐是微博，忐忐忑忑是微博，问问看看是微博，乒乒乓乓是微博，角角落落是微博。

227《遛脑遛字》：一人得道，魑魅魍魉紧相随；装模作样，金银铜铁也喊累；胸无点墨，江河湖海不是水；固步自封，绫罗绸缎化成灰。

228《重视》：重视可能是多看你一眼，瞧你一眼，瞅你一眼，瞄你一眼。可能是山花烂漫，可能是釜底抽薪，可能是晕晕乎乎，可能是摇摇晃晃，可能是大大咧咧，可能是瘪瘪瞎瞎，可能是沸沸扬扬，可能是风风雨雨。重视有高有低，有好有坏。重视是甲方，被重视是乙方。重视可能是登上航空母舰，可能是搭上小舢板。

229《复杂》：用复杂的心情，看复杂的人生，走复杂的路，说复杂的话，是谁都不愿意的。可是碰上复杂谁又能不复杂。复杂是这个社会的哲学和宗教。

230《弱智语》：1. 秋天来了，冬天还会远吗？2. 哪壶不开提哪壶，你知道哪壶不开吗？3. 盐吃多了肾知道。4. 不怕万一就怕一万，一忽悠万，万就成了二。5. 路是长了点儿桥就短了点，桥一妖娆路就颠簸。6. 为人民服务是不是少写了一个字？

231《观敲酥糖有感》：甜蜜是一锤一锤敲出来的，友情是一锤一锤砸出来的，婚姻是一锤一锤锤出来的。

232《风景》：风闲浪缓鸥滑翔，天疏云密渡梦乡。不让海浪今喧嚣，百年一城数香港。

233《干部》：1. 干 + 口 + 耳 + 立 = 干部。该干什么干什么，你说你的，我说我的，你说的我听不见，我说的你听得到，迎风敢立，顺风敢立，干部牛逼啊。2. 在现代汉语词典里干部是一个偏旁，比工部和土部排序高一点点。3. 干，树杈，夏天有绿荫庇护，冬天有雪花爱抚，牛逼啊。4. 干部，信息总部，文化总部，经济总部。

234《美国人的行为艺术》：美国人怕拉登，恨拉登，毙拉登，敬拉登，开着航母送拉登。迄今为止谁的葬礼也没有拉登的牛逼。

235《板凳诗》：藤椅臀部脸被眼睛拽走臀部不想走藤椅上有一瓶老酒春夏秋冬喜怒哀愁藤椅发出绿芽臀部老出了褶皱赖着不走赖着不走还有一瓶老酒。

236《观棋》：金角银边烂肚脐，臭棋肚里出怪招，抓耳挠腮无似有，韬光养晦念奴娇。磨磨蹭蹭守残局，晨钟暮鼓老僧焦。娇尼回眸天又晓，臭棋何时才能了？

237《广州清晨》：天晴气爽鸟鸣鸟，晨风婀娜小蛮腰。一江秋水洗残星，千山腥红向天娇。

238《哲学》：歪瓜裂枣是哲学，一瘸一拐是哲学，左耳听右耳冒是哲学，拿得起放得下是哲学，一白一黑是哲学，总是有理是哲学，倒三颠四是哲学，昨天今天明天的集合体是哲学。

239《向日葵》：向日葵，金黄，太阳明晃晃；向日葵，蜡黄，太阳与云卧天床；向日葵，焦黄，太阳躺在山岗数月亮。

240《中秋节的私人记忆》：中秋节是弯弯曲曲的一条铺满青石板的小巷；中秋节是浓香扑鼻的一坛老酒；中秋节是淅淅沥沥的一场场秋雨一场场秋风。

241《微博》：微博生机，万象归一。无涯无边，无归无来，无高无低；无雅无俗，无大无小，无跪无立；快刀斩乱麻，千夫有仙指。微博如露，小鸡叨米。不吐不快，不藏不躲，不傻不痴；不急不缓，不雅不俗，不饶不依；一针不见血，万箭再穿山。

242《一会儿》：好一会儿，坏一会儿，不好不坏呆一会儿；忙一会儿，闲一会儿，不忙不闲浪一会儿；高一会儿，低一会儿，不高不低胖一会儿；白一会儿，黑一会儿，不白不黑灰一会儿；大一会儿，小一会儿，不大不小蹲一会儿；男一会儿，女一会儿，不男不女二一会儿；鬼一会儿，神一会儿，不鬼不神魔一会儿。

243《哭苦裤酷枯》：有泪有声谓之哭，无泪有声谓之嚎，有泪无声谓之泣。哭总是一件很辛苦很痛苦很纠结很不舒服的一件事，大哭痛哭嚎啕大哭。两行青泪涟涟不断像裤子一样，哭对于有些人是工作是表演是泪腺发达是再酷不过的一件事。泪真的没有了，也就枯竭枯寂枯焦了。哭一会儿可以，哭一阵可以，别哭一辈子。

244《胡壶湖》：古月为胡。悠悠空天间，一轮黄黄的圆圆的古月高悬残天。你可以称呼月亮为嫦娥奶奶嫦娥姐姐，你可以胡思乱想可以胡说八道，可是只许看不许摸。月亮有时更像一口深深的古井一把大大的茶壶，古时明月今时人，你走月在忽悠悠。有月亮泡澡的水就是一壶好江湖。

245《羊》：羊是人类驯化的第一动物。1. 样，羊温顺乖巧有模有样。2. 阳，羊白白胖胖有阳光的温暖和阳光的心态。3. 养，饲养容易只吃草不吃肉。有组织有纪律，东南西北一群羊，哪里有草哪晃荡。4. 痒，羊的病是痒的病，痒不痒只有羊知道，狼也痒，虎也痒，痒和痒不一样。

246《楼》：这个字是一个简单又复杂幸福又痛苦平坦又坎坷的一个字。楼的笔画不多，关键节点全在里面，一目了然。住在砖木结构的房子里有米吃，有衣穿，有女安。从古至今这个字都是一个和谐幸福的简体版。衣食住行，楼排行老三。

247《巴丹吉林沙漠》：哪一年哪一天，一个翘翘板海水势力般扑向南边。巴丹吉林沙漠留下硕大的乳房，留下皱纹思考人类的底线。父亲般的遥望母亲般的思念，走的不再回头，回头的也是瞎扯淡。

248《印象》：螃蟹飞翔在扑朔迷离的天空，太阳刚刚刮过一次风，枯枝搅动老藤，噼噼啪啪总是琉璃瓦的颜色在折腾。

249《额济纳戈壁印象》：戈壁是上帝留给大地的一封信，浩浩荡荡的洪水是墨，飘飘洒洒的胡杨是笔，眼泪般的玛瑙是字。风儿来来去去读了千遍万遍，云儿悠悠忽忽看了千遍万遍，太阳在太阳地里清清楚楚知道那字的含义，月亮在月亮地里凄凄惨惨知道那字的意思。雀儿不愿读，鹰儿不敢读，驼儿不能读。

250《醉生梦死》：醉生梦死的统计学的含义是指 20% 的人是在酒醉中见到了释迦牟尼，真主，耶稣；80% 的人是在睡梦中见到了释迦牟尼，真主，耶稣。

251《误会》：风呜呜地哭，浩瀚的沙漠胆小如鼠，大海一路向南，你要说话，不要默默无语。你迷了路，你成了海洋的遗弃物，你有你的眷顾，风随风飘舞，沙尘暴是它们的咒语，风不管不顾，吉祥如意万象如初。

252《印象·冬秋夏春》：1. 白雪落地，一根针，雀爪兔印。2. 秋风一横笛，七零八落，白云赖在光山坡。3. 蝉鸣一万里，绿阴伴阳，叮叮当当。4. 春雨荡秋千，洼地缠绵多蘑菇，远山立草狐。

253《印象》：干涸的河床，淌满了太阳。大卵石是大浪，小卵石是小浪，沙子才是饱经风霜。晚上月亮带来凉爽，干涸的河床又有新的幻想。卵石拍成行，浪涛声从很远很远的大海飘荡，你要竖起耳朵，你要竖起耳朵，你要有蝙蝠穿山过海的猛浪。

254《印象·天野》：1. 四月戈壁，蜥蜴黑如蚁，雪花稀奇，风干干净净不带泥。2. 六月沙漠，沙湖如泊，一鸟翘尾，二鸟唱歌。3. 九月森林，浆果如唇，松鼠枝头迎黄昏。

255《印象》：斜阳印空秋印黄，徘徊冲天雁成行。北在北方七星唱，转眼大地又苍凉。是沙漠吗？是宁夏的沙漠吗？其实都不是。是首都机场的候机大楼。

256《医院趣闻》：是人就有虚荣心，大领导有大虚荣心，小领导有小虚荣心。所谓虚荣心，嘴里有块糖要把它吹成蜜，肚里有个屁要把它弄成波澜起伏的音乐。一日，一大领导的太太动阑尾炎手术，请了全省第一刀开刀，领导对前来探视的下属炫耀，小小手术也是杀鸡用牛刀，一下属说，此鸡不是一般的鸡啊。

257《观天》：天上的云是吵吵嚷嚷的太平洋唾沫，是倒三颠四的印度洋的口水，是无事生非的大西洋的泪水，它们一片片一批批一团团一簇簇一堆堆一摞摞集合在高高的天空，看似没有东南西北，看似没有春夏秋冬，看似大气磅礴，看似张牙舞爪，其实有点温度有点动静就变成了哭哭啼啼的雨和胡搅蛮缠的雪。

258《夜郎自大》：到了贵州，再读这句成语，发现原来也不是什么贬义词。虽然贵州的经济总量在全国并不高，可是山还是青山，水还是清水，云还是白云。

259《东帝汶的早晨》：翠鸟冬一声夏一声鸣叫；小虫高一声低一声呻吟；小螃蟹高一脚浅一脚徘徊；云霞灰一块白一块飘移；小舟南一网北一网播撒；花儿红一片黄一片绽放。东帝汶的早晨平静如水，洁净如乳。公鸡一声长鸣，退潮的海水像万万千千的掌声呼啦啦响彻海滩。炎热的早晨透明的早晨没有瑕疵的早晨开始了。

260《印象》：青云气韵排成行，翠鸟结伴晴空翔。冷冷热热无人知，雨去雪来才觉凉。

261《一棵树》：一棵树，管他云空空荡荡漂浮，管他蚂蚁无数。一棵树，风糊里糊涂，雨七月八月九月滋润万物。一棵树，星星高悬不管不顾，雪花飘飘洒洒歌声如诉。一棵树，冬天光秃秃，秋天鸟数数。一棵树可能是一片树，可能是落叶逐浪熟。一棵树，一棵树，一棵树……

262《望天空》：第一眼，天空是蓝蓝的，深不可测，密不可闻。第二眼，有白云相伴，天空是蓝白，灰白，苍白。第三眼，太阳下山了，留下一堆光怪陆离五彩缤纷的色彩争高低，比厚薄，赤橙黄绿青蓝紫全都来，红一块，白一块，灰一块，紫一块。第四眼，月亮和星星一起瞎晃荡，藏蓝，深蓝，眨着密密麻麻的小眼睛。

263《雨榆裕鱼誉欲郁语》：同音字总是有着千丝万缕的联系，一种割不断的血脉关系。雨在北方一年来三次，春雨夏雨秋雨。充沛，多。来无影去无踪。榆树的榆钱像雨一样，富裕像榆钱一样，鱼在水中像富裕一样，名誉和欲望像阴郁的天气，嘟嘟哝哝，线条不清，纹理不析，话语多过茶水。雨到语五百年是一家。

264《雷累泪蕾》：雷是上帝的呐喊，是苍穹的怒吼。雷是轰轰烈烈，雷是形式主义，雷是预言雷是干打雷不下雨，雷也是自然界的大忽悠。忽悠久了累不累啊，泪流多了眼睛累不累啊，花蕾含苞待放，放不出来累不累啊，雷累泪蕾一千年前也是一家人啊。一个在天上，一个在人间，一个在动物，一个在植物。

265《蝇粪点玉》：在制造假古董的商人眼里，蝇粪点玉实在是小儿科，实在是小巫见大巫，他们要的是粪坑点玉。把假古董泡了又泡，沤了又沤。社会潮流就是如此，就有人喜欢这粪坑里泡出的古董和假玉。当假古董、假玉冠冕堂皇地成了消费潮流，嗅觉只有斜着眼看的份儿。蝇粪点玉真就是地地道道的小儿科。

266《装神弄鬼》：人类社会自从有了所谓的统治者。就玩两件事：一是装神，二是弄鬼。英国的女王，日本的天皇，朝鲜的金家玩的都是装神。台湾的陈水扁，还有那些叨叨絮絮大大小小的国家与地区，玩的所谓的现代游戏不都是在弄鬼吗？成功者装神，失败者弄鬼。总想英名远播，总想与月长存，总想青史留名。一厢情愿啊。

267《春蛙》：蛙声声声似垒墙，月亮亮亮如捣浆。夏天下雨像摆棋，一盘一局一没商量。

268《吉凶悔吝》：吉凶悔吝是人生的四象。也是一种事物发展发作发胀的规律。吉凶悔吝是一种大规律大结局。按史学家和数学家的精密计算，每个表象各占四分之一。吉凶悔吝是任何一种事物的必然结局。吝悔凶吉是任何一个事物的开局。

269《大千世界》：雪中送炭是一种幽默，欺软怕硬是一种职业，指鹿为马是一种方法，落井下石是一种定式，装模作样是一种修养，无病呻吟是一种思想。

270《造句》：因为不是教授，所以也不是野兽。因为不装模作样，所以也不装腔作势。因为不是煽风点火，所以也不隔山打牛。因为不是高瞻远瞩，所以也不高位厚禄。因为不是胡说八道，所以也不溜门撬锁。因为不是假模假式，所以也不垂涎三尺。因为不是叶公好龙，所以也不水中捞月。因为不是心血来潮，所以也不？

271《终南山有感》：鸟巢悬千山，佛寺托青天，闲来遛山径，一心随云转。

272《贵人出门多风雨》：夏天一到，雨季也来到，南方多点，北方少点，谁出门不碰到点风风雨雨，谁眼里没点电闪雷鸣。贵人出门多风雨是人们安慰人奉承人的一句俗语，老天爷刮风下雨是老天爷的事，同人没关系，人就喜欢东拉西扯没有一点成本，大大方方就当礼物送人了。人睿智啊，听的人弱智啊。

273《诗人》：酸的是醋，咸的是盐，诗人总是颠三倒四，对着醋喊咸，对着盐唱酸。无病呻吟，一遍百遍千遍，雪花也是盐，枯枝也是盐，废话也是盐。

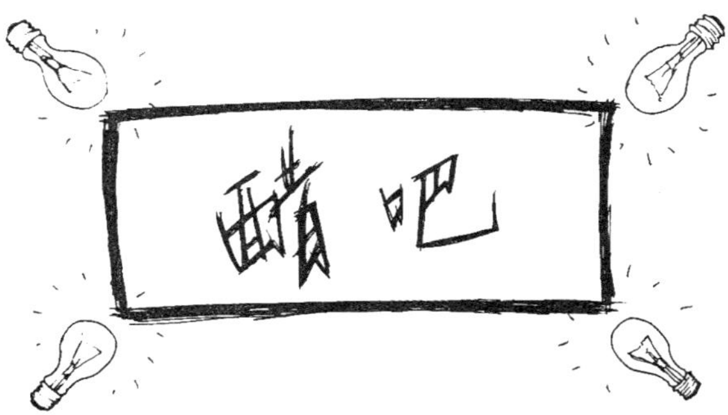

274《往事如烟》：一位老先生说过这样一段话："中国历史上向来是臣妾并论，官僚作风就是二奶作风，姨太太作风。官僚的人生观：对上揣摸逢迎，谄媚希宠；对于同事，排挤倾轧，争风吃醋；对于部下作威作福，无所不用其极。"呵呵。纵观当下，这种作风现在依然在延续。

275《生老病死》：生：生拉硬拽的生了，时来运转的生了。老：老调重弹的老了，老生常谈的老了。病：病国殃民的病了，病入膏肓的病了。死：死气沉沉的死了，死烟烂气的死了。

276《往事如烟》：孔祥熙是国民政府的财政部长，为政府敛财，无孔不入。他最喜欢的是滥印纸币。在孔祥熙的努力下，抗战八年内政部发行纸币 103190 亿元，为抗战前 7300 倍。1937 年，100 元法币可以买两头牛，6 年后可以买一只鸡，10 年后的 1947 年可以买三分之一盒火柴。孔祥熙是搞垮国民党的第一人。

277《巴丹吉林沙漠印象》：大漠是老僧，风伴云儿来摸顶。骤然响起诵经声，春夏秋冬雷打不动。

278《遛脑诗》：一个人静静地躺着，红男绿女排成肉墙。太阳化了早妆，江河湖海像一面破碎的镜子，七棱八翘的是河床，五颜六色的云儿翻来滚去晃晃荡荡。

279《遛脑诗》：枯树和枯树纠缠忙忙叨叨，风吹出新潮无赖的口哨。四面佛不需要方向，泥菩萨夏天哭冬天笑。

280《遛脑诗》：布达拉上有八达岭，别逗了。白堤路上长根草，大太阳像个大花猫，冷不丁来报到。上等货湖开出圣诞花，风儿摇摇摆摆做课间操。呵呵。

281《忽悠》：有人忽悠那变成了几千年的教义；有人忽悠那变成了几百年的信仰；有人忽悠那变成了几十年的传说；有人忽悠那变成了几年的谎言；有人忽悠那变成了几个月的闹剧；有人忽悠那变成了几天的笑料；有人忽悠那变成了几小时的笑话。你见过什么样的忽悠吗？忽悠就在眼里，在身边，在周围。

282《风来了》：一级风，古老的树林子纹丝不动；二级风，古老的树林子屏声静气；三级风，古老的树林子鼾声阵阵；四级风，古老的树林子谈天说地；五级风，古老的树林子摇头摆尾；六级风，古老的树林子臭气熏天；七级风，古老的树林子眉眼传情；八级风，古老的树林子张牙舞爪；九级风，古老的树林子肆无忌惮。

283《过年》：这个年，有人欢天喜地；这个年，有人抱头鼠窜；这个年，有人弹冠相庆；这个年，有人忐忑不安；这个年，有人改弦易辙；这个年，有人盖棺定论；这个年，有人目瞪口呆；这个年，有人少言寡语；这个年，有人摇旗呐喊；这个年，有人阴阳怪气；这个年，有人钻天入地；这个年，有人水土不服。

284《问道于盲》：可能有三种答案。1. 盲人偶然碰到盲人，这也是千载难逢倒霉透顶；2. 明眼人故意作弄盲人，这一般都是小品相声演员最喜欢干的活；3. 明眼人碰到明眼人，一个瞎问，一个装瞎，这种把戏是政客最喜欢的喜剧动作。哪个更靠谱？

285《2012 年》：过去一年：谁家没有个碗大汤宽；谁家没有个盐咸醋酸；谁家没有个风轻日暖；谁家没有个明枪暗箭；谁家没有个峰回路转；谁家没有个残羹剩饭；谁家没有个骑虎难下；谁家没有个目瞪口呆；谁家没有个知难而退；谁家没有个春风野火；谁家没有个七上八下；谁家没有个孤掌难鸣；谁家没有个剑拔弩张。

286《愚公移山》：愚公的名字憨厚了点，愚公的目标大了点，愚公的极限高了点，愚公的梦想浓了点，愚公的手段狠了点。愚公有点儿抑郁症，愚公有点儿偏执狂，愚公有点儿一根筋。总之，愚公是一个高瞻远瞩的人，愚公是一个有远大梦想的人，愚公是一个坚韧不拔的人，愚公是一个你三生都碰不到的人。

287《三月》：三月发生了许多事，有些事今后还会以不同的方式、版本、形式不断地上演。金钱、名气、权力不是每个人都能当补品享受的，更多的时候是一副泻药，一泻千里。自然，有些事也是不会再有了，百年见一回，千年等一次，不是每个人都能碰上，赶上，遇上的。

288《造句》：没有红高粱就没有白酒，可以有黄酒、清酒和米酒；没有虚伪就没有诚实，可以有客套、客气和客服；没有大官就没有小吏，可以有农民工、临时工和钟点工；没有胡说就没有瞎说，可以有白说、乱说和学说；没有梦想就没有幻想，可以有理想、畅想和联想；没有联系就没有关系，可以有派系、嫡系和世袭。

289《灯红酒绿》：一个醉汉喝得两眼暴红，满腹的牢骚和满腔的幻想随着绿色的苦胆汁一起喷薄而出，简称灯红酒绿。呵呵。在一个青石板铺就的食肆，挂满小小的酒幌红灯笼，酒坛里装满绿色的竹叶青或者是青梅酒，简称灯红酒绿。呵呵。哪个更靠谱？还是哪个都不靠谱？

290《蜗居与螺居》：蜗与螺看上去是风马牛不相及的两个字，其实差不多。差别在于一个住小房，一个住豪宅。小小蜗牛虽然房屋小，视野不够宽，爬行的路不够远，它可以躲进小屋成一统，管他春夏与秋冬。响螺住豪宅，声音远播四方，可它活得累，既关心春夏又关心秋冬。常常是螺肉不见了，螺壳被不同的嘴在吹。

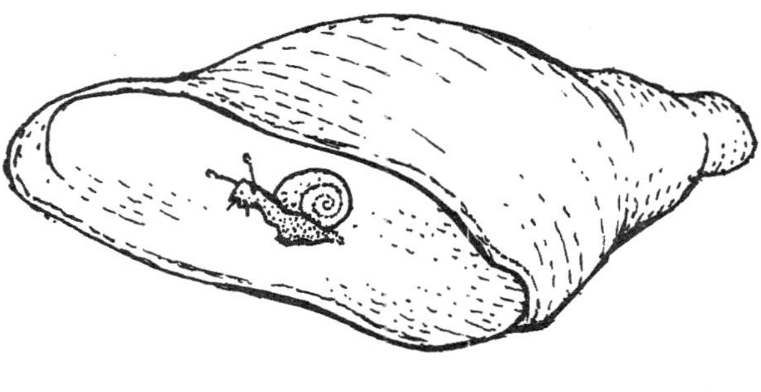

291《神提问》：央视搞神提问搞上瘾了。今天又搞了个你害怕什么。东风肯定不怕西风，风水轮流转嘛；春天不怕冬天，立春都好几天了；百川不怕大海，脏兮兮的水大海能包容；老鼠不怕老鹰，老鹰都飞到火锅里；喜鹊不怕乌鸦，大家都是有文化；老虎不怕武松和武大郎，一级保护动物有国家荷枪实弹看着呢。

292《蚁力负山》：换位思考，常常就弄出黑色幽默，一只黑蚂蚁，在巍峨高耸的大山的山根的山峰里蜿蜒曲折地慢慢爬行，当它仰起小米粒的小脑袋瓜，看着绵延千里的大山，会有一种自信感，自豪感，自足感油然而生，我不负山谁负山。

293《遛脑·蛇国》：美国是黄金蟒，神秘，富丽，膀大腰圆，气味熏天；俄罗斯是眼镜王蛇，懒散，颓丧，斑斓，恐怖；日本是竹叶青蛇，玲珑，艳丽，裸露而又神经兮兮。

294《遛脑诗》：一顶草帽是秋天的腊肉，向日葵戴着假假的眼睫毛，谁在流着东南西北的口水？炊烟忽春忽冬一路长跑。

295《不就是抽根烟吗？》：香港特区政府在每一包烟上恭恭敬敬规规矩矩认认真真老老实实啰啰嗦嗦煞有介事地印上：吸烟引致阳痿；吸烟引致肺癌；吸烟引致血管疾病；吸烟祸及家人；等等。这些警示性暗示性刺激性挑逗性的文字不知是哪个家伙哪根神经出了差错想出这么个鬼主意。

296《遛脑》：冤枉，冤网。在网络世界，没有虚伪和骄傲，也没有利用人类的恻隐心和同情心。玩弄网民，你的下场是什么下场是你想不到的。尊重网络世界，尊重广大的网民，是一个人清醒的判断。如果你真的以为你很牛逼，那你就是天下第一号大傻逼。掐头去尾，断章取义可以逞一时之强，但不可能逞一世之强。

297《阴和阳》：这组词是什么性质的？喜新厌旧，见异思迁，光宗耀祖，传宗接代。它们是属于太阳还是属于月亮？属于自强不息还是属于厚德载物？属于雌还是属于雄？属于天还是地？属于东方还是西方？属于哲学还是历史？

298《不容易》：这一组词分属下列国家：坚挺属于美国；坚强属于俄罗斯；坚韧属于中国；坚定属于新加坡；坚苦属于伊拉克；坚硬属于朝鲜。

299《天气预报》：广州：今天升温，明天升温，后天还是升温。北京：今天刮风，明天刮风，后天还是刮风。上海：今天降温，明天降温，后天还是降温。天津：今天无云，明天无云，后天还是无云。重庆：今天低温，明天低温，后天还是低温。

300《轶事》：胡适 1962 年 2 月 24 日在台湾逝世。据说，胡适他爹胡铁花是个大命之人。在江西翻船，大难不死；在俄罗斯大雪迷路，大难不死；在黑龙江同胡子火拼，大难不死；在海南遇到瘴气，大难不死；在台湾得了脚气却死了。这全是命啊。所以，古人说：1. 命。2. 运。3. 风水。4. 仁。5. 德。6. 读书。7. 工。8. 技。9. 盘算。

301《皇帝打假》：传说乾隆早年收到大臣进贡的十幅米芾的字帖，乾隆还是行家，一眼看出有诈，御笔一批：是假的，不要。关键时候还是普通话管用。

302《想当年》：20 世纪 70 年代初，中国文化部的一个副部长率领一个文艺团体去国外演出，200 多人分乘两架飞机，那时的北京首都机场没有安检，送人的可以直接上飞机，快起飞时，机上广播，送人的同志赶快下飞机。起飞后，部长问秘书，那架飞机跟上来吗？秘书向窗外望望，说可能跟上来了。那时人就这么土，这么朴实。

303《花骨朵》：蠢蠢欲动花骨朵，晨露洗面，清风和蜜蜂急得团团转。细数佳期，细数春天，桃红柳绿哪一天？

304《牵强附会》：它们认死理，粮量亮梁靓魉。民以食为天，食从哪里来，从粮里来。俗语，手中有粮心中不慌。深挖洞广积粮不称霸。手中有粮就有力量。有了力量就有了方向和光亮。有了光亮的国家公司集团组织就有了多如牛毛的赞美赞扬赞颂，哪怕它是虚情假意，总有人会给出让你满意的答案。

305《感悟》：一个大树要是老了总会滋养出一片片的寄生菌；一个人苦思冥想，想久了就成了石膏像；人要是闷了，敲打敲打自己的胸膛，你也会豁然开朗；云习惯了飘，风习惯了荡，浪习惯了浪。眼睛是心灵的窗户，鼻子是心灵的大门，嘴巴是心灵的院墙。

306《三大立》：都说人生有非常非常了不起的三大立：立功，立德，立言。其实还有几立也了不起：立正，立志，立宪，立项，立字，立意，立足。

307《蚂蚁和大象》：蚂蚁：大象你为什么吃草长肉？大象：出生的国家不一样。大象：我吃一口够你家族吃八辈子。蚂蚁：你牛，你躺下，我家族八天就让你变成动物标本。

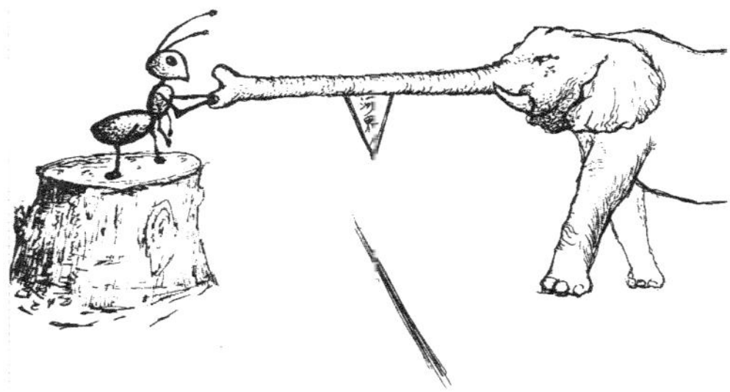

308《苛捐杂税》：这四个字长的奇丑无比，活得乱七八糟，既不是上流社会，也不属于下流社会。无派，无党，无组织，无纪律，无性别，无来源，从元朝爬到明朝，从明朝躲躲藏藏混进清朝，又从清朝大大方方登堂入室飞黄腾达进入民国。苛捐杂税怎么就这么招人喜欢呢？真是不老松，真是不死鸟。

309《回望》：蠢蠢欲动的春天，婀娜多姿的夏天，披金戴银的秋天，银装素裹的冬天。四季轮回绵绵软软，衣裳换了一件又一件，都说新潮在前面，眨眼间桃花似雪花春风又冬风，寒暑一线天。

310《印象》：五月焦阳闲，祁连山上撒满盐。二只野兔去后山，七只绵羊站湾畔。一片雪花是雪花，万片雪花似冰悬，孤狼嚎声响山间。

311《读史》：一个朝代就像玩过家家。有的玩了几年，有的玩了几十年，有的玩了几百年。一个当爹，一个扮妈。当爹的玩了个光宗耀祖，当妈的玩了个传宗接代。

312《听声》：广州的早晨，池塘里的蛙声高一声低一声，有一声无一声，大一声小一声，笑一声哭一声，甜一声苦一声。柳树里的蝉声密一声疏一声，紧一声松一声，长一声短一声，细一声粗一声，辣一声酸一声。水里的身影和树上的呻吟调和出苦辣酸甜的味道，随风飘逝。好的心情听到花开的声音，看到蚂蚁忙碌的身影。

313《境净静》：内心的干干净净，外在的安安静静，可能会让你达到不惑之境，天命之境，耳顺知境。无牵无挂是一种干净，全神贯注是一种安静，忘我、忘他是一种意境。

314《三代》：龙生龙凤生凤，老鼠天生会打洞。第一代龙翻腾，第二代龙闹腾，第三代龙折腾；第一代凤风流，第二代凤风光，第三代凤风骚；第一代鼠找洞，第二代鼠打洞，第三代鼠补洞。

315《贵州泥屋》：斑斑驳驳的土墙是一张地图，藤蔓是不声不响的瀑布。一只白蝴蝶似乎很孤独。三只黑兔五只鸭子，一群老母鸡在慢慢地散步。阳光时短时长，半路总是遇到雾。黄狗懒得叫，抬眼闭眼都是熟人故土。喇叭花没有什么想法，望望青山绿草总有白云守护。腊肉依旧，辣椒依旧，去冬的鞭炮散落在羊肠小路。

316《低调》：低调是最牛逼的高调；低调是狐假虎威里的老虎；低调是泥菩萨后面的老和尚；低调是鱼大水小里的不断翻腾的那双鱼眼；低调是疲软后的喘息；低调是雨过天晴后的短暂彩虹；低调是秋风扫落叶后的驿站；低调是满天繁星里微微一笑的弯月；低调是百味里的盐。

317《三马》：1. 马，是骑的。2. 马克，是花的。3. 马克思，是想的。

318《草原上闲逛》：盛夏的草原是一场战争，黄蜜蜂和黑蜜蜂对着漫山遍野的野花狂轰滥炸；脑满肠肥的羊群和膀大腰圆的骆驼群对着芳香扑鼻的野草进行最后的合围；老鹰组成的雷达部队旋转不停；蝴蝶是红十字会派出的救护队对着每朵鲜红的野花轻声细语地包扎；狐狸在悄悄观察，秋天还有一场铺天盖地的鏖战。

319《人生三态》：含情脉脉是结缘，含辛茹苦是尊缘，含饴弄孙是随缘。含情脉脉是属于青年，含辛茹苦是属于中年，含饴弄孙是属于老年。到什么山唱什么歌，到什么河弄什么调。呵呵。

320《十月听海》：2013 年 10 月的青岛，总能让你想起天空飞的一只青鸟。居庸关在青岛是个路名更是斑驳陆离的历史的符号。风从巷口悄悄穿过，鸽子会笑海鸥会叫。浪花一声连着一声闻到闻不到总有股味道。星星刚刚精神，小门小窗关的关锁的锁貌似很老道。

321《到此一游》：自古以来留情、留精、留人、留字、留名的人海了去。达官显贵和贩夫走卒，英雄豪杰和跳梁小丑都有此爱好。人过留名雁过留声人之常情。作家莫言透露，他在 1976 年刚刚参加了解放军，在一个地主的老宅子里的一个水墨方砖上也用铁钉子刻下了豪言壮语。1999 年在旧地重游时已经找不到这块大方砖了。

322《印象》：神一般在白天亮相，鬼更喜欢在夜色中穿梭。神总是高高地坐在天庭，鬼的味道常常飘散在大街小巷。白内障的老人对着一群孩子常常回味神话的滋味，一个人时迷迷瞪瞪，鬼话像大厨的破棉袄，谁闻谁知道。七扭八歪的是丝瓜，走风漏气的是西瓜，纹丝不动的是已经废弃的大喇叭。电线杆上贴满了小广告。

323《寂静草原》：蛙无声，蝉无语。雀无影，鹰无迹。云万片，风千丝。树摇头花落泥。一声狗吠连天地，阴山横卧黄河急。遥望东西和南北，红尘春秋笑嘻嘻。北山坡下蝶恋花，南山顶上一雕立。牛儿黄黄似堵墙，马儿甩尾打喷嚏。蘑菇如云飘乳香，牧歌一曲日落西。

324《春天》：春光里花是安静的蝴蝶，蝴蝶是飞翔的花。

325《婚姻》：起床，睡觉；第二天早上，有一个婴儿在闹。

326《浪屋》：我给浪花盖间屋，万里奔腾不服输。一浪春花百浪雪，千云熙熙笑人鲁。

327《戈壁石》：黑黑的戈壁，一望无际。千年，万年，万万年，海水和戈壁像雾像雨又像风相偎相依。海洋找海域去了，浪花找浪头去了，没有睡醒的浪花变成了戈壁石，春风同她呢喃，秋雨为她洗面，太阳给她一个昵称玛瑙石。玛瑙石成了海洋遗落在戈壁的孤儿。苦辣酸甜的滋润，东南西北的环绕，玛瑙石盼望浪花飞溅。

328《印象》：夜空印满了星星像是一块藏蓝的土布。喜欢焦黄还是嫣红？只有藏蓝的土布。闪电总是斜眼，风更愿意眯着眼。野鸽子一声不吭，黑白花牛嚼着夜草，公鸡知道打鸣还是太早，张牙舞爪的是有气无力的蝙蝠。雾气像瀑布在喧闹，秋蚊子哼着性感的歌谣，萤火虫鬼鬼祟祟，总是一厢情愿以为光明是它的家奴。

329《印象》：秋季的田野，向日葵挤着向日葵，黑黑的身躯像是刚刚从赤道回来的运动员。不再仰望蓝天，不再留恋太阳。太多的仰望换来太多的失望。雨水继续撒网，秋风继续安慰。低下桀骜不驯的头颅，满脸都是疑惑的眼睛。一颗脑满肠肥的向日葵理解不了一群生病的向日葵。麻雀掠过斜阳，乌鸦喜鹊长得一模一样。

330《印象》：视野最开阔是在大漠，没有任何障碍和屏蔽，好像望远镜长在瞳孔上。东南西北静静地卧在你的周围，春夏秋冬环绕在你的身边。你可以直视，你可以斜视，你还可以裸视，但你不需要窥视。坦坦荡荡，大大方方，自由自在。沙漠里到处是路，有水的地方就是驿站，有炊烟袅袅升起的地方就是天堂。

331《印象》：大森林集合在一起能撑起好大一片天。白蘑菇探头探脑要看秋雨什么时候来到。浆果红得发紫，野葡萄紫得发黑。斑斑驳驳的桦树叶长满了虎牙，松树枝拨弄着英雄气短儿女情长的残阳，有点不厚道。三条杠的松鼠依然幼稚可爱，管它夏天还是秋天，只要有松果和浆果，哪里都是神仙。森林百态胜过人间。

332《印象》：沙漠喜欢笑，月牙般的笑声秋风总能顺顺畅畅护送到很远很远，送到大雁能听到的天空。沙漠永远是秋装，金黄，蛋黄，鹅黄。春天不留一丝痕迹，夏天比春天更小气。冬天倒是大方，风不喜欢冬天的装模作样和冷冰冰的圣洁。秋天是沙漠热爱的颜色，热爱的颜色就会笑。在沙漠里你总能听到含蓄的笑声。

333《印象》：秋天染黄草原，每片草丛似乎都穿上了黄马甲，静静的草原多了几许历史的味道。借几缕上帝的眼神，东看看，榆树黄了，西瞧瞧，杨树黄了，就连胡杨也黄了金了锈了。一万年不倒是皇帝的愿望，一万年不朽是神仙的遐想。

334《印象》：荒原总有一股味道，蒿草的味道，胡杨的味道。影影绰绰中似乎还有狐妖的味道，古怪精灵的味道。荒原是神话的后院，是魑魅魍魉的后裔。月光如刀，寒风如麻。星星和星星总是不情愿地别别扭扭地低吟浅唱。鸿雁白天扫了一眼，麻雀也学会了胡侃。骆驼轻易不来这里，沙丘显得很冷漠。风不停地磨叨。

335《仁义礼智信》：假假真真看见仁，大大方方望见义，精精致致瞧见礼，问问看看瞥见智，等等看看瞅见信。

336《印象》：紫山坡，一棵枯树纠缠着雾。顺坡有路逆坡还有路，春夏秋冬在这里横躺竖卧。红嘟嘟在坡下，绿茵茵在坡脚，青蓝蓝在坡腰。麦子黄了杏熟了向日葵仰着个大脑袋当家做主。蚊子撅着嘴蜜蜂咬着花蕊蟋蟀哼着山曲都是去年的山野地图。山鹰盘旋，枯树落脚还是坡腰找个归宿？星星点点，风不依不饶数数数数。

337《神游西沙》：一个不会游泳的人，只能蹲在大海边，那哪是蹲在大海里，是蹲在蓝天里，蹲在白云里。西沙的绿不是一般的绿，那是草绿、翠绿，黄绿，鹅绿，深绿，浅绿。那是青春的绿，清楚的绿，青瓷的绿。那是一见钟情的绿，神魂颠倒的绿，勇往直前的绿。不到西沙你不知道绿可以绿得这么大方这么坦荡。

338《印象》：一棵树总能藏几只鸟，黑鸟嬉戏红鸟游戏。一块石头划过，树干干净净，鸟趴在天边喳喳叽叽。

339《遛脑》：梦是由一片林子 + 夕阳构成。一片茂密的桦树林或者是椰树林，夕阳西下，太阳像个鸵鸟蛋卧在草丛里，打猎的人知道这一天的梦想即将暗淡。梦是伴随着月光忽明忽暗，听着虫鸣鸟叫忽高忽低，太阳消失了，梦境开始升腾。有的会梦话连篇，有的会梦游无忌，有的会梦魇嚎叫，有的会梦幻入魔。

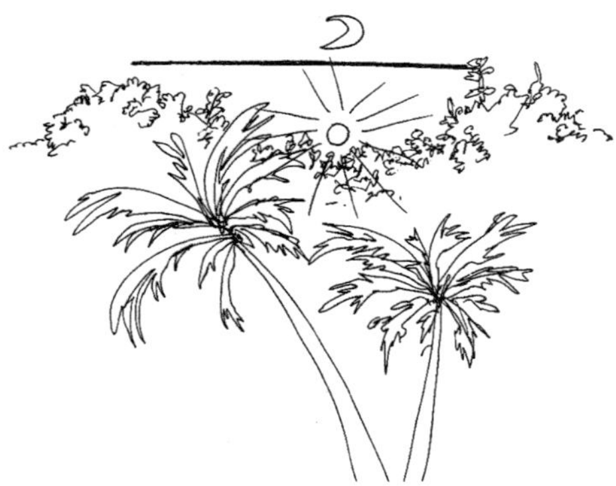

340《遛脑》：想让别人不明白你就抽象，想让别人别扭你就抽疯，想让别人怜悯你就抽搐，想让别人帮你你就抽筋，想让别人讨厌你就抽烟，想让别人信你你就抽签，想让别人替你你就抽身。呵呵。

341《印象》：九只山羊，一串眼珠，白的是雪和漫天大雾，黑的是芝麻和糊里糊涂。羊肠小道是条银环蛇，山前山后山左山右无拘无束。山雀嘴硬，溪流是冻僵的鼓。冬季是面紫铜锣，风拎着走。枣红马会吹口哨一声又一声射进了空谷。野草哆哆嗦嗦。干枝梅不是野花，见过老虎横卧野兔撒泼。风不撒谎黄河结冰都是路。

342《印象》：打个喷嚏，看看天气，一丝不挂的蓝天，远方有白云送来换季的衣裳。人间喧闹，天堂热闹。东奔西跑的是风，交头接耳的是躲在天幕里的星星，枯枝败叶随风飘荡。换了人间和换了房间大同小异，上帝斜斜眼，红尘里又是雨又是雷，大嘴巴的还会沾沾自喜荡气回肠。蚂蚁一动不动，恐龙继续酣睡在故乡。

343《印象》：珠江不是一条江，伸开熊掌似的大巴掌，往北招招手，向东挥挥手，朝西拉拉手。掬起一池子南太平洋的水，抹抹嘴，咂咂味道，香港还真是香，澳门是个门，门里门外都有一股奇异的味道。台湾是好美好香的一根小香蕉，远看是弯弯月，近瞧是半片帆。深圳总想一个猛子扎进南海，珠海已经换好了泳装。

344《印象》：南方不换季，眼里到处是肥嘟嘟的绿意。脑满肠肥的椰树总有土豪劣绅的脾气。木棉花红了一阵，来了一回回肠荡气。春夏秋冬在这里是四胞胎，长得一模一样根本不要怀疑，常常怀孕的是木瓜，违反计划生育的是菠萝蜜。芒果是接生婆，东南西北都有大生意。芭蕉不服气，甘蔗不服气，你问一问今天的天气。

345《印象》：一棵树，旷野里独处。乌鸦泼墨喜鹊留白，天地一张图。一棵树，旷野里独处。月牙打挺星儿摆尾，山水一张图。一棵树，旷野里独处，春风呢喃秋风呢喃，春秋一张图。一棵树，旷野里独处。黑夜一瓶墨白天半张纸，古今一张图。

346《印象》：残垣断壁碎瓦一地，高的不再金碧辉煌，低的散发着泥土气息。看到的是真相更是假象。侧耳或者竖耳，敲打敲打秦砖汉瓦，里面憋屈着岔气声，缓缓的喘气声。再细细地听听，还有纨绔们的神气声，将军们的杀气声和一个个王朝的断气声。历史真是一个神器，更多像个道具。手气好的睡了，士气高的没了。

347《印象》：草原是幅画，春天冷素描，夏天大写意，秋天任意挥霍满眼是油画，冬天你再比比划划可以抽象再抽象随你怒放心花。你要是站上一个季节，站成一棵树，树上长出羞羞答答的小嘴，你会絮絮叨叨。草原厚道包容是一个家，草原没有东南西北随处可溜达。

348《印象》：姹紫嫣红的草原，总有白总有黑。红马驹扎着白尾巴，黄牛犊踩着黑靴子，肥肥的蒙古包甩着腻腻的炊烟。阳光刺眼，白云东飘西荡经常像一团谎言。忽悠的是风，晃悠的是山高水低的蒙古长调。白蘑菇是白的，黑魔鬼也会唱牧歌。草原没有羊肠小道，低矮的山丘长的很厚道。牧归在黄昏，常常有秋蚊子缭绕。

349《印象》：秋天来和去总是那么准点，2013 年的秋天依然如此。微风在呢喃声中，寒风在嘚嘚瑟瑟中，需要一件黄马褂。崇山峻岭间冷不丁就开出了万万千千的大染缸和大染坊。枫叶红了又黄，柳叶黄了又金，黄连着黄，金钩挂着金。黄黄的柿子是换季的符号，山里红是群体的感冒。秋天来了，换季的颜色最壮美。

350《美元和卫生纸》：1. 同是纸质商品。2. 同供人类使用。3. 根据需求随时可以无限制印刷。4. 怎么使用自己决定。5. 买多买少看你是干什么用。6. 上下通用。7. 美元化妆成美女全球旅游，卫生纸素面朝天一介小丫头。

351《黑色》：黑是一种大颜色，黑是一种永恒的颜色，黑是覆盖所有颜色的一种颜色，黑是包容赤橙黄绿青蓝紫的一种包容包庇的颜色。关于黑色的描述是颜色里最吝啬的：漆黑，墨黑，锅黑……

352《青色》：青色是蓝色的儿子，是紫色的孙子。构成青色的元素是青涩和情色。青色是属于那种不知道云彩有多软，闪电有多短暂，暴雨有多脆弱，狂风有多无聊的主。

353《胡虎湖狐户呼忽壶鹄》：古老的月亮像傲立苍穹的一只斑斓大虎，像一湾清纯的湖水，像一条来往不定的火狐草狐，白天一吸，夜晚一呼，呼呼悠悠，高看是一壶酒，低看是一只飞鹄。

354《观晶晶画》：半架钢琴，一串天籁。一只高跟鞋，路曲曲弯弯回回来来。看地星星蹦蹦跳跳，看天禅羊意马万千无赖。眼神也是神，点点线线连成驿站，坐着不奇怪躺着不奇怪，海天迷着眼，浪花白云是乞丐。

355《思想》：思想本来是一个非常暧昧的词。有思念人就有想法，思想可以说是有思念就有想法的简称，有没有办法鬼知道。山西人的爬山调和陕西北人的信天游中对这种人想人的男欢女爱有非常逼真的描述。后来这个词登堂入室登峰造极，成了一个非常了不起的词。

356《望秋》：一枝红杏出墙来，两只鸸鹋好奇怪。夏天百花没开败，秋天打盹正发呆。冬天蹲在千里外，春天寂寞学徘徊。莫非原野蝴蝶稀，好奇晴空云不在。

357《黄河湿地》：黄河徘徊如明镜，野柳低头看雁行。芦苇芦荻不说话，秋凉千鸟迎风停。

358《青岛晨雾》：大雾雾青岛，绿草变白茅。黑白人逍遥，不见一飞鸟。海在天上飘。天落水中俏。只闻稚童声，鲜似一口桃。(今天早晨青岛白雾弥漫，高高低低的建筑，神神叨叨的广告，五颜六色的城市，花花绿绿的人群仿佛都进入了仙境。)

359《狐假虎威》：狐狸对老虎说，你是全世界老大，我也是全世界老大。老虎说，这个世界只有一个老大，不可能有两个老大。狐狸说，你信不信，你不信，你就随我走一趟。后来老虎信了，狐狸也越来越自信了。

360《眺望》：漫山遍野的竹林哪里去了？漫天大雪的雪山怎么了？熊猫上树是常态还是变态？

361《南国早晨》：重重叠叠云无层，神神叨叨鸟无声，悠游自在风观海，星星点点等晴空。

第五部分

无　题

1 狐假虎威和糊里糊涂是同班同学；装模作样同装疯卖傻是亲密战友；魑魅魍魉与吃里扒外是玩泥之交；朝思暮想和朝三暮四是斜对门的老邻居；孤注一掷与孤苦伶仃是一个山门的小和尚；千山万水同千篇一律是同一个师傅的徒弟；善始善终和善财难舍是一个会计师楼的；守口如瓶与守株待兔同是喜欢吃素的。

2 奖章是大厨的围裙，蜘蛛网才是一种力量。香味谁也拦不住，锅拦不住，灶台拦不住，墙壁也拦不住。灰和黑之间是更大的灰和更大的黑。青菜和尚最爱，肉酒鬼最喜欢。缝隙有时像天和地那么遥远，又像线和针鼻那么亲近。哈欠和惊讶相似，香味和臭味也非常相似。不是鼻子出了问题一定是耳朵有问题。

3 这个世界上有许许多多的语种，汉语、英语、法语、西班牙语等等，最大的语种还是自言自语。一个人甭管他是高的矮的胖的瘦的美的丑的，只要饿了就会自言自语，渴了自言自语，爱了自言自语，恨了自言自语，睡了有些人依然会自言自语。孔子，墨子，孟子，孙子，老子都是在自言自语中留了一点声响。

4 大头装神，小头弄鬼，大头傻了你，小头愣了你，大头叶落知秋，小头春江水暖，大头一脸正气，小头两袖清风，大头指东说西，小头满地找牙，大头胡说八道，小头还是不懂，大头不食人间，小头锣鼓喧天。大小如一，佛魔不二。

5 精神和神经的最大的区别就在于，精神把阳光、水、药、废话和谎言当成一种常态，神经是把阳光、水、药、废话和谎言当成一种常态中的常态。面对神经和精神抑郁是一种第三方的无奈选择。哲学是一种小桥流水人家后的庆幸，宗教是一种枯藤老树昏鸦后的无奈。人就是人，任何伟大的装修都是装修。

6 我一朋友酒量大，口气更大。他说，前几日到北京大医院看病。医生问，啥病？友答，半年来喝酒不醉。医生挥一挥手，你没病。他说，没病怎么不醉？

7 据说暴力是一个漩涡，财富也是一个漩涡，语言是一个漩涡，性也是一个漩涡。当这四个漩涡连成一片，就是翻江倒海之时。

8 人类为了传递信息，五花八门的招数举不胜举。烽火台，驿马站，消息树，鸡毛信，信鸽，密电码，步话机，无线通讯，手摇电话，BP 机，大哥大，互联网，遥感卫星，微博，等等，在今天信息的传递可以说是零距离。为什么一列动车停在轨道上无人知无人晓。那庞大的控制系统指挥系统哪里去了？一个指令就可避免。

9 一友，酒鬼。醉后，口吐一诗；愿把岷江变成酒，一个浪头喝一口。所以酒是个好东西，喝少了酒是东西，喝高了你是东西。没高是现实主义，高了是浪漫主义。不够是人，够了是仙。醉生梦死不是普通的一个指向。

10 人是一个很奇怪的动物，人群又是由一帮奇奇怪怪想法的组成。喜新厌旧是人的本性，凡事久了必生厌，所谓潮流时尚，就是在长长短短、真真假假、红红绿绿中找到一个合适的节点。一个人戴面具久了会累，一个社会戴面具久了也会累！海涅说过：换一个时代，换一批歌喉，换一批歌喉也必然换一批耳朵。

11 蒋介石当年有句名言，宁肯错杀一千，也不放过一个。曹操也有一句名言，宁肯我负天下人，不让天下人负我。这两人看来都是高屋建瓴，异曲同工。看看现在因为几个英文字母组合的病毒，成千上万的鸽子、鸡、猪被无辜地灭杀。你就理解了蒋介石，理解了曹操。果子狸要不是跑得快，没有被圈养也早早地被灭了。

12 一个菜农的语录：这菜是给城里人吃的，那个菜是给自己吃的。上了化肥的给城里人，上了农家肥的给自己吃。产量高的给城里人，产量低的给自己。有虫子咬过的自己吃，绿油油的给城里人。这小算盘打得响啊。可是空气你能分吗？水你能分吗？

13 据说今年移民又现小高速，什么人在移民，什么人固守他乡？古人高瞻远瞩发布：贫贱不能移。古人就是古人，死得早，看得远。埋得深，想得高。不服不行。

14 一友，任一小官，确诊肺癌晚期。六神无主，心慌意乱，大脑空白，想后事，写遗嘱。另一友对其说，北京大医院有熟人。有病乱投医，死马当活马医，大医院就是大医院。医生看片后，你没病，是个钙化点。此友起身大骂，没病都让吓死。所以说：生，难。死，难。不生不死，更难。

15 唐僧忽悠孙悟空：唐僧和孙悟空同翻唐古拉山，同患高原反应。孙悟空反应大，唐僧反应小，师傅就是师傅，徒弟就是徒弟。师傅默咒不语，徒弟折腾不停。徒弟以为师傅有料，师傅暗自好笑，徒弟中招，中招。天下有多少真相，有多少假象。鬼才知道，神才晓得。

16 一早到白云机场过安检。安保又升格了。先是脱鞋，然后是脱皮带，现场有着灰袍的尼姑，有着黄袍的和尚，有老太太，老头子，帅哥，美女，好不热闹。过关后，穿鞋的穿鞋，提裤子的提裤子，穿皮带的穿皮带。手忙脚乱，拎箱提包，滑稽极了。不就是上个飞机吗？搞得像是上床似的。

17 孔语新解：三十不逾矩，四十耳顺，五十知天命，六十不惑，七十而立。时代一变，时光倒流，人早熟啊。

18 上帝看你笑：想明白了，你就老了。想通了，和马克思蜗居去了。刚刚学会了，规则改变了。才说不变了，上面又来文件了。

19 广州街头最近出现了不少穿橄榄绿的民兵，肩章上缀着mb，明白的知道是指民兵，不明白的还以为想搞什么名堂。英文缩写最好不要乱用。用不好会闹出笑话。

20 人生难得两块碑：口碑，墓碑。口碑生前听不到，墓碑死后看不到。

21 伟人教导我们：人民，只有人民币才是创造历史的真正动力。括号包括美元、法郎和港币。

22 莫斯科是蒙语，戈壁是蒙语。高尔夫是蒙语。高尔在内蒙古锡林郭勒盟被称作球的意思，夫在蒙语是指儿子、孩子、小子的意思。高尔夫翻译过来就是球的儿子。

23 广东有三个小村庄的名字最牛：一个是浪网，后来变成新浪网。一个是马克，后来变成一国货币。一个是海宴，后来是吃在广东。

24 一个健在的老人，突然看到铺天盖地关于自己离世的新闻，这是夺目，幽默，滑膛，大蒜，本事，减肥，喝高，牙根，炼狱的一件事呀。

25 你说你牛大了，骆驼笑了。你说你高升了，老天爷笑了。你说你水到渠成，龙王爷笑了。你说你想拆谁就拆谁，土地爷笑了。

26 阿桑奇了不起，黑客世界创黑迹。黑了机构黑歪理，黑她黑他黑上帝。

27 经验告诉我们：酒喝大了，第二天人会变得深沉，庄严，严肃有余，火爆不足，小事不急，大事忘记。目光遥远，常想国际大问题。

28《资本论》是马克思忽悠燕妮的一部伟大的情书。不是局内人，千万别认真。《红楼梦》是曹雪芹泡妞后伸展的一个懒腰，是身体不行、记忆还行的回忆。

29 换一个时代换一堆脑袋，换一堆脑袋换一批歌喉，换一批歌喉换一片又一片耳朵。

30 一根枯草和另一根枯草没有本质的区别，当它们铺天盖地伸向远方时，人们称它们是荒原。

31 遇一老者，104 岁，真正的三朝元老，生在清朝，长在民国，活在当下。他的养生秘诀：1. 每天抽四包烟。2. 喝半斤白酒。3. 吃肉，吃肥肉。4. 每天洗凉水澡。5. 打坐一小时。他的长寿之道与众不同。看来长寿不长寿与饮食有关又无关。基因、心态、饮食三者关系调整到位非常重要。

32 富不过三代，贵不过三代。可是孔子的家族却能在一轮一轮的改朝换代中得以完整地保存下来，可以说是人类历史上的一个伟大的奇迹。老子的后代在那里？墨子的后代在哪里？孟子的后代在哪里？成吉思汗的后代在哪里？

33 人，鬼，神，换一个时空看，原本是一回事，是相通的立交桥，相溶的一江水。只不过分成高中低，左中右，黑红白而已。

34 胡同幽幽长，门楼影壁门墩胖。红墙金瓦住帝王，百姓一笑春换装。北京冬景：杨树榆树朝天探，鸟巢裸露孵春蛋。下雪化雪地无雪，地上地下孕春暖。胡同：针眼胡同毛家湾，曲曲折折成梦幻。小街老巷挂起来，鸟瞰人间一线天。在北京的夜空，半芽新月，几颗夜星，在天安门广场西侧的新孔子雕像前，认认真真看了又看，还是看不清孔子老人家的面目，夜色太浓啊。

35 杜月笙当年说过这样一句话：人生难吃三碗面——人面，情面，场面。至今这三碗面，一碗也没少。少了哪一碗都不行。

36 世界上有三种硬通货可以超越国界、语言、肤色。酒，歌，性。巴菲特的小儿子皮特正在演唱地道的美国歌曲，为明天的演出热喉。

37 一个具有颠覆思维的人，必须是身心极度放松的人。张朝阳企业做得大，劲舞也舞得棒。

38 山东大哥，大葱一棵。山西老乡，醋瓶一箱。蒙古老汉，喝酒骄悍。陕北小伙，倔牛一个。重庆辣妹，到哪都美。北京大爷，看啥都蹩。

39 胡扯的大哥叫胡侃，胡扯的二哥叫胡说，胡扯的三哥叫胡闹，胡扯的大姐叫胡混，胡扯的二姐叫胡喝，胡扯的三姐叫胡来。胡扯的同父异母的弟弟叫忽悠，胡扯的同父异母的妹妹叫糊涂。

40 小时候看的最多的动画片是《半夜鸡叫》，又瘦又矮的周扒皮是一个敬业、爱业、尊业的 CEO。每天起五更，睡半夜，不打高尔夫，不去卡拉 OK。为了防止出工不出力，还经常深入基层，与民同甘苦。只可惜周扒皮早生了七十年，如放在当下，世界第一 CEO 的宝座非他莫属。

41 翻山越岭瞎折腾，戈壁打马无东西。万水千山拍大腿，大海航行靠自己。

42 两块旧船上拆下的木头的情话：小木头说，大船被他们折了，以后怎么出海？大木头回答，没船了，还有大海呢，更自由自在。掉不下去，我们又不是铁锚。

43 黑熊瞅着下午的残阳，一本正经坐在老树桩上像一位法国的哲学家，在思考一个百思不得其解的问题，自从失去了荒野的自由，什么都有了。

44 人啊，没事瞎折腾，打高尔夫，唱红歌，等等。大象说，低碳、环保、无污染的运动是胜似闲庭信步。

45 笨鸟先飞是个伪词。鸟有大鸟，小鸟，绿鸟，红鸟，土鸟，候鸟。哪有什么笨鸟。先飞先到，后飞晚到。笨鸟先飞是聪明的鸟对蠢鸟的大忽悠啊。

46 盘羊说，这里是最好的环境，也是最坏的环境。这里是最安全的地方，也是最不安全的地方。这里是最理想的场所，也是最不理想的场所。

47 胃记忆是一种伴随你终身的记忆，是一种深藏不露的记忆。不管你是富甲天下，还是权杖在手，不管你是学富五车，还是才高八斗。家常菜是盛开在胃里永不败的一朵花。养胃，暖心，滋肺，润肝啊。

48 一个内蒙古牧民第一次到北京动物园看到长脖鹿。回到呼和浩特吹牛，北京牛啊，北京的毛驴都穿海军衫啊。

49 川流不息的公路上载的是人的欲望啊。车水马龙流淌的是人的一双双奇奇怪怪的眼神啊。

50 有时候世界的游戏规则就跟上洗手间一样，上完洗手间该擦屁股就擦屁股。谁擦得干净谁就文明，谁就民主，谁就装模作样，谁就指鹿为马，谁就自以为是，谁就装疯卖傻，谁就透明。谁制订了规则谁就是老师，谁执行规则谁就是学生。

51 风有了方向，蓝天为它铺路。雪花找到季节，一路怒放在寒冬。戈壁知道寂寞是永恒，就把赤橙黄绿青蓝紫七彩色幻化成永恒的态度。“一”知道自己简单，“三”就知道自己有多复杂。

52 世界上最伟大的男人是成吉思汗，八百年间，有一支队伍为他守灵，为他点长明灯。领袖们向他老人家鞠躬吧。

53 阴山是一座北方纯正的男人的山。没那么多废话和半男不女的小装饰。简单，沉默，千年不变。

54 正月十五未到，京藏高速公路上汽车运输车的景象开始频频闪现。内蒙古草原上汽车增长的数量快追上草原的马群了。

55 围绕着一把椅子，有时是车水马龙，有时是门可罗雀。同人没什么关系，只同椅子有关。有人下课了，可以带走作业本，永远不能把椅子带走。

56 裸露一米是装修，裸露一千米是工程，裸露一百公里是数量，裸露一千公里是胆量，阴山就是一座有胆量的山。一望无际的裸露让你感到心慌，感到畏惧。

57 微博是 21 世纪上帝送给人们的翻江倒海的一排巨浪。任何装修精美的小池塘都会被冲得稀里哗啦。微博是绵绵万里的草原，牛王、羊王、骆驼王可以轻轻松松吃草，普普通通的羊、骆驼、牛马也可以轻轻松松吃草、观景、溜达。微博给每一堵墙装修了一个大大的喇叭。微博给黑夜镶嵌了满天繁星。微博给泥泞的沼泽地修筑了快车道。

58 今天看到一副古联，有意思，有禅境：成成败败，成成成败？成成成，败成败。是是非非，是是是非？是是是，非是非。

59 下象棋，子吃子。下军棋，子碰子。下围棋，四子吃一子。这三种游戏规则放在一起，你想一想会有什么结果。没规矩肯定不成方圆。

60 在万米高空看千里大地的万家灯火，万家焰火。也只能在元宵节这一天的晚上七点，偏偏因飞机晚点让我赶上了。鸟瞰因余辉褪又未褪尽的暧昧天空，大地妩媚，朦胧。焰火，烟花，一声口哨在大地奔走相告。像星星下凡，像精灵大排队。飞机沿着烟花铺出的航线一路灿烂。

61 甘庶鼠一般在六点到八点觅食。九点以后还在溜达的鼠一般是偷情的鼠。当甘庶鼠在躲避枪口和灯光的时候，这两条本不是一回事的鱼在谈情说爱。古族长调，每天拉的是风靡全球的六味地黄丸，尿的是太太口服液。浑身是宝，全身是肉。羊羊羊。

62 刚刚到海口，机长播报地面温度是 21 摄氏度，不冷不热的风扑面而来，南方正是一个花枝招展的季节，海口是一个花枝招展的城市。而北方许多城市正迎来第一场春雪。一南一北，反差太强烈了，雪花，迎春花南北一起怒放。

63 猫腻和虎腻的区别，猫的小动作叫猫腻，老虎的小动作叫虎腻。猫再张牙舞爪也不如老虎伸个懒腰。虎腻是按吨计算，猫腻是按两计算。可以照猫画虎，但不能照虎画猫啊。

64 最近看一些人的提案，从娱乐的角度非常能够理解。歌星一深沉，咸鱼都翻身。相声一出马，雪花变鲜花。魔术一抖擞，海鲜变腊肉。嘿嘿。开心就好啊。

65 世界的丰富、复杂、多彩在于大江向东流，小河东南西北到处流。有时玩严肃会变得更加不严肃，耍滑稽变得更加不滑稽，装正经变得更加不正经。一本正经变成一本歪经，怪和尚嘴歪不如说经歪。一树鲜桃变成一地烂桃，怪季节来得早，不如说该摘桃时你在除草。

66 毛主席写过唯一一首杂体诗，现在称打油诗，抄录部分如下：好八连，天下传。为什么，意志坚。全军民，要自立。不怕压，不怕迫。不怕刀，不怕戟。不怕鬼，不怕魅。不怕帝，不怕贼。奇儿女，如松柏。上参天，傲霜雪。纪律好，如坚壁。军事好，如霹雳。政治好，称第一。军民团结如一人，试看天下谁能敌。

67 白的形容有多少种？雪白，细白，月白，明白，苍白，纯白，惨白，浪白，杏白，陶白，干白，老白，染白，粉白。白的形容还有多少种，谁能补充？

68 黑话是一个行业通用的简语，对行外都可以称为黑话。红道，白道，黑道如此。官场，商场，文场也如此。内行看门道，外行看热闹。隔行如隔山。山不懂水，水不懂山。焦大不懂林妹妹，林妹妹也不懂焦大。黑话的词汇量不一样。

69 中国人真是一个大幽默的民族。几千年文化沉淀后除了严肃、高深、博大外，还透露了一种无处不在的智慧和幽默，那是一种对人生的看透，对社会的调侃，对历史的反证。

70 宋朝傅公谋有一句经典的话：明日人间事，天自有安排。真是一句非常经典的话啊。天下的事你管不了，自己的事能管一点就不错了。人生几十年，自然，天然，坦然就好啊。

71 河南郑州市里最多的街树是法国梧桐树和塔松，去年的梧桐树叶走的走，飞的飞。仍然有一些老树叶稀稀拉拉，吊儿郎当地挂在树梢上，塔松的绿大衣是一种疲惫的绿，没有绿意的绿。春天说是来了，可是磨磨唧唧唧唧歪歪总是不爽快。雪花可以一天撒满天涯，春意却是一丝一丝，一片一片，一条一条慢慢地来到人间。

72 记者扮演着三种角色：神仙，老虎，狗。没有互联网的年代，记者是一种职业，一种专业。到了今天可以说人人是记者，这种专业已变成一个零专业，零职业。

73 暴露意味着消灭，裸露意味着无奈。解释更多是一种掩饰，解决不一定是最后的结果。

74 动物行为学曾有这样一个经典的实验。找一只猴子由人教会它吃水果之前先洗干净。然后把这只小猴子放进猴群，结果众猴子不仅不学，还打它。再找一个猴王教它洗水果。把这个猴王放进猴群，众猴子纷纷效仿，水果洗后再吃成为猴子的一种时尚。权威就是潮流，就是时尚，人群在有些方面又比猴子强多少呢？

75 古往今来，英雄也就分三类：1. 血水英雄。2. 汗水英雄。3. 墨水英雄。血水是红的，汗是白的，墨是黑的。真能让后人发自肺腑地崇敬、仰视的还是血水英雄。巴顿将军用顽童的眼光对英雄下了一个结论：此人在战时会成为无价之宝，但在和平时期，就是一个捣蛋分子。总之，一万个人就有一万种对英雄的评价标准。

76 20 世纪 90 年代去日本，到富士山溜达了一趟。一个日本人问我，富士山壮观吗？我说，还行。不过富士山要同喜马拉雅山相比也就是一颗掉了一个角的小石头子。其实，天下啥事都怕比较，都怕较真。都怕瞎扯淡。都怕胡说八道啊。

77 有一个伟大的管理学家说：最愚蠢的办法往往是最简单有效的办法。譬如管理一片文字，先从敏感词下手。这个方法不容易实行，一旦实行就非常有效。

78 人走楼不空，海江空自流。渔舟点天际，海礁数春秋。沙有岸上屋，浪在浪中哭。松是卖鱼翁，风过海铺路。

79 护堤八大关，民国闲人闪。三人黑白黄，浪欢人不见。碎花素一季，歧路喧海天。人是岸上鱼，万帆晒史卷。

80 中国人评价一个人，有三句话是比较毒的：1. 没人格，2. 没人味，3. 没人性。最毒汁四溅的是没人性。老祖宗造字时把人和性连成一个词，看来性是非常重要的，太监是专门伺候皇帝家眷的职业经理人，首先要去势解性，去势就成废人，就根本上解决。民间夸奖人的好词有：坚挺，英雄，雄起，精英，枭雄，等等。

81 有人说海洛因是第一毒品，我看权力才是第一毒品。古往今来凡是染上毒品者能戒之者寥寥无几，染上权力的毒品者能戒之者更是寥寥无几。吸毒者一旦上瘾会倾家荡产不顾一切。吸权者一旦上瘾也会鞠躬尽瘁死而后已。吸毒者需要金钱支撑，权力更需要金钱支撑。

82 这个世界上语言也分三六九等。皇帝忽悠你为莫须有。小人忽悠你我没说过。流氓忽悠你那是你说的。名人忽悠你我不可能这么说。领导忽悠你你听错了吧。这个世界从来就没有什么对与错，只有取与舍。

83 一副马鞍承载了蒙古族驰骋万里的梦想。欧亚大陆的版图也曾经安放在这个马鞍上。

84 女人夸奖一个丑男，一般会用三种描述并留下想象的空间。1. 你长得好专业。都不知道你是搞什么专业的。2. 你长得好抽象，怎么都搞不懂。3. 你长得好糊涂啊，白天黑夜分不清。

85 一种英雄不知道会死，死了是英雄，一种英雄知道会死，死了更是英雄。不管他是为了国家，还是为了一种信仰或为了一种宗教都是了不起的人物。文天祥留下了一段惊天动地的诗：惶恐滩上说惶恐，伶仃洋上叹伶仃。人生自古谁无死，留取丹心照汗青。

86 早年，一个台湾人在广州开工厂，他干了两件事，一是号召员工学雷锋，为人民服务。二是搞了一个口号，今天不努力工作，明天努力去找工作。这两招还挺灵。不过后来员工才明白，员工在为人民服务，他在为人民币服务。呵呵。

87 日本有一个作家叫铃木光司，和日本的一家制纸公司合作，将其恐怖小说印在如厕的手纸上。铃木说：厕所空间狭小，能展开各种想象，特别适合看恐怖故事。嘿嘿，日本人就是有文化创意啊。

88 每次闹剧过后，总会留下几个名角。不管是政坛，还是商场。不管是大风大浪，还是小河小沟。不管是大历史，还是小机会。不管是偶然，还是必然。不管是装的，还是撞上的。不管是聪明反被聪明误的，还是傻瓜总被傻瓜等的。今天网上说有一个小子购买的盐可以吃3500年啊。他太高瞻远瞩孤注一掷了啊。

89 当下到底有多少敏感词？谁要是能出一本敏感词词典，我估计是一本非常实用的畅销书。

90 去掉旧的形式主义必然会产生新的形式主义。上有所好，下必随之。浓妆艳抹是形式主义，素面朝天也必然是另一种形式主义。换汤不换药也不过如此。历史一定会偷偷地发笑。信不信由你。

91 美国的航空母舰在太平洋、大西洋、印度洋上瞎晃荡，它谁也不怕，只有人家怕它的份儿。这次日本的核辐射把它吓着了。一物降一物，航母也怕核母啊。

92 一个钥匙开一个锁，万能钥匙开万把锁。大多时候锁是摆设，钥匙是一种心理安慰。

93 翻手为云，覆手为雨是信息时代最大的特征。变形、变态、变样的信息，排山倒海扑来，云天雾地荡来。简单的变复杂，复杂的变繁杂，繁杂的变庞杂。小鲫鱼变大航母，高骆驼变短蜥蜴的事层出不穷。真真假假，假假真真。肉眼凡胎很难分辨。

94 在广东一些地方祭祀通常用肥肥的烤猪，这种猪是以肥为美，以胖为大。基本不需要减肥，更不用吃什么瘦肉精。

95 当你有了一把大斧，世界就会像一枚钉子。当你有了一张活灵活现的狐狸皮，世界就会像一百只老虎跟在你的后面。当你把卫生纸都印成美元时，世界就会像一个入厕的三急人员不管不顾。

96 孔夫子老是那么平静，褒你不喜贬你不怒。你心知肚明用之取之，废之弃之。你生前的社会如此，你长眠后的社会依然如此。

97 那一年，没有资本家的大气磅礴轰轰烈烈牛逼哄哄嚣张跋扈，就没有马克思的羡慕嫉妒恨的《资本论》；那一年，没有大观园的莺歌燕舞桃红柳绿沉鱼落雁闭月羞花，就没有曹雪芹的坐怀不乱心如明镜。

98 三十而立，竹简年代。四十不惑，铅字年代。五十知天命，电脑排字年代。六十耳顺微博年代。

99 一个王朝遇上李刚，李刚有一年碰上王朝。李刚是名人，名角，名词。王朝是一百姓，一小角色。你说这是脑筋急转弯，是智力题，是哲学题，是宗教题，是命运题，还是什么题？这题刚刚出笼，在石家庄还冒着浓浓的热气。

100 造小谣是苍蝇，人见人烦，逮住一个拍死一个；造中谣是天气预报，可以理解可以谅解，谁家没有个好马失蹄老虎打盹；造大谣是预言，是神话，是宗教，是艺术，是远见，是掐指一算，是弹指一挥间。甲乙丙丁，春夏秋冬，生老病死，衣食住行。人在天地间，何人变成仙？

101 今天晚上见了一位1979年参加对越反击战的老战士。他说，活下来就是胜利，胜利就是没死，没死就是欢喜，欢喜就是流泪，流泪就是忘记，忘记就不怕累，累算个屁。

102 齐白石老人有一句名言：一生只愿做闲人。是啊，写点闲字，画点闲画，见点闲人，说点闲话，看点闲景。这该是人生的一种大自在境界，细细想起来，人一生能几处是闲处？得闲空，有闲情，难。求忙容易求闲难。人为生计所迫，为信仰所惑，为养家糊口所逼，为官场商场名利场所诱，几人敢闲，几人会闲？

103 共产主义是一首诗，共产主义是一幅画，共产主义是一个美梦，共产主义是一个重要的词汇，共产主义是一群人用鲜血浇出的四个字，共产主义是一个说法，共产主义是一个古老又古老的名词，共产主义到底是个什么？谁知道啊？

104 猪是老实厚道忍辱负重的代名词，它吃瘦肉精牙签地沟油，它吃添加剂泔水。人给什么吃什么。猪是通道是桥，最后又还给了一群一群的人。人个个吃得还香喷喷。

105 你可以说你是名嘴主持，你可以自嘲是歪嘴和尚，你也可以吹牛是铁嘴律师，但千万不要说你是大嘴，你是嘴大吃八方。因为你是大嘴，河马张着樱桃小嘴正在看着你。

106 喂牛的喂牛，挤奶的挤奶，吃草的吃草，悠闲的悠闲，晃荡的晃荡，眉目传情的眉目传情。有草原的地方就有野草疯长，有青春的地方就有眉目传情，就有爱意绵绵，就有痴情万里，就有传奇闪耀，就有风流荡漾。

107 每年的圣诞节，圣诞老人不是白白的胡须白白的头发会是一种什么样的感觉。圣诞老人染上黑黑的胡须和黑黑的头发出现在世人面前，我估计黑人、白人、黄种人一定会说这个圣诞老人是个假冒伪劣的圣诞老人。圣诞老人的魅力就在于他老了，不用染头发装年轻，装青春，装活力。舞台永远属于年轻人的。

108 看到朝鲜金家连续三代都出元帅。中国的组织部汗颜啊。人家真是一个人才辈出的国家啊。只要脸皮厚，元帅出个够。

109 天下很多事不是靠想就能想明白，靠想就能想清楚的。等你想好了，虫子飞的飞，爬的爬，走的走。春天来也快，走也快。

110 重庆女黑老大家中摆满了豪华佛像。佛说，佛教你背得滚瓜烂熟，可有四个字没有写上去：秋后算账。

111 一个人走路别回头，老狼跟在屁股后。两个人走路肩并肩，大道青天视野宽。三个人走路一条线，羊肠小道撒满了羊粪蛋。四个人走路唱山歌，吓得野兔不出窝。五个人走路慢腾腾，七扭八歪不成形。六个人走路不认路，你吹牛来他诈唬。七个人走路乱哄哄，熙熙攘攘黑咕隆冬。

112 拉萨的天空同广州的天空是最大的不同。拉萨 365 天，天天有风来擦，有风来撩，它亮，它蓝，它空。广州 365 天，有风不大，有风太甜，有风计较，朦胧，忙碌，麻辣。

113 那个年代政治挂帅是排第一位的。第一位意味着什么，只有生活在那个年代的人才能体会到啊。

114 五种解释：1. 苍天啊大地啊！ 2. 爹啊娘啊！ 3. 没劲啦！ 4. 打死也不说！ 5. 这天上怎么都是浮云啊！

115 有一种艺术是谁也看不懂；有一种政治是谁也捉摸不透；有一种行为是动物都不敢模仿；有一种战争像疯狗咬你不需要任何理由。

116 那一年超级政治口号：工业学大庆，农业学大寨，全国人民学习解放军。可以说是家喻户晓人人皆知。

117 谁说我长得丑，我跟谁急。我很丑吗？我很丑吗？我很丑吗？美国人说我漂亮，法国人说我优雅，日本人说我长得上流，德国人说我长得有想法，我看你们就是不懂国际惯例。

118 只有阿联酋航空公司的飞机上可以抽烟，是在飞机的后三排。可以不夸张地讲，这种飞机才是真正的内外都是腾云驾雾吞云吐雾的和谐飞机。

119 长得坑坑洼洼吧？主要是为了让你感觉更平坦；长得吓人吧？主要是为了让你感觉更自信；长得像非洲吧？主要是为了让你感觉更亚洲；长得痛苦不堪吧？主要是为了让你感觉幸福指数更高啊。

120 当你背对这个世界时，灯红酒绿高楼大厦熙熙攘攘热热闹闹和你是没有一点关系。当你头大长草时，这个世界不在你的思考范围。当你眼大无神时，花红柳绿五彩缤纷不在你的视野里。当你赤身裸体时，你活得很真实，可是这个世界变幻得比你更赤裸裸更真实。

121 当年凡是毒草都要铲除，什么是毒草呢？封资修，帝王将相才子佳人花鸟鱼虫靡靡之音轻歌曼舞，多得数不清。

122 如果人没有头脑，只有大腹便便风度翩翩摇头晃脑摇头摆尾装模作样。那大象怎么想？那蛤蟆怎么看？那河马怎么评价？那抽象派怎么抽象？那现代派怎么现代？那古典派怎么古典？

123 远方是青藏高原，远方是布达拉宫，远方是红尘万里。这里的天空藏蓝海蓝一尘不染，这里的大地绿时嫩绿翠绿，这里的山路弯时是百弯千弯，这里的河水浪时白浪卷着白浪，一浪比一浪更朦胧更欢快更自然更情绪更沉迷更缠绵更雄厚。

124 穿小鞋除了儿童以外，成人没一个喜欢。戴高帽除了游街，成人有一个算一个个个喜欢。戴大帽除了遮阳，管它头大脑少，个高个矮，一个比一个抢着戴啊。

125 拥抱还是摔跤？好人还是坏人？爱还是恨？欺负还是爱抚？打闹还是打架？绑架还是帮助？关键是个度。

126 人一生留不下几个赞字，人们给毛泽东留下五个字：毛主席万岁！人们给邓小平留下四个字：小平你好。

127 读万卷书，不一定是在校园里。行万里路，不一定是在飞机上。识万种人，一定是在江湖上。

128 情绪是一种力量！谦虚是一种力量！骄傲是一种力量！低头是一种力量！力量不在脚上，不在肚子上，不在皮上，不在嘴上。力量在头上，在头上的角上。

129 猪都会下国际象棋。什么是国际问题？1. 你的是你的，我的是我的。2. 你的是我的，我的还是我的。3. 现在是你的将来是我的。4. 你的是你的我说是我的就是我的。国际问题哪靠讲理啊，全靠武力威力实力合力核力啊。

130 等待，不同的人有不同的姿势，不同的眼神，不同的心情，不同的方式，不同的感慨，不同的办法，不同的泪水，不同的沉默，不同的笑容，不同的误会。

131 人看一寸：蛛丝马迹；人看一尺：长短不一；人看一百米：眼花缭乱；人看一公里：大同小异；人看一百公里：稀里糊涂；人看一千里：恍如梦里；人看一万里：天高云淡。

132 孔雀开屏虽然大多是自作多情，但毕竟是美丽如画。孔雀的鸣叫比乌鸦强不了多少。上帝很大方又很小气。给你一个优势一定附带一个明显的劣势。

133 树非常热爱脚下的土地，只要人不瞎折腾，它们根本不想去什么大城市，站在路边吸那永远也吸不完的废气。

134 GDP 虽然不是什么东西，比一比也有意思。广东等于印度尼西亚，上海等于芬兰，宁夏等于埃塞俄比亚，山东等于瑞士，甘肃等于伊拉克。

135 猪吃瘦肉精刚刚变成旧闻，上海一家食品企业又锦上添花频上添毫画蛇添足紧追慢赶生产出三种伟大的馒头：1. 早产馒头。2. 问题馒头。3. 化妆馒头。真是一个有创意有办法有想法不怕千夫所指不怕下地狱不怕见阎王不怕小鬼缠磨不怕白眼红眼黑眼的牛逼企业啊。

136 一个人是被四所大学培养出来的：1. 忽悠大的。2. 吓唬大的。3. 撞大的。4. 装大的。信不信由你。

137 浮躁的社会里总有清亮的人生，闪客般的年代总有凝重的叹息。时间是一湖好山水，洗去尘，洗去假，洗去伪。真人是一面大镜子，照见尔，照见我，照见他。

138 当秋天来了哪片树叶敢不黄。只不过有的是金黄，有的是鹅黄，有的是焦黄，有的是屎黄，有的是草黄。

139 人生几十年，策划家想几天的事，军事家想几个月的事，经济学家想几年的事，政治家想几十年的事，宗教家想几百年的事。正常人想一天一天的事，荷尔蒙浓的人想一个月的事，神经有毛病的人想一年的事，神经不真诚的人想几十年的事，神经已经炉火纯青的人想几百年的事，神经紊乱的人想几千年的事。

140 世间最大的房间是什么？1. 山间。2. 云间。3. 人间。4. 水间。5. 雾间。这些房间不需要人民币，也不需要美元和港币。没有价格波动，没有花里胡哨的广告，没有高低粗野之分。没有朝向，没有楼层，没有方位，没有地段之分。他们天天是豪宅，年年是四合院。

141 息烽集中营是国民党军统当年设立的监狱。最滑稽的是用了八个字代表八个牢房的名称：忠孝仁爱信义和平。分称忠斋，孝斋，仁斋，爱斋，信斋，义斋，和斋，平斋。集中营先后关押 1220 余人。杀害 600 人，释放 140 人，下落不明 400 人。真是一个人间地狱。

142 母亲是可以爬上爬下的梯子，母亲是永远不嫌你的一尊神。母亲是你遮风避雨的一面墙。

143 在息烽集中营里军统特务写在牢房围墙上的恐吓标语：天堂和地狱都不是人待的地方。最终被特务送进地狱的烈士进了天堂，而所谓上了天堂的特务们最终全部下了地狱。历史往往是不以人的意志为转移的。

144 当年在三湾改编时，宣传队拟定的标语口号有一条是废除买卖婚姻。毛泽东建议改成讨老婆不用钱。前者是书面语，后者是口语化。这样更容易口口相传。哈哈，这也是当年的微博啊。

145 一犬吠形，百犬吠声。见者少，闻者多。这中间是一个繁茂、暧昧、绵长、迷糊的过度带。

146 平和是一种微笑的心态。大笑肯定不是一种平和的心态，而且会是很累会是很抽筋会是狼狈会是很无奈的一种怪诞滑稽的表情。

147 拍马屁是一种古老的传统，历史上有一著名的老僧，有一天很荣幸地被皇帝召见，老僧泪流满面激动万分又是叩首又是喊万岁。皇帝很淡定，问老僧，人生不过百，何来万岁？老僧答，尧舜不是至今还在吗？皇帝大悦。你真会说话啊。马上通知办公厅主任给老僧奖励一个大大的红包。

148 假装高兴也是高兴啊。画家有魂吗？作家也有魂吗？书法家也有魂吗？补壁？垫瞀？献丑？

149 老龟说：都是忽悠啊，哪有什么万岁，这不潜伏了一万万年，老天爷说的不算，土地爷说的也不算，挖出来不就是一个像龟壳的石头。

150 它是一个哲学家，它在思考是先有蛋还是先有鸡的世界难题。它是一个孤独者，它在思考孤独和幸福到底有没有关联度。

151 旧的不去，新的不来。老的不老，少的如何少？鲜花插在牛粪上好像是个贬义词，鲜花长在枯草堆里好像还过得去。

152 文化大革命中，南通的狼山上的广教寺受到红卫兵破四旧立四新的冲击，为了保住寺庙，一个和尚出了一招，烧制了一批瓦当，上面烧有毛主席万岁。吓退了红卫兵小将。现在这些瓦当也是有故事的瓦当。历史好荒唐好幽默好无聊好无奈。

153 骄傲使人进步，退步使人进步，落后使人进步。嘿嘿，有点像歪理，可能也是一个理。

154 人啊，我为你们感到脸红。你们太能折腾了！你们太有想象力了！你们花样翻新不屈不挠不管不顾不尴不尬。你们能把白馒头变成彩馒头，能把肥猪变成瘦猪，能把牛奶变成水奶，能把胡同变成高楼。你们牛啊！牛大了啊。

155 公鸡非常激动地羡慕嫉妒恨地对母鸡说：你最近连着下金蛋是不是跟银行行长在一起呢？母鸡不屑一顾地说：错！是同开金矿的老板在一起。

156 中国草学奠基人王栋：为天地立心，为生民立命，与牛羊同居与鹿豕同游。1950年。老一辈科学家人品心品立马可见。现在奶牛吃不上有营养和含蛋白的草就产不出有营养的奶，那不是牛奶是水奶。

157 南通素有江海门户之称。人口接近800万，土地面积8000平方公里，有海岸线200公里，有江岸线160公里。是中国的长寿之乡。

158 这双大脚从来没有走出庙门一步。这是金刚的一双大脚。它要是迈开大脚走进熙熙攘攘的人间走进热热闹闹的市场走进轰轰烈烈的战场走进花花绿绿的情场走进躲躲藏藏的官场走进疙疙瘩瘩的文场，一定会感慨这个世界原来是光脚的不怕穿鞋的。

159 在广教寺的山门看到一幅对联，有点意思，抄录如下：人间善男信女人相亲相爱怎不满腔欢喜；世上许多难耐事自作自受尽堪大度包容。

160 金刚每天黑着一张大脸。是缭绕弥漫滴香火日复一日年复一年熏出来的？是炎炎烈日日复一日年复一年晒出来的？是善男信女日复一日年复一年气出来的？

161 我们与时间同在，多少年我们只看不说，多少人从这个台阶上走上去，多少人又从这个台阶上走下来。进进出出，急急促促，上上下下，来来往往，里里外外，见多了。装模作样上去垂头丧气下来，衣冠楚楚上去赤身裸体下来，肥头大耳上去尖嘴猴腮下来。

162 浑浑噩噩非常像个酒仙，糊糊涂涂非常像个弥勒佛，嘻嘻哈哈非常像个布袋佛。内心究竟是个什么佛，什么仙，只有鬼知道，只有佛知道，只有仙知道。人是不可能知道的。人生几十年，望见山就知道腿短，看见水就知道云远。醒了就醉了，醉了就醒了。颠三倒四似乎是一种哲学，胡说八道似乎是一种远见。

163 这个大喇叭当年传出大跃进的锣鼓声，四清的口号声，文化大革命的批斗声，如今这个大喇叭只是一个摆设，没有记忆，没有回忆。不出声，不吭声。

164 所谓的大师玩得是特立独行与众不同。玩一肯定是一，玩二肯定把你变成二。

165 黑夜把黑夜黑了，浪花把浪花浪了，台阶把台阶台了，谣言把谣言谣了，扭曲把扭曲扭了，领袖把领袖领了，误解把误解误了，幽默把幽默幽了，坏蛋把坏蛋坏了。

166 最牛的推土机，黄河大堤是路堤合一的一条大堤，大堤上设有障碍物，只许小车通过，推土机很生气，它也有勇气有实力，谁拦我，我就推倒谁。嘿嘿。星期天快乐。

167 有的路是人走出来的；有的路是羊踩出来的；有的路是车轧出来的；有的路是画出来的；有的路是仙指出来的；有的路是钱买出来的；有的路是血铺出来的。

168 好词古往今来都被制成了招牌，挂起来。像光明正大，执法如山，大公无私，等等。今后生产好词不容易啊。

169 不是这块石头想大大方方，想四四方方，它也不想是是非非，不想赖赖叽叽。可是时空就是把它摆在这里。小溪流淌小溪的，石头搁在石头上。

170 当石头形成了独特的行为方式后，水是没有多少办法的，你泡它，它是石头，你浇它，它是石头，你淋它，它还是石头。道理更多的时候是一股气体，无色无嗅无轻无重无多无少。

171 世界上最大的井最繁华的井——王府井。一口井流出了历史，流出了苍茫苍凉，流出了一条闻名遐迩的金街。

172 抽烟对烟民而言是一种享受，是一种呼吸，是一种与气体交流的方式，是一种死都不怕的天天上演的行为艺术，是继固态和液态享受之后的另一种古老的享受。抽的是真抽，不抽的是真不抽。喜欢的是真喜欢，讨厌的是真讨厌。

173 几个月前，我还看到孔夫子老先生在天安门广场站街，现在老先生已经有了住房。祝贺老先生乔迁之喜啊。你老人家今后再不用风餐露宿了啊。你真不容易啊。

174 1999 年，一个古巴裔美国人告诫新来的古巴裔移民说：欢迎到这资本主义制度来。你们每个人都得自己干活，为你口袋里有多少钱自行负责。政府不管你有没有饭吃，也不管你是穷还是富。政府并不保证你要工作或有住房。你们来到一个既富又强的国家，但是你们是不是继续像在古巴时那样生活，全取决于你们自己。

175 美国学者亨廷顿说：对本国政治体制引以自豪的美国人有 85%，英国人有 46%，墨西哥人有 30%，德国人有 7%，意大利人有 3%。对于美国人来说，意识形态重于疆域。对国土自豪的人，在美国有 5%，英国人有 10%，德国人有 17%，墨西哥人有 22%，意大利人有 25%。

176 什么时候都怕忽悠，什么时候都怕晕菜，什么时候都怕成了靶牌。再能奔腾的千里马一旦变成摆设，也就是一个摆设。

177 天花板和地板总是保持一种不远不近不高不低不冷不热的态度。这才有了空间，有了包容，有了长久，有了和谐。人同欲望相处能有天花板和地板的大态度吗？

178 一百年，中国皇帝的鼻烟壶变成了古董；一百年，中国皇帝的豪宅变成了博物馆；一百年，中国皇帝的私家花园变成了收费的人民公园；一百年，中国皇帝变成了供人调侃开心娱乐的对象；一百年，神圣庄严的衣冠禽兽变成了贬义词；一百年，小脚女人，长辫子，太监变成了一个朝代丑陋的胎记。历史真有趣真好玩。

179 什么是共鸣？一个脸皮厚的人说出了一群脸皮薄的人想说又不敢说的话，引起的心理反应就是共鸣。

180 海水浸泡过的天空总是意味深长，海水映照过的天空总是绚丽多姿，海水关注过的天空总是反复无常。

181 不同的时代有不同的禁区。不同的禁区有不同的限制和管制。粗线条的划分禁区有：宗教禁区，政治禁区，军事禁区，文化禁区，呵呵，自然思想有时也会被划定一定范围的禁区。登峰造极当数文化大革命那个特定的历史时期。

182 前外交部长李肇星在一次演讲中说，在中国历史上大概前前后后有 400 位皇帝，平均年龄在 42 岁。按此说法中国皇帝平均年龄比奥巴马还年轻。那个年代是家天下的年代，坐上皇帝宝座的人没有一个愿意下台，道理很简单，三宫六院七十二妃一大堆女人搞掂一个男人，一个性选举，寿命就短，寿命一短在位自然短。

183 黄鼠狼刚刚祸害了大公鸡和大母鸡，又换上它那百穿不烂的皮夹克来看望小鸡们：小鸡们你们好，你们有米吃吗？米是好东西，你们正在长身体，要多吃，将来要像你们的爸爸妈妈一样健康漂亮。小鸡们痛哭流涕激动万分地说狼爷爷谢谢你在百忙中来看望我们。

184 每一块砖都是从这个砖窑里爬出来的，爬出来就没有了泥土的芬芳，就没有了泥土的朴实。一块块砖垒起了一道道墙，一道道墙垒起了一栋栋楼，一栋栋楼垒起了一个个城市。钢筋的深林水泥的草原明晃晃的太阳白得耀眼亮得出奇。草没有了历史花没有了来历。

185 一百年前梳辫子可以，如果敢剪辫子，就会有人剪你的脑袋。仅仅一百年的时间，社会就这么不可思议。

186 如果没有这辆摩托车和塑料扫把，你可以说这是明朝的农家小院，清朝的农家小院，民国的农家小院。除了对联的内容会有一点点变化，其他的变化不会太大。

187 牛说：全部财产就剩一根牛尾，扫扫蚊蝇；一对牛蛋扯扯淡。牛角给了奢侈品行业，牛胆给了新闻界，牛黄给了医药界，牛肉给了餐饮业，牛蹄给了运输业，牛脸给了娱乐圈，牛骨给了保健品做了一件花衣裳，牛逼给了喜欢吹牛逼的人。呵呵，各位同学星期天快乐。

188 春暖花开，面朝大海。在山东省东营市垦利县胜利油田的磕头机每天鞠躬作揖。感谢龙王爷，石油海上来。这是孤东作业区，有 3000 台抽油机，俗称磕头机。

189 每个人都需要一个玩具，只不过有的人的玩具变成了工具，有的人的玩具变成了道具，有的人的玩具变成了家具。

190 一只蚂蚁有一只蚂蚁的力量，一群蚂蚁有一群蚂蚁的力量。一只蚂蚁有一只蚂蚁的孤单身影，一群蚂蚁有一群蚂蚁浩瀚的身影。一只蚂蚁是一只蚂蚁，一群蚂蚁是一群蚂蚁，这个不仅仅是数量问题更是一个质量问题。大象知道，鸵鸟知道，老虎知道，骆驼知道。蚂蚁也是清道夫。

191 看看俄罗斯总理普京宁愿将来拿不到诺贝尔和平奖，宁愿得罪欧洲，也不准进口欧洲的蔬菜，坚决不让俄罗斯的老百姓受害。普京还是一个内外有别的总理啊。

192 人喜欢斗，马儿不喜欢斗。人最喜欢用自己那点脑汁想马儿那点事。左顾右盼是马儿，瞻前顾后是马儿，万马奔腾是马儿，一往无前是马儿，空空荡荡是马儿，寻寻常常是马儿，斑斑点点是马儿，规规矩矩是马儿，生生死死是马儿，反反复复是马儿，冒冒失失是马儿，唠唠叨叨是马儿，诺诺唯唯是马儿，吞吞吐吐马儿，服服帖帖是马儿，歪歪扭扭是马儿，晃晃悠悠是马儿。

193 草原上一只公羊管理、服务、伺候 24 只母羊。母羊是生产力，可以产羊羔可以产羊奶。多余的公羊都变成了人类的美味佳肴。狼只有望羊兴叹的份儿。

194 兰州的山是苍老的山，春夏秋冬一个脸谱的山，元朝明朝清朝没有感觉的山，下雪下雨不愁不忧的山，送走皇帝迎来宰相无所谓的山，美女梳妆老妇哀怨的山，给雨不绿下雪不白的山，头顶蓝天脚踏黄河的山，自以为筑陵很大堆坟很小的山，西瓜很甜土豆很沙的山。时间空间找不到感觉的山。

195 微博是海洋，鲸鱼有鲸鱼的吨位，红斑鱼有红斑鱼的边界，海参有海参的安乐窝，象拔蚌有象拔蚌的安逸，海鸥有海鸥的乐趣，海鹰有海鹰的忙碌，海虾有海虾的自由，螃蟹有螃蟹散漫。食物链太长，活动空间太大，在这里没有谁是唯一。你的喜怒哀乐可以是互不相识的片片浪花，你的呢喃可以是天边漂浮的白云。

196 一个人要是站在政治舞台上，一定要脱得利索，干干净净。台下的观众有的是带来了望远镜，有的是拿着显微镜，戴老花镜的有一堆，架着近视镜的也有一群。更多的是视力比空军飞行员的视力还好的有一大帮。台下还有专门计数的数学家，观察颜色的艺术家，抖包袱的小丑，眼尖嘴利的播音员。

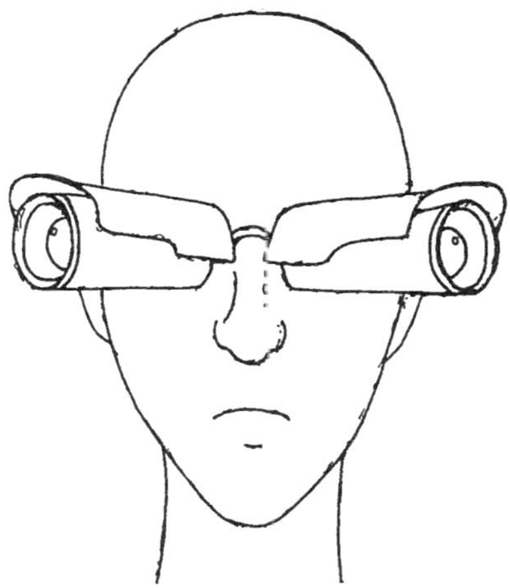

197 远看什么都小，海大了什么都能包容。人生无非两个结局：一个是把简单的事搞复杂，繁杂，纷杂，烦杂。人们称他们为大雅，高雅，文雅。一个是把复杂的事搞成简单，简化，简介。人们把他们称为大俗，脱俗，世俗。

198 周扒皮是靠口技管住了长工；唐僧是靠高原反应忽悠了孙悟空。一招鲜吃遍天。基层管理需要勤勤恳恳任劳任怨，需要技术和技巧，高层管理需要忽悠和理论。周扒皮和唐僧虽然在不同的平台，结果是殊途同归啊。

199 人离太阳很远，太阳离人很近。你烦，你恼，你忧，你愁，你喜，你欢，你闹，你争，你斗。太阳全然不知。太阳不懂经济学，太阳不懂政治学，太阳不懂斤斤计较，太阳永远读不懂人的大智慧和小聪明。大海是大明镜太阳就来大梳妆，草原是大宣纸太阳就来大泼墨，戈壁是大宽敞太阳就来大敞亮。

200 我们是一个民以食为天的民族。我们的问候语是：你吃了吗？据说早年英国人扛着小米子旗来到中国，有人羡慕嫉妒恨地感慨，看看人家连小旗上都写满了米字。我们的小酒铺最多写个酒字，也不敢写米字，这牛啊。后来，有人把美国称作米国，后有趋炎附势的翻译家把米国叫做美国，取羊大为美之意。米多肉多啊。

201 开放 30 年，政府的公司终于由无限公司变成了有限公司。何时政府能从无限政府变成有限政府。可能还需要一段时间。退步需要节奏和时间，进步也需要节奏和时间。胆量和视野全在这一退一进的狭窄空间怒放和萎缩。拳打卧牛之地。那是对武林高手的赞美。

202 这 20 年各大中城市漂亮了，这是事实。广场也多也大，可是许多广场是供人观赏要不就是供晒太阳的广场。为什么不可以开辟一些供小商小贩们用来卖卖杂货，卖卖针头线脑，卖卖瓜果梨桃的小广场？小鸡不撒尿，必定各有道。城管也不用把人赶得鸡飞狗跳鬼哭狼嚎。城管也不用每天上演武打片。为啥不干呢？

203 人想明白了是一地月光，是一幅剪影，是一幅大写意；人想不明白坐着是愁影，站着是烦相。

204 一个人得喝多少酒多少醋多少窝囊多少无聊无奈？一个人得吃多少面多少盐多少胡说八道？才能有一颗平常心。一个人得走多少路过多少桥观多少景听多少吆喝看多少黑白颠倒指鹿为马才能有一颗平静心。仙办不到，佛办不到，人也很难办到。

205 古人对与性有关的事用词还是蛮浪漫的，譬如花街柳巷，寻花问柳，花柳病，等等。按照古人对性的思维习惯和态度，沉鱼落雁闭月羞花究竟是形容美女的面貌，还是形容一种与性有关的器官。沉鱼无容，落雁无姿，闭月无光，羞花无香。如果远古的人是一种隐喻，再用沉鱼落雁闭月羞花来赞美一个人岂不是添堵添烦？

206 肥不肥，胖不胖完全是一种个人状态。这妞胖这妞肥照样自得其乐照样跳她的踢踏舞。旁若无人是一种心境，自由自在是一种心经，目中无人是一种心静。

207 被人戴高帽，被人穿小鞋，被人披大褂估计都不是什么好事。戴高帽帽大头小，穿小鞋脚大鞋小，披大褂身短褂肥。不相符，不舒服，不相称。夸大夸张夸赞喜欢的人还是多多。韬光养晦对胆小如鼠的人而言是一张求之不得的皮。韬光养晦对胆大包天的人而言是一副枷锁。韬光养晦是说不清道不明的一句成语。

208 农家小路，没有红绿灯，不需要警察。见不到车水马龙人来人往，安静，恬静，悠然，自然。小路简单，无拘无束。小狗与你同行，野花伴你芬芳。

209 一国两制其实不该用在香港和澳门，这两个地方历史上就属于广东省，俗称省港澳。应该是一省两制，物归原主符合本意，同饮一江水，同是一个语系，同是一个人种，同是一个风俗，同是亚热带，没有隔阂，没有语言障碍。为什么会变成一国两制？应该是一省两制。还闹什么，还折腾什么，还牛逼什么？

210 朦朦胧胧中走在弯弯曲曲的人世间；晃晃荡荡漂浮在忙忙碌碌的红尘中。不相信人世间有这么美，不相信红尘中有这么脏。看到的不一定是真的，看不到的不一定是假的。真真假假高高低低长长短短，哪个角度能不疙疙瘩瘩，哪个解读能不战战兢兢。

211 世界上最顶级的魔术大师是美国政府，像什么大变活人、天女散花等，在美国魔术大师面前都是小儿科。美国政府能把废纸变成钱，这废纸可以装满几万列集装箱。最近美国一个非常有名的金融老头可能是老糊涂了，说了一句眼睛看不到耳朵听得到的大实话，美国没有还不起的债务，印美元就是了。有种你就买啊。

212 成语的生命力在于你走多远，有多少行为和动作它都能概括。有时你观察一个机构的行为，你会发现这几个成语很贴切：刚开始照猫画虎，过一会儿东施效颦，再过一会儿叶公好龙，最后好大喜功。其实这都是一个人在六岁以前的幼稚行为。不成熟很可爱，过了成熟期就不那么可爱了。

213 大惊小怪自作多情胡言乱语神经兮兮就是当下有些人的素描。点点滴滴详详细细辛辛苦苦是有些人的状态。忙里偷闲是快乐是舒畅。每天忙忙碌碌肯定不好，每天游游荡荡肯定不好，人忙久了想闲，闲久了想忙。人就是在忙忙碌碌和游游荡荡中不断寻找平衡点。

214 有时一脑门的烦事、琐事、屁事、小事会让人忘记白云在缓缓地飘，微风在轻轻地挠，青雨在湿湿地撒，紫花在香香地绽，翠鸟在啾啾地唱。有时一耳朵的杂音、怪音、浪音、噪音会让人忘记童年时的奶声奶气牙牙学语，少年时的孟浪癫狂无所顾忌，青年时的豪情万丈激情如火。太阳是新鲜的，早晨也是新鲜如露。

215 奥运会、亚运会、大运会的开幕式极尽奢华，我估计在22世纪也很难见到如此奢华壮观的场面。为了甩掉一顶东亚病夫的帽子，我们长长地出了一口气。这口气成本太高太贵了。我们太把运动会当回事，运动会也不知道是怎么一回事。

216 微博时代撒谎有记录，撒谎有辐射，撒谎有代价。微博时代撒欢有围观，撒欢有笑料，撒欢有黑色幽默。微博时代撒花有季节，撒花有讲究，撒花有名堂。

217 有的人腰带上带一串钥匙，有的人腰带上别一个手机，有的人脖子是挂一串小拇指粗的金项链，有的人满嘴镶一口大金牙，有的人拄一根文明棍，有的人叼一个大烟斗，有的人耳朵上吊儿郎当挂几个大耳环，有的人手腕上戴一圈大佛珠。多余的挂件摆件是心理的小喇叭小张扬小夸张小炫耀小爽快小春意小勾兑小溜达。

218 单讲北京的交通，如果用水的语言讲，北京是一个越荡越大的涟漪；如果用武大郎的语言说，北京是一个越摊越薄的大饼。如果北京在修个七环，估计有三亿人可以牛逼哄哄地自豪地说自己是北京郊区的。

219 一帆风顺时往往也是千帆风顺时。在这点上海洋是公平的公正的。大自然的博大胸怀是亘古不变的。在大自然面前人类的角度往往是太自以为是，往往是太过自信。人群里再出几个自以为是的家伙就更自以为是了。

220 历史往往就是由各种各样的白眼，红眼，黑眼，斜眼，瞪眼，大眼，小眼，色眼交织而成。真真假假，假假真真，叽叽喳喳，喳喳叽叽，嘻嘻哈哈，哈哈嘻嘻。

221 武林高手一招一式都是有讲究的，迎面一拳叫青蛇吐蕊，左面一掌叫火狐入洞。不管是青蛇吐蕊还是火狐入洞都是睁着眼出拳出掌。内行看门道，外行看热闹。现在有些政客睁着眼睛说瞎话，看来功夫不浅啊，不亚于武林高手啊。都是行家里手。

222 珠穆朗玛峰是世界山的高地；成吉思汗是中国版图的高地；龙是图腾的高地；非洲象是吨位的高地；孙中山是中国总统的高地；王昭君是安抚的高地；岳飞是倔强的高地；骆驼是沙漠的高地；深圳是改革的高地；内蒙古是资源的高地；高地不高低，高低也高地。嘀咕不嘀咕，全看谁嘀咕。呵呵。

223 大裤衩？大水壶？大漏洞？这楼七扭八歪，发生的都是七上八下的事。时而通通透透，时而吞吞吐吐，时而忐忐忑忑，时而飘飘洒洒，时而风风火火，时而轰轰烈烈，时而说说唠唠，时而远远近近，时而起起落落，时而起起伏伏。

224 再牛逼再高贵再威严再辉煌的东西，一过气，也就是一个摆设。当年，为了这小小的摆设，也是一茬茬的人打得死去活来没黑没白。

225 在中国人民解放军的十大元帅里，如果不按资历、山头来计算，林彪可以说是第一元帅。林彪是能打大仗、打胜仗、打硬仗的元帅。林彪的名言：不说假话办不成大事。林彪也深知说真话的严重后果。他是核心人物，太了解核心的心思。在文革如火如荼的年代，他看到了国家的顽疾，他说了真话，他也真的完蛋。

226 广东人用词是最简洁的，什么词到了广东人嘴里都可以凝缩成两个字：打的，买单，坚嘢。对官衔的称呼也是两个字：王省，黄厅，马处，夏科。有一笑话，一日，某区区长滔滔不绝口若悬河长篇累牍讲得正来劲，忽然发现一夏姓科长呼呼大睡，怒不可遏，手指此人："夏科（课）站起来。"结果满课堂的干部溜之大吉。

227 向天问候：凤凰，麻雀，龙早晨好啊！向地问候：穿山甲，麒麟，华南虎好啊！向水问候：娃娃鱼，水鱼，大青斑好啊。向古人问候：秦始皇，孔子，孙子好啊！

228 哪个行业都有大忽悠，忽悠是一种空间，是一种夸张，是一种联想，是一种荒诞，是一种幽默。玩石的人该是多冷静多沉着多淡定，有时沉醉痴迷久了，也有大话横空出世：国无石不稳，园无石不雅，家无石不安。

229 历史上每一场战争都是一次强行拆迁，都是一次强行拆迁和反强行拆迁的斗争。区别在于胜利者有权先行开发，失败者配合开发。

230 三十年前，有一辆自行车骑，人会欢天喜地。现在骑一辆自行车好像是在表演。时髦的说法是骑低碳骑环保骑和谐骑幸福。

231 清醒，糊涂，再清醒，再糊涂。小清醒，大糊涂，大清醒，小糊涂。有时清醒，有时糊涂。糊涂事少，清醒事多。白天糊涂，晚上清醒。有人提醒就清醒，无人提醒就糊涂。装糊涂是真清醒，装清醒是真糊涂。昨天清醒，今天糊涂。喝酒清醒，吃肉糊涂。下课清醒，上课糊涂。醍醐灌顶更糊涂，糊里糊涂更清醒。

232 这个世界越来越好玩，真下流装伪上流，伪上流装真肿瘤。再好的神经病医生再好的外科医生也没办法。

233 美国梦的神奇在于瞬息把工具变成道具，忽悠中把道具变成魔具。让你发颠，让你发狂，让你发疯，让你发傻，让你发誓，让你发痴。

234 不得不说是话到了嗓子眼，咽不下，吞不下；不能不说是脸对着事，走不掉，躲不开；不是不说是时机不到，时候不对。有时说与不说是不一样，有时说与不说没啥两样。窃窃私语在微时代就等于对着大喇叭广播。凤凰不明白，麒麟不明白，龙也不明白。麻雀继续叽叽喳喳，松鼠继续蹦蹦跳跳，大象继续慢慢吞吞。

235 大道理更像陈词滥调唧唧歪歪，更像夕阳疲惫的光线无精打采，更像没有了红绿灯的十字路口乱乱哄哄。讲的不像，听的也不像。歪嘴和尚念不好，大嘴和尚念不对。

236 预见碰到未来，未来问预见：我长得和你老人家预见的像吗？预见说：呸，不带这么吓唬人啊。

237 中秋过后，嫦娥奶奶直摇头。饕餮的人群，疯狂的商人，自以为是的消费者。香港一个中秋节扔掉的月饼可以堆满 25 个篮球场。

238 植物学家说：花是植物的生殖器。专家就是专家，总能在一般人看不到的地方看出名堂。

239 常常有些人，十年前喝了第一口红酒，二十年前听说了高尔夫，三十年前第一次穿上西服，现在装得像他爷爷他奶奶他爸爸他妈妈含着红酒挥着高尔夫杆穿着西服来到社会主义国家。人真能装啊。

240 一棵大树长得根深叶茂，大树高兴和谐幸福，可是比大树更高兴的是腐烂大树的狗屎猪屎人屎狼屎，屎比树更夸张荒诞幽默。

241 这个世界首先是数学家的世界，其次是宗教学家的世界。隔三岔五，七上八下，说一不二，丢三落四，九五至尊，等等。

242 新加坡资政李光耀说了一句话还是不错的，要在新加坡生存，没有英语会很辛苦，没有华语一定会后悔莫及。这并不是因为中国崛起，是因为你自己要了解你自己的根。

243 乔布斯是一个集封建主义资本主义社会主义共产主义于一身的搏士，斗士，勇士，战士，学士。乔布斯鬼使神差般地来到这个世界，干了一件让上帝瞠目结舌不可思议的事。乔布斯编织了一张网，让等级变成了网中鱼。乔布斯不管不顾让一个工具变成了和自由一起飞翔的一只鸟，乔布斯永垂千古。

244 这是在四川美术学院画展上看到的一幅油画。名为蝶恋花。此画只可远观不可近视。这是用一堆肠肠肚肚画出的油画。长说有视觉疲软疲惫疲劳，短说有视觉胃溃疡胃痉挛。喜欢是一幅画，不喜欢也是一幅画；理解是一幅画，不理解也是一幅画。艺术有时就是一个饱嗝。大路朝天，各走半边。大牙朝天，各笑半年。笑得没眼看，笑得腮帮颤。

245 动车羞羞答答扭扭捏捏拖拖拉拉前不着村后不着店雷厉风行大刀阔斧一炮把铁道部送上浩瀚无垠的网络大平台；郭美美沉鱼落雁闭月羞花真真假假叽叽喳喳哭哭啼啼稀里糊涂成也萧何败也萧何有心栽花无意插柳做得到想不到一剑把十字会送上了红十字架。网络是黑夜里给了你万万千千双黑色的眼睛，每双眼睛都是黑又亮。

246 孝字斑驳陆离，孝字奔波劳碌，孝字苍凉苍老。这个字伴着一个个家族穿越千山万水走得太疲惫了。

247 狼和羊是构成草原最和谐的两大元素。误解，误导，误传，误会是一只狄狼。

248 那一年，喜马拉雅山竖起一面高高的墙，滔天的洪水不约而同地浩浩荡荡混混沌沌恍恍荡荡奔向低姿态的坡地，再猛的洪水也势力啊。只有青海湖原地固守，睁着一只蓝蓝的眼睛看着山高山低，看着大漠糊涂和睿智，看着骆驼憨厚和无奈，看着白云挣扎和圆滑。相伴的是矮矮的野草，相视的是默默的野花。

249 当年的共产党的边区在国民党牛逼的时代，就是中国大地上的一道亮丽的政治风景线。十个不要是说到做到，一点也不含糊。

250 少数民族的服饰很多是来源于生活，逐水草而居的游牧生活许多生活用品是要随身携带。这套藏族妇女的服饰虽然有点夸张，但浓浓的生活气息还是扑面而来。

251 夕阳是晨阳的爹。在反反复复中，真真假假很难分辨。尊老爱幼总之是一种伟大的说法。伟大的说法也是在磕磕碰碰中慢慢成长和主打中一点一点让人认可和心服口服的。

252 无规则有时也是一种规则；乱石铺街有时也是一种气势；横七竖八有时也是一种创意；不了了之有时也是一种结局；义愤填膺有时也是一种病态；刨根问底有时也是一种纠结；自以为是有时也是一种高度；沉默寡言有时也是一种态度；七扭八歪有时也是一种人生。

253 据说，当一个人神经了，就精神了。当精神了，就百病不来。人的生命真是一个谜，诺贝尔医学奖再多也解不开这个谜。

254 当一群人怀念一个人时，这一群人里缺这个人，缺这个人的胆量、远见和气魄。当一个时代怀念一个人时，这个时代里缺这个人，缺这个人的无私、肚量和高见。人总是在比较中选择人，人群也总是在选择中比较人群。大海浩浩荡荡的东奔西跑，才有了沙漠的沉默和守望；大雪的飘飘洒洒，才有了天空的安详和清澈。

255 从书包到书本，从书本到书本，自以为是，好高骛远，是人的本性也是人的惰性。读几本书就以为读懂天下事，荒唐，好笑。

256 据考证，人在两种温度下会不由自主地露出笑容：一是在零下 33 摄氏度，人会发出冷笑；二是在零上 33 度，人会发出傻笑。信不信由你。

257 大厨不饿，是吃了太多的气态营养。美国也是如此。这是诺贝尔经济学家也搞不明白的课题啊。

258 有时远距离看美国选举哪点事，拿中国说事似乎成了一个蹲茅坑的人必带的卫生纸，拿中国义愤填膺指桑骂槐说事特像一个更年期的老妇女。成熟的政治有时就像有的人来例假。不来不行，不来不舒服。

259 一首情歌会从这个国家溜达到那个国家，一首情歌会从这群人传染给那一群人，一首情歌会从这个时代流窜到那个时代，一首情歌会从白皮肤的嘴里蹦跶的黑皮肤的嘴里。有人有人性的地方就有情歌。真正的情歌在大山里，在大河里，在田野里，在花开四季的南国，在雪花飘飘洒洒的北国。

260 约定俗成是一种文化，力量，规矩。一旦形成就有山的外形河的曲线。久而久之固化、液化、气化。冲破这种藩篱摆脱这种纠缠不是常人所为。据说当年熊猫应该称作猫熊，既然已经称作熊猫。哪个还敢把熊猫称作猫熊？一个词尚且如此，何况其他呢？玄之又玄，变之又变，不是一件容易之事。

261 近朱者红近墨者黑说明人很难淡定，很难冷静。让人淡定的理论很多，让人冷静的文化很多，人是很容易被传染，很容易被感染，很容易被沾染。传染是一种病毒，感染是一种气场，沾染是一种环境。人在晃晃悠悠的环境下很容易变成风，变成云，变成雨，变成没有方向感没有东南西北的一粒粒灰尘。

262 人在这个快食面时代，要追求时尚时髦，要追赶潮流风流，结果往往是被时尚时髦戏弄戏耍，被潮流风流裹胁威胁。真正创新的人和团队是看不到结果的，真正敢为天下先的任何团队也是享受不到成果的。能把复杂整合成简单的人已经很了不起。

263 胡说八道，四通八达。胡说有八条道，不是一条道，不是二条道，不是三条道。春秋战国的八百年也是胡说八道的八百年，因为胡说八道就有了当年的政治局委员老子孔子墨子孙子等等，因为他们胡说八道够了，达到登峰造极，后来人的胡说八道在大胡说八道面前只能算是小小的胡说八道，没有道的胡说八道，呵呵。

264 无聊时翻看一些所谓抽象派的画作，不看还清晰，越看越糊涂。画得像是一个台阶，画得不像又是一个台阶。无论怎么画，在像与不像之间总是一种约定和约束。不然，胡乱涂鸦，涂涂抹抹肯定不如儿童的蜡笔画。你没有那份童稚和天真。也就没有那份大气和洒脱。没有精神病是装不出来的，不够神经质也缺乏那份尖锐。

265 看一些画家的大作、个人简历，参展的画馆及收藏的艺术馆写得清清楚楚，为什么画的画糊里糊涂，七扭八歪，装腔作势，无病呻吟，揪着头皮上天，抠着屁眼抬高。没有了方向感，又没有毕加索的神经质，功利心那么强，大脑没灌水，想学习毕加索不容易啊。用生命去创造，用身体的病痛去换来不一样的感觉，难啊！

266 各个省都在开两会，本来有些委员说点人话，提点建议，无可厚非。在信息封闭的年代，说点拍马屁的话，说点浮皮潦草的话也没什么，可是现在是微博时代，说话还是要注意，不然，香港《成报》今年就会评选中国的马屁之星。年底公布，欢迎各位同学推荐，先选十位。

267 新闻是一种力量，是一种能放大能量的力量，新闻更多的时候是放大副能量的一种力量。到了东帝汶你会有更深的体会。以讹传讹，指鹿为马在新闻领域已经是一种病态式的传播方式。

268 小国的心态关键是它把谁当做老大。老大到什么山，它就唱什么歌。从这个角度观察小国的心态，就一目了然。它跳，它闹，关键是老大在给它撑腰。

269 老虎和老虎的对峙看似很恐怖其实很正常。对话看似张牙舞爪其实心知肚明。相互欣赏都需要实力。

270 草根，银根，命根，病根，树根，老根，坏跟，乱跟，花根，山根，酒根。哪个根最贵？哪个根最贱？哪个根最牛？哪个根最忽悠？哪个根最稳健？哪个根没有了不得了？哪个根来了受不了？

271 如果在动物界搞选举，最容易当选的可能是鸟，鸟里是鹦鹉，鹦鹉里是会唱歌的鹦鹉和会对天发誓的鹦鹉，也有可能是会骂会吵架的鹦鹉，还有一种鹦鹉也可能当选，那就是所有愤怒的鸟需要一个愤怒的排泄口，那个会愤怒的甘愿当卫生间和马桶的鹦鹉可能就会当选，信不信由你。

272 这几个字，长得不一样，发音差不多。它们也是同父异母的兄弟：姓，性，行，兴，幸。哈哈，都是月满西楼一脉相连啊。

273 大人年大人都是大人，小人看小人都是小人。坏人看坏人都是坏人，好人看好人都是好人。傻子看傻子都是傻子。

274 洗一根黄瓜半斤水，冲一泡尿三斤水，淋一个澡五十斤水，浇一部车一百斤水。地下水有那么多吗？没有水的城市会是什么样子？

275 牛皮癣是一种什么癣？有一种国家是牛皮癣国家，有一种公司是牛皮癣公司，有一种人是牛皮癣人。他们共同的特征是无耻，无聊，无赖。有一种疯狂，有一种病态，有一种变态，有一种坚持。

276 同音字往往有一种暗合和关联。想远了。言多了是语；云多了是雨；闷多了是郁；名多了是誉；乐多了是娱；嘴多了是舆；肉多了是腴；鸟大了是鹂；女老了是妪。

277 这些年包装术越来越发达，各个行业冒出一大批高人。哪有什么高人，你跪下，那人就高，你趴下，那人就更高。偶然多了就成了必然，必然多了就成了自然。谁也没有方向，不是正就是反，偶然拍对了就是方向，就是指路明灯。

278 在巴西里约热内卢有一老板训斥当地的一名员工，不好好工作，太懒惰。这员工脖子一梗说，为什么？老板说，多赚钱可以到各地旅游。员工说，我告诉你一个秘密：上帝造地球用了一天时间，造里约热内卢用了七天。你们都跑到这里来旅游，我还需要赚钱吗？

279 童谣总是能穿越时光的隧道，走得大摇大摆。总是穿着开裆裤走得天真烂漫，总是素面朝天一脸蓝天。

280 创新是一种临床试验，摸着石头过河也是一种临床试验。只不过是临床试验期需要多长的时间？什么是临床试验的成功数据？什么是临床试验失败的数据？总不能无袖无领，总不能无休无止。

281 早年，有一个韶关的大学生毕业分配到长沙，他的奶奶问他在哪里工作，他说在长沙，老奶奶不知长沙在那里，后来他告诉老奶奶在毛主席家里工作，半夜，老奶奶不放心，又问毛主席家里有几口人，多少条猪？他巧妙地回答，毛主席家里有 15 口人，7 头猪。老奶奶放心地回去睡觉了。估计这是她一生睡得最踏实的一觉。

282 老虎虽然贵为山中之王，吃饱了，也就是仰头大睡。既不懂物流，也不懂仓储。既没有远大目标，也没有近期盘算。你看得起是山中王者，看不起它也是山中王者。老虎听得懂风的声音，听不懂人的叽叽喳喳。

283 一幅抽象的油画有时就像一个人抽风让你无所适从。你会怀疑自己的判断跑偏，你会怀疑自己的感觉抛锚，你会怀疑自己的眼神走光。这是一幅地图？一团涟漪？一片荒草地？一篇半身不遂的文字？一片唯唯诺诺的青苔？一个窝窝囊囊图像？嘿嘿。

284 一个男人爱哭是什么毛病？1. 泪水多过口水。2. 泪水多过墨水。3. 泪水多过汗水。4. 泪水多过香水。5. 泪水多过血水。

285 龙年就要来了，在新年里总有相传了数千年的祝福话和吉祥话，心想事成，万事如意，合家安康，等等，其实这些再平常不过的话语，是人生很难做到的事，所以这些话语是语言里的高档奢侈品。我还是愿意把这些吉祥的话语送给各位同学。祝新年快乐。万事如意，心想事成，阖家安康。

286 在中国的文化里，歧视和势利是一对最不好的元素。比如谈到死，皇帝死是驾崩，和尚死叫圆寂，坏人死称嗝屁找凉，有小小职称的死叫做逝世，普通人死称作走了，没了，去了。其实，都是活人没有了那一口气。

287 民主在有些时候就是公共洗手间和私人会所的区别。大同小异，拉屎放屁。

288 什么是娱乐时代？有时间的化妆，有时间的卸妆；有时间的上场，有时间的下场；有时间的背好台词临场发挥，有时间的临场发挥背好的台词；你要说的大家都知道，你不说的大家也知道；你不装模作样是为了装模作样；你痛哭流涕是为了喜笑颜开。

289 最近杭州有一人提出杭州萧山机场改成杭州白居易机场。按此逻辑推理可以推出诗人系列，美人系列，科学家系列，帝王系列。比如某某西施机场，某某成吉思汗机场，某某李白机场，某某貂蝉机场，某某秦始皇机场。中国的机场大多数是以当地的地名命名的。看来折腾是很多人的心结，是很多人的爱好。

290 与时俱进一是隐姓埋名，二是改名换姓。想当年北京学院路有八大学院：北京钢铁学院、石油学院、语言学院、地质学院、航空学院等，现在全改成大学了，此风一起，全国大学林立。有时改名换姓也是做大做强的捷径啊。

291 朝鲜有一个金家，日本有一个天皇，英国有一个女王。有什么不重要，有一个能 HOLD 住的东西就好啊。有一个能让你信的东西就好啊。暂时 HOLD 住，永久 HOLD 住，总之 HOLD 住就好。

292 年俗：正月初七吃面条。据说面条的历史已经有一千多年。可以讲，一部面条史就是一部人类的文明史。只有在面条上大厨的十八般手艺才能淋漓尽致地展现。喜怒哀乐可以靠烹炸煎炒完成，春夏秋冬可以靠剪切削割完成。

293 得了脑溢血后遗症的人和得了脑溢血后遗症的佛都必须遵守的生活规律：1. 说话不紧不慢；2. 做人不慌不忙；3. 吃饭不咸不淡；4. 待人不卑不亢；5. 情绪不高不低；6. 遇事不悲不喜。一对无神的眼睛展望着有神的世界。

294 现在一群人在争来争去，无非是在争吵你现在穿的是西装革履，你小时候到底穿过没穿过开裆裤。穿过开裆裤就是穿过开裆裤，没穿过开裆裤，那是哄鬼啊。质疑也罢，辩解也罢。其实就是一个穿过没穿过开裆裤那么一点小的不能再小的事。

295 现在人们都说狗是人类的朋友，呼啦啦大地上冒出一大批爱狗人士，爱狗协会，爱狗团体。可是在中国的成语里记载的大多是对狗的贬义词：狗屁不通，狗皮膏药，狗马声色，狗急跳墙，狗偷鼠窃，狗肺狼心，狗盗鸡鸣，狗窦大开，狗党狐群，狗苟蝇营，狗仗人势，狗胆包天，狗尾续貂，狗走狐淫。狗和狼太像了。

296 牧羊人的角度，狼肯定不是个好东西。因为狼要吃羊。这个角度流窜至今，就变成了永恒的角度。成语的记载最真实，没有半点的虚伪和修饰。狼狈为奸，狼嚎鬼哭，狼贪鼠窃，狼前虎后，狼子野心，狼吞虎咽，狼多肉少，狼狈逃窜，等等。

297 南方是一种温度，北方多少有点嫉妒。红尘闹腾够了，黑夜躲开星星，夜雨开始自言自语。天籁是一种声音，薄雾总在露水中倾诉。黑山羊喜欢小路，甘蔗林里懒洋洋的是野鼠。雨是一堆数字，芭蕉稀里糊涂。杏树在山西，枣树在河北，广东有一大片一大片的荔枝树。它们都在四月里登场七月里谢幕。

298 斯诺登是一颗绿绿的苦胆，美国造的苦胆，俄罗斯就敢把他放在莫斯科的胸腔里。有胆，有胆量。斯诺登是一颗会飞的苦胆，富裕的国家害怕他是一枚原子弹，穷的国家也怕他是一枚原子弹。呵呵。

299 现在的人缺钙，没事就拜。先上学，再上线，有空再上上香。红土是关公，黑土是包公，黄土是菩萨。

300 古人轻商，对买卖人好词不多。在成语留下的痕迹中看得一清二楚。特别是对卖基本是贬义词居多。卖笑生涯，卖俏行奸，买空卖空，卖儿鬻女，卖身投靠，卖弄学问，卖爵鬻官，卖弄风骚，卖官鬻狱，卖狗悬羊，卖上告下，卖王得羊，卖笑寻欢，卖公营私，卖富差贫，等等。

301 人类的文明史就是一部欣赏和残害女人的历史。封建社会还只是残害你的一双小脚，现在文明社会是从头到脚的祸害，残害。今天让你隆胸，明天让你垫臀。商家的名言是这个世界上只有女人和虚荣的人的钱最好赚。让你不懂东南西北，不知喜怒哀乐。

302 听多了，看多了，有时会感觉天天在过愚人节啊。每天的原创愚人节的节目单让人眼花缭乱，可比春晚节目精彩热闹去了，而且不需要彩排，不需要经费，不需要导演，不需要明星。都是小成本，大制作。这真是一个名人辈出的年代，是一个名言泛滥的年代。

303 二十年前的这一天，邓小平的南方谈话传遍了中国大地。那个年代真正是一个风起的年代，疯狂的年代，疯癫的年代，蜂拥的年代。

304 好狗不挡道，好车不挡路。挡道的狗肯定不是好狗，挡路的车甭管是奔驰还是宝马肯定不是好车。

305 休假式治疗在今天的新加坡的媒体上是一个热门话题。看来只要有新名词就有传播的力度。呵呵。软实力也是来自方方面面。软实力也包括了正面的影响和负面的影响。这个名词的发明可以说是继“河蟹”、二奶之后的又一个生猛海鲜的新词。

306 这个社会哪有什么社会贤达，有的抠着屁眼自抬自，有的沽名钓誉，有的没事找事。大多数人不过是社会闲杂人员。

307 有的人喜欢哭，有的人喜欢笑，有的人喜欢闹，有的人喜欢装，有的人自以为了不起，有的人喜欢到处挥挥手。其实忙来忙去没有离开方盘大脸。活着你是听不到口碑，死后你是看不到墓碑。信不信由你。

308 没头没脑鬼哭狼嚎。无精打采神鬼不来。出生入死魂不附体。敢作敢为虎头蛇尾。高瞻远瞩光宗耀祖。挤眉弄眼传宗接代。胡吃海侃八仙过海。轻车熟路装模作样。一本正经钟鸣鼎食。三书六礼秉公办理。

309 北大是大啊，蔡元培孤零零地躺在香港的墓地，没人问候，只有云来云去，风来风走。人只看眼前，谁看过去啊。

310 西装革履不一定是文明，长袍马褂不一定是封建。哪个时代都有哪个时代的工作服。

311 自以为是有时是一叶障目，有时是愚公移山，有时是先见之明。关键你是站在什么位置，人群就会给你不同的评语和评价。

312 春困秋乏夏打盹。这种感觉只有在农耕社会里才会有这么细腻和准确的描述。在钢筋水泥的城市里是绝不会产生这种体会和感觉的，如果有也是文化上的一种遗传基因造成的。

313 人的惯性思维往往是对政治家要求他们像遗像一般庄严肃穆，对明星要求他们像漫画一般搞笑有趣，对资本家要求他们像油画一般出手大方，油渍麻花。

314 其实现在唱红歌唱黑歌唱黄歌唱白歌唱洋歌，唱什么歌都没有关系，只要唱得舒服唱得泰然唱得自在就唱。没事练练肺活量，唱什么歌关键是您能记住什么词。北京的景山公园广州的白云山公园上午下午都有练肺活量的人。震动震动空气，忽悠忽悠白云，没什么成本。你嫌吵，可以堵住耳朵。练肺活量，词算什么。

315 随着通讯的发达，世界进入大娱乐化的时代。娱乐界的明星已变成小明星，小儿科。政治家，军事家，资本家开始乔装打扮登上娱乐的大舞台。他们才是这个光怪陆离的大世界的明星。他们每天制作的娱乐节目是任何一个传统意义上的娱乐明星不可比的。

316 据说山东枣庄发现一只大灰狼和一只大白狼，这可是大新闻。如果有狼了，生态恢复到了一百年；如果有老虎了，生态恢复到二百年；如果有凤凰了，生态恢复到了一万年；如果有了恐龙，生态恢复到了一亿年。呵呵。这年头真是一个大大娱乐的年代啊。

317 重庆留守儿童的宿舍。被褥和枕头上印有“我们是共产主义接班人”的字样。客观地讲，这个学校的建设还是不错，何时能让留守儿童不再成为留守儿童，恐怕是政府更大的更系统的一项工作。

318 这个世界上有一批献身的人，有一批卖身的人，有一批塑身的人，有一批镀身的人，有一批赎身的人，有一批护身的人。相对应的词汇有无畏，无赖，无聊，无耻，无奈，无敌。

319 从什么角度看世界，就会有不同的视觉感受。前不久看到一幅万马奔腾的油画，翻转 180 度，看到的画面是万马挣扎的杂乱无章的画面。角度就是这么神仙，就是这么神奇。

320 据说在 1540 年到 1800 年，英国人出生时的平均预期寿命是 29 岁，其中伦敦人的出生时的平均预期寿命是二十几岁。可见自古英雄出少年不是一句空话。相对而言，许多国家的历史是由一批非常年轻又非常短命的英雄所书写的。

321 鸡毛当令箭，令箭当鸡毛。真真假假，假假真真。关键是谁把鸡毛当令箭，又是谁把令箭当鸡毛。一部真真假假的历史就是一部鸡毛和令箭换来换去的历史。

322 这个世界虽然赞美雄性的词汇多如牛毛。雄伟，雄姿，雄大，雄阔，雄起，雄奇，雄健，雄杰，雄威。可是这个世界越来越雌性化了。

323 马，马克，马克思。这三者之间的联系在于都会动。关键词都有一个马字。一个是固态，一个是液态，一个是气态。一个在草原上奔腾万里，一个在资本市场上翻云覆雨，一个在人的大脑里川流不息。

324 打一字：一字有九口，人人说没有。这个字就是曹字。曹操的曹字。这个字比较热闹，喜欢折腾。非常像美国的国会议员会撒谎会吹牛。也非常像相声演员，会撒娇会耍赖。按同音字家族来考察出身，它们都来自一个不消停的家族。草：风来了穿绿袍，雪来了穿银袍……

325 陕西宝鸡古称陈仓，到了这里，你才会读懂明修栈道暗渡陈仓是什么意思。改革三十多年，其实也就是明修栈道暗渡陈仓的三十多年。

326 有时有点夜郎自大其实也是一种幸福的边界线，也是和谐的另类解读。两耳不闻窗外事是夜郎自大的一种边界线，鸡犬之声相闻老死不相往来也是一种夜郎自大的边界线。鸵鸟撅起屁股是夜郎自大的一种边界线，老虎打盹也是一种夜郎自大的边界线。幸福有一千种含义，和谐有一万种解读。

327 马克是马克思的基本元素；列队是列宁的目标；高尔夫是高尔基的爷爷；流浪是流氓的鼻祖；还有什么是相似的。估计你比我知道的还多啊。

328 外交官不是翻译官。就算是翻译官，看看电影《小兵张嘎》里的的胖翻译官也还是一个很有脾气的翻译官。据说，当年李鸿章被英国人调侃，大清国的婚姻制度丑陋，是一夫多妻。李鸿章不紧不慢地回答，我们是爱一个娶一个终身负责到底，你们是情人制，始乱终弃。

329 奥巴马不是随便可以拥抱的。就算他是美国人也是一样的结局。总统都是有点特异功能的。据最新的报道，美国一个老妇人拥抱奥巴马几小时后不幸死亡。没事不要瞎拥抱奥巴马。

330 在陕西的临潼华清池观看大型实景歌舞剧《长恨歌》，还是非常震撼。舞剧的名称要是按照现在的网络语言可以改成《长羡慕嫉妒恨歌》。估计更吸引年轻人。

331 终南山里的净业寺的一幅门联：回首依依，酒绿灯红歌舞繁华大梦场中谁识我；到此歇歇，风清月白梵呗空灵高峰顶上唤迷途。

332 当休闲成为时髦的行为，在某个人群流行时，寺庙的香火也随之越烧越旺。呵呵。据说，争取教徒，有时比操场热闹，比菜市场繁忙，比商场竞争还要激烈。美国历史上曾经有一位牧师，他将旧时的精神说教与摇滚巨星式的舞台技艺相结合。创造了这个行业的奇迹。信仰有时会变的反复无常。信仰有时也很孩子气啊。

333 据说，美国的白人一生中会有 2/5 的人会改变信仰。社会发展速度太快，有时信点什么难，不信点什么也难。在信与不信中纠结，在难与不难中选择。20 世纪 80 年代初，有一句顺口溜：刚刚学会了，又说不对了，才说不变了，又来文件了。反复无常是一种与时俱进。盲人摸象是一种与时俱进。随波逐流也是一种与时俱进。

334 美国人在意识形态里总能干出四两拨千斤的活。让我们的那些会说英语法语日语西班牙语的外交官和新闻发言人汗颜啊。

335 邓小平当年说，公务接待中有份西红柿炒鸡蛋就不错了。现在的公务接待越来越复杂，越来越浮躁，越来越奢华，不但有西红柿烧鸡蛋，还有鸡蛋烧西红柿，鸡蛋烧鸡蛋，西红柿烧西红柿。

336 不知道是哪位大侠突发奇想，在香港搞什么自驾游。这可是一个馊主意。看看香港的街道，看看香港的人口，这肯定是添乱、添堵、没事找事。自驾游还是到空旷的草原戈壁沙漠区溜达溜达为好。

337 要考书法家，你就让他写这几个字：结缘，尊缘，随缘。六个字里有三个相同的字，不好写啊。

338 少年时，读到一则趣闻，马克思在构思《资本论》时，在大英图书馆以来复式的散步方式把大英图书馆的地板趟出了两道深深的槽印。现在想想，1. 大英图书馆的工程质量太差。2. 故事的构思者太有想象力。现在，你就是让大象每天这么散步，估计也趟不出槽印。

339 昨天的昨天是哪天？明天的明天又是哪一天？小和尚问老和尚。老和尚说第一个问题问数学家，第二个问题问政治家。

340 领导到基层，一般的新闻表述是某某来视察，某某来检查，某某来考察。视察一般是指眼睛乱转嘴巴不动，只看不说。检查一般是指手动脚动心不动。考察是指指指点点，说说笑笑。

341 天上的白云都是社会闲杂人员，地上的绿树都是雷锋的二舅，闪来闪去的蝴蝶都是明眸皓齿的明星，雷鸣电闪都是意见领袖，打死不说的石头都是考古学家，巧舌如簧的鹦鹉都是随遇而安的太监，五颜六色的的花朵都是装修公司的呕吐物，装神弄鬼的八婆都是餐前小吃。

342 人生只有两类老师，一个教导你如何拿起拿起再拿起，一个教训你放下放下再放下。前一个总是笑里藏刀鼓励你，总在你的作业本上轻轻松松给你 100 分；后一个总是铁面无情批评你，总在你的作业本上抠抠搜搜给你 59 分。你喜欢的是教导你的老师，你讨厌的是教训你的老师。

343 一个真正伟大的画家掌握两种颜色：黑色和白色。一个平庸的画家掌握七种颜色：赤橙黄绿青蓝紫。一个准伟大的画家掌握九种颜色：赤橙黄绿青蓝紫＋酒＋色。

344 秋天总像是一个老农夫，戴着一顶土豪金的草帽。秋天的味道总是鼓鼓囊囊，散发着一股暴发户的浓浓的气息。黑一片的是戈壁，黄一片的是沙漠，金一片的是草原。蓝一片的是湖水，高一头的是青山。不知道是留恋还是依赖，大雁肥肥的，肥得有点奢有点痴有点怪。秋风依旧由北向南，白云胖胖像群绵羊。

345 这个世界每天都是朦朦胧胧骂骂咧咧忙忙碌碌，这个世界每天都是熙熙攘攘叽叽喳喳假假真真紧紧张张兢兢战战，这个世界每天都是孤孤单单疙疙瘩瘩勾勾搭搭。于是就有了轰轰烈烈花花绿绿高高低低风风光光松松垮垮。

346 汽车每天腾云驾雾，烟筒每天气势汹汹，谁能让他们戒烟？联合国那是不可能，美国那是不可能，戒烟协会那更是不可能。该抽烟的继续抽，该戒烟的继续戒吧。呵呵。抽烟不一定不是文明，不抽烟也不一定就是文明。文明不是口罩，文明不是鞋垫，文明不是乳罩。

347 这个世界上爱哭的人不一定就是刘备家族的，刘备和林黛玉也没有血缘关系。不信，你可以问一问奥巴马，或者问一问马英九或者问一问亚洲爱哭研究会的会长。

348 各国的外交部永远有两派，一个是鸽头鹰派，一个是鹰头鸽派。鸽头鹰派是素食主义者，鹰头鸽派是荤食派。

349 中国一百年来的历史，如果是一个深不可测的瞳孔，这个瞳孔里流露出的眼神就有慈禧太后和孙中山的眼神，袁世凯和谭嗣同的眼神，李鸿章和牟其中的眼神，光绪帝和傻子瓜子的眼神，康有为和胡耀邦的眼神。还有许许多多的莫名其妙的眼神。还有奇奇怪怪的眼神。还有疙疙瘩瘩的眼神……

350 一个爱哭的老男人的周围一定有一群提供廉价眼药水和喝彩的小男人小女人。当哭是一种艺术行为是一种依赖时，不哭都不行。不哭不舒服，不哭不解狠，不哭不英雄，不哭不刘备，不哭不宋江。

351 明明白白的事有时就是糊糊涂涂的结果。糊里糊涂的事有时就是清清楚楚的结局。孔子是这么认为，老子有时也是这么认为。断断续续是一种连续，轰轰烈烈有时是一个句号。想明白的事往往是一个人的事，想不明白往往是一群人的事。哲学是一个玄学，是中不中的一种苦思冥想。发明哲学伟大，哲学让你糊涂更伟大。

352 这个世界上不要脸的人越来越多。本来就是一个连长，非要把自己封成一个元帅。你就知道这个世界比屁股，比常识，比长城还牛逼的人不在中国，就在外国，不在外国，就在中国。开眼角，开眼睛，开眼界啊。独裁者不是神经病，就是精神病，你说有区别吗?

353 习惯是一种约定俗成的规矩。习惯也是一种恐怖的力量。有个先入为主，有个先来后到。据说熊猫最早是由动物学家命名为猫熊。是说像猫一样的熊，而不是像熊一样的猫。在我们的辞典里，有些词是不能颠倒次序的。呵呵。颠倒了词就变了味道。你夸一个人精神是褒义词，你说一个人神经，就是贬义词。你信不信。

354 犄角旮旯是耳朵，可耳朵总能听到百里千里万里的声响。信息化的世界没有犄角旮旯，只有大耳朵，小耳朵，肥耳朵，瘦耳朵。有脑满肠肥的耳朵，有膀大腰圆的耳朵，有尖嘴猴腮的耳朵，有鱼龙混杂的耳朵，有鱼目混珠的耳朵，有张牙舞爪的耳朵，有神神叨叨的耳朵，有指鹿为马的耳朵，有借尸还魂的耳朵。

355 戴高乐的母亲曾经面对一些政客的指责，说过一句非常经典的话：尽管我有一万个不是，可是毕竟给法国生下一个伟大的儿子。现在的微博也是如此，尽管它有许许多多的不足不是，可是毕竟微博是言论自由在 21 世纪最伟大最宽阔最通畅的一个平台，一个渠道，一个窗口。

356 在国内的各个交通要道上看到许许多多的地方都有夸张的大广告牌，涂满了什么什么精神。马克思列宁主义精神跨越百年终于有了儿孙满堂，落地开花结果。形式主义看来还是一个好东西。总有人喜欢，总有人给它续香火。

357《西游记》里的唐僧会有多少雅号？老板？老大？正人君子？镇山虎？座山雕？云游大仙？慈善家？穿山甲？八卦大师？思想承包者？孙悟空又有多少雅号？火眼金睛的携带者，摇身一变的行者，忍辱负重的长工，一览无余的大仙，思想解放的侦察兵，尊老爱幼的示范者，道西说东的传播者。

358 在断断续续的城市里很难看到袅袅的炊烟，很难听到鸡鸣狗吠声。能看到炊烟是一种奢侈的行为，能听到鸡鸣狗吠是一种浪漫的行为。就是在乡下如今也难看到炊烟。如果炊烟是人间烟火的象征，人间烟火又在哪里？怀孕的乡村战战兢兢向着脑满肠肥的城市一步一挪。鸡鸣是背景音乐，狗吠是一行不清晰的字幕。

359 看国际关系，有时就像是在看一个人的肠胃。美国很像一把转基因的黄豆，日本吃了几粒，就胀肚，就不分场合地放臭屁。放完了还看看左邻右舍有什么反应。转基因黄豆吃多了，就生气，就胀气，就放屁。

360 最近南海这一池子水也是一场水上奥运会。有两种动物的怪相让人怪笑。一种是鸽头鹰，一种是羊头虎。鹰头吃肉，鸽头吃米，羊头吃草，虎头吃肉。

361 在战争年代，最伟大的组织部长是将军；在和平年代最伟大的组织部长是商人。前者无诈不成宴，后者无奸不成席。

362 20 世纪 60 年代，我们在中国的大沙漠里成功地试验了原子弹，现在我们依然可以在我国的钓鱼岛上试验新式武器，依然可以把钓鱼岛当做中国的一个靶场。不过在试验新武器时，应该通知岛屿附近的无关人员撤离。

363 一年多来，日本的首相就像一个人吃了脏东西，不停地拉稀屎。首相换得勤，比跑肚还快，比拉稀还快。拉肚子看来不光能拉出大肠头也可以把大脑拉出来。你看这一个一个首相的决策，这哪是用大脑在思考啊？

364 三十四年前，有个大人物说，中国到了积重难返的程度。这话当年一出口，官员认可，民众认可，各行各业都认可。为什么许多事情非要到了积重难返才清醒？才觉醒？才惊醒？

365 自从“表哥”事件登台后，官员开始“裸腕”了。在很多公众场合，裸腕的比比皆是。呵呵。钟表业也要衰退了。

366 摸着石头过河是一个俗语，是一句有巨大影响力的俗语。可是能摸着石头过的河一定不是大河大江大海。肯定是小河小溪。黄河你能摸着石头过吗？长江你能摸着石头过吗？

367 在国际关系上，有时对一些国家，就像憋一个屁，该放时就放掉，憋久了，会把肠胃搞坏。屁就是屁。别把屁当怀孕的感觉。以为屁怀上十个月就能生个孩子。太没有常识了。

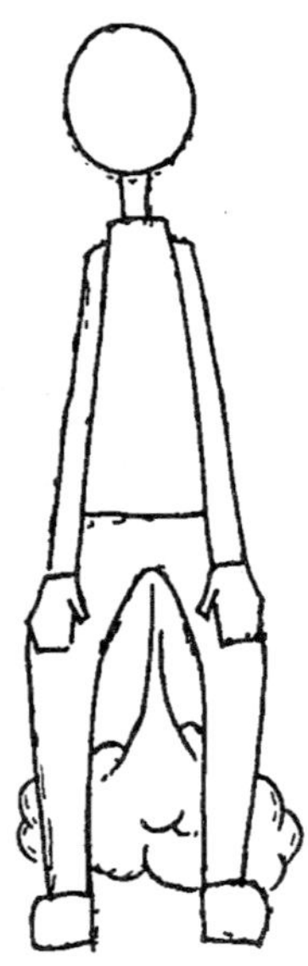

368 昨天一哥们儿问另一哥们儿，你去天安门广场了吗？这哥们儿回答，我没有穿西服。呵呵。八竿子打不着的对话是弱智？还是睿智？是神经？还是精神？是故意？还是故障？

369 "20后"的人在世的估计不多了，如果在世可能知道的一句口号应该是"打土豪，分田地"。这口号当年有人听了是有滋有味，有人听了是屁滚尿流，有人听了半夜惊魂，有人听了是意气风发，有人听了是摩拳擦掌，有人听了痛哭流涕。

370 今天上午在北京参加一个开幕式，中午聚餐时，一个浓妆艳抹的青岛女人同另一位同桌的在日本待了二十年的青岛男人大声地用日语交谈。我问了一句，你是日本人吗？她说，不是。另一位老领导，不咸不淡地说了一句，鬼子就是鬼子。此后桌上再听不到装神弄鬼的声音。显摆会日语也要分个场合啊。

371 报纸是越来越不好办了，真的是越来越不好办了。在互联网面前，无东无南无北无西，无春无夏无秋无冬，无湿度无速度无高度无广度无坡度无大度无宽度。

372 当无耻，无奈，无能，无望，无聊，无赖，无非，无方，无可，无上，无头，无容，无核，无旁，无语，无意，无言组成一个庞大的军团。有就是一棵草，一根棍，一个哈欠，一个屁。

373 95 岁的南怀瑾先生走了。活得明明白白，看得清清楚楚，说得简简单单，走得干干净净。

374 看千奇百怪不怪，是菩萨。看千篇一律不烦，是菩萨。看千秋万岁不晕，是菩萨。看千山万水不远，是菩萨。看千钧一发不急，是菩萨。看千乘万骑不多，是菩萨。

375 早年不知是什么人发了一条微博：贵州地无三尺平，天无三日晴，人无三两银。这微博至今还在贵州的犄角旮旯里，青山绿水中晃荡晃悠。世界上不怕长篇大论，就怕一语中的。

376 现在的人，越来越抽象，越来越简约。贵州当地人说，到了贵州可以看一棵树，一瓶酒，一间房。呵呵，谦虚中有豪气大气。低调中有自豪自信。

377 任人唯亲是一种常态；任人唯贤是一种姿态；任劳任怨是一种无奈；任重才轻是一种瓷胎；任重道远是一种坐台；任其自然是一种生态。呵呵。遛脑为高。

378 聊城有个圣旨博物馆，馆主不知从什么地方淘来这么多历朝历代的圣旨。看圣旨你就知道我们现在的公文和红头文件怎么会有那么多的废话和套话。

379 盲人骑瞎马，可以说是绝配，天配。盲人有盲人的幸福，瞎马有瞎马的展望。

380 对牛弹琴不是一个黑色幽默，不是一个荒诞笑话，而是一个真实的常态行为。呵呵。当马头琴、二胡，钢琴摆满草地的时候，牛依然瞪着迷茫的眼睛。当草地洒满绿色的阳光时，牛知道每棵草是钢琴、二胡、马头琴。

381 有数量，有速度是蚂蚁互相吹捧的一种客套话。有高度，有速度是麻雀互相取暖的一种手段。有商量，有商榷是癞蛤蟆相互信任的一种游戏。

382 音乐是什么？音乐是摆脱孤独的麻醉药；音乐是躲避死亡的飞毛腿；音乐是一张缩小的笑脸和放大的哭脸；音乐是用消失的形式换来存在的感觉；音乐是用稀释的精神勾兑欢娱的调酒师；音乐是起伏连绵的阴山；音乐是弯弯曲曲的阳河；音乐是漂浮不定的云；音乐是忽南忽北的风。

383 阿弥陀佛是世界上最勤劳最辛苦最为人民服务的佛。只要你皈依了他。你到了另一个世界，他会不辞辛苦，亲自下凡，当一个合格的向导，超值的领导，带领你跨入一个新时代。

384 全球信息化一个最大的特征，各国的政治家和金融家都在比赛看看谁的印钞机速度快，看看谁的印钞机质量高，站在金融百米的跑道上，不抢跑不行啊。总有一天有些国家的钞票连卫生纸都不如啊。

385 人类最伟大花样翻新经久不衰乐此不疲的一件事就是装。装可以高贵，可以高级，可以高价，可以高歌，可以高明，可以高票，可以高墙，可以高端，可以高压，可以高手，可以……

386 21 世纪告诉我们一件事，同时通知你一件事你就会崩溃，同时告知你一件事，你就会神经。人就是一个气球，怕一根针。人就是一双鞋垫，怕一双扔掉的皮鞋。人就是一个屁，怕一个灵敏的鼻子。

387 这个地球每天这么转啊转啊是正常的，你要不晕是不真诚的，你要不转是不正常的。在晕不晕之间是一个指标，在转不转之间又是一个指标。对也罢，不对也罢，其实大同小异。装也是一个指标，不装也是一个指标。忽悠大众是一个指标，忽悠小众也是一个指标。牛逼是一个指标，傻逼也是一个指标。

388 人生不过百，哪有万岁，哪有千岁。万岁是谎言，千岁是忽悠，可是就有人相信，就有人迷信。听的舒服，忽悠的也没有什么成本。都是数学家，都是历史学家，都是相声演员，都是街头卖艺的杂耍家。

389 轻车简从早该如此，前呼后拥早该不如此。长话短说早该如此，废话连篇早该不如此。清汤寡水早该如此，饕餮大餐早该不如此。好多事早该如此，可是就有人不如此。人不是喝了酒会晕，吸了毒会晕，忽悠让一个最清醒、最没有情绪的人，最冷静的人，最冷漠的人都会变成一个疯狂的人，一个弱智的人。

390 真的变成假的，这是历史，光明正大变成鬼鬼祟祟这也是历史。打情骂俏是历史，哭哭啼啼也是历史。胡说八道是历史，杜鹃啼血也是历史。装模作样是历史，忠心赤胆也是历史。历史到底是个什么东西？神也说不清，人也说不清，鬼也说不清。

391 从各国需求消费来看，印钞票的排第一位，印卫生纸的排第二位，印报纸的排第三位。第一位印的是财富，第二位印的是低碳环保，第三位印的是文化和历史，当然也包括真理和谎言。呵呵。

392 日本人学习美国人，终于搞明白了，大量的印刷钞票就是最好的学习。比一比，赛一赛，看谁印得快，看谁印得多。印得快，好世界，印得慢，是什么世界鬼知道。

393 一个社会常常会在一个时期，一个时间，一个阶段，一个节点上选择性失忆，选择性失明，选择性失聪，选择性失声。成语里才会出现隔山打牛，装聋作哑，指桑骂槐，指鹿为马，等等。有些人被选择性遗漏，有些事被选择性遗忘，有些词被选择性遗失。其实，有些事是忘不掉的，有些人是忘不掉的。你信不信?

394 有时候，不就是一群人在一起见一见，聚一聚，开个会，聊聊天，能不能解决问题还另当别论。这会开得夸张铺张。又是鸣锣开道，又是鲜花伺候。现在，武汉开两会不再夸张铺张。这样好，早该如此了啊。

395 人既是固体的也是液体的，同时也是气体的。你信不信，我信。人很坚强，同时也很脆弱。东南西北可以让她不知东南西北，春夏秋冬可以让他不知春夏秋冬。

396 21 世纪最伟大的词汇是微博，微博是民主，微博是自由，微博是是孔子他妈，微博是老子他爹，微博是一个不要选举的领袖，微博是一个不需要交费的太阳，微博是一个显微镜，微博是一个望远镜。呵呵，各位朋友新年快乐。

397 这个世界上谁最忙？1. 上帝？2. 孔子？3. 老子？4. 孙子？上帝睁一只眼闭一只眼都知道你们在干什么。孔子走了那么远，还能听到你们磨磨唧唧的声音。老子换了三十头毛驴，你们还在寻找东南西北。孙子早就不玩兵法了，你们还在寻找刀枪剑戟。

398 这个社会何时解决了人不过度伪装，商品不过度包装，这个社会立马干净很多，安静很多，寂静很多。就不会有那么多的焦虑，顾虑，考虑，思虑。

399 有些伪教授的脑袋一定是被蚊子叮了，被驴踢了，被猪啃了，被乌鸦叨了。有个教授说穷人以后不要称作穷人，可以称作待富者。这样的创意也敢有，这样的创新也敢出。不是不能起新名词，不是不能起新概念，乱起新名词肯定是那句老话：天条可犯，众怒难犯。

400 2013 年来得准时准点准确，谁也拦不住拦不下。资本主义拦不住，社会主义拦不住，封建主义拦不住，牛逼的人拦不住，傻逼的人拦不住，自以为是的人拦不住，装模作样的人拦不住，能说会道的人拦不住，坑蒙拐骗的人拦不住，琐琐碎碎的人拦不住，是是非非的人拦不住，风风光光的人拦不住，比比划划的人拦不住。

401 赤子之心是一颗伟大的心。裸体来裸体去。不用装，不用摆景。是个什么东西就是个什么东西，装没有用，摆也没有用。21 世纪就是一个裸体的世纪。21 世纪就是一个透明的世纪。21 世纪就是一个微博的世纪。大众喜欢真善美。小众也喜欢真善美。真善美的核心是一个真字。装是属于 18 世纪，属于 20 世纪。

402 这个年代是一个娱乐遍地开花的年代，一个装逼的人可以让你开心，一句莫名其妙的段子可以让你高兴，一个谨小慎微的人让你笑掉大牙，一张报纸一篇文章让你捧腹大笑。搞笑的材料铺满大街，好笑的素材铺满大道。笑和哭换个角度都一样。呵呵。开心为大，遛脑为高。

403 今天日本人把钞票当卫生纸开始大量印刷，希拉里的病就好了，就出院了，就没事了。呵呵。必然中有偶然，偶然中躲藏着必然，偶然多了必定是必然。

404 从北京到郑州，高铁不管不顾，一路高歌。漫天大雾也是不管不顾。糊里糊涂的雾，无边无际的雾。呵呵。

405 进入 2013 年，官场风气为之一变，好实在是好。有打的的官员，有访贫问苦的官员，有不要鸣锣开道的官员，有不要鲜花摆设的官员，有带头公布个人及家庭财产的官员，有轻车简从的官员，有一心一意为人民服务的官员，有仗义执言的官员，有说人话的官员，就怕新的形式主义替换旧的形式主义。

406 1 和 0，简单说就是江和湖，荷尔蒙，简单说就是雄和雌，再简单说就是易经。复杂说就是加和减，再复杂就是乘和除。

407 听说春晚要减肥了，听说春晚要瘦身了，听说春晚要简朴了，听说春晚画淡妆了，听说春晚要四菜一汤了，听说春晚不上鲜花了，听说春晚不铺红地毯了。简单，简朴，简易，简约的春晚会是什么样的春晚，拭目以待啊。

408 来自一个人的内心会有直觉，知觉，警觉；来自一个人的感官会有视觉，听觉，触觉，嗅觉，味觉；来自一个人的大脑的意识会有幻觉，错觉，感觉。2013 年你会有什么样的觉醒，觉悟，觉得？呵呵。蛇年快乐。

409 你蛇年装备好了吗？准备好了吗？预备好了吗？你的经验够用吗？你的经脉够畅吗？你的经络够通吗？你的经受够爽吗？你的经书够真吗？你的经理够清吗？你的经销够顺吗？不管准备没准备，不管装备不装备。不管懂不懂四书五经，不管念不念佛经圣经，只要精神就好，只要不神经就好。

410 天边的云要是肥腴和肥胖了，空中的飞鹰就开始追逐激荡而又妩媚的风影。风雨总是形影不离，屋檐下雨燕蹦蹦跶跶。晨钟暮鼓是一种回声，烽火狼烟是一种记忆。草原有多大要看羊群斑斑点点点点斑斑。能宁静一分钟，不管春夏秋冬，草原总能听到花开的声音。

411 换汤不换药，说明药还有效力。穿新鞋走老路，说明老路是柏油路芳草路。新瓶装旧酒说明老酒还是有点价值。

412 睁着眼睛说瞎话是本事；闭着眼睛说瞎话是本能；捂着耳朵说瞎话是本相。有些人就是有这样的大本事，中本事，小本事。有些人就是有这样的体能，品格，素质，修养。

413 谁一辈子不说几句硬话？谁一辈子不说几句软话？谁一辈子不说几句废话？谁一辈子不说几句假话？谁一辈子不说几句情话？谁一辈子不说几句大话？谁一辈子不说几句笑话？谁一辈子不说几句醉话？谁一辈子不说几句套话？你说过什么样的话？

414 小时候以为连环画都是小人书，都是给小孩子看的。其实，这个世界上哪有什么小人书和大人书，凡是读过的书全是小人书，没有读过的书全是大人书。呵呵。看看连环画没有什么大人小人之分。

415 一门四姐妹：老大梦想；老二幻想；老三畅想；老四理想。老大浪漫，老二风流，老三文艺，老四实在。她们四姐妹的结局：老大进了神经病院，老二进了歌舞剧院，老三进了文联，老四进了工商联。呵呵。虽然都有个想，可是想和想不一样。想的高度不一样，想的范围不一样，想的角度不一样，想的办法不一样。

416 折腾，闹腾，翻腾，捣腾是一个家庭里的四个亲兄弟。老大折腾，折腾折腾再折腾成了政治家；老二闹腾，闹腾闹腾再闹腾成了革命家；老三翻腾，翻腾翻腾再翻腾成了艺术家；老四捣腾，捣腾捣腾再捣腾成了资本家。你说这个家族可是了不起啊。你说什么样的历史和环境才能造就这样一个牛逼的家族。

417 医生里的重体力劳动者是骨科医生，每天搬弄着大大小小的骨头。艺术家里的重体力劳动者是雕塑家，每天搬弄着黏黏稠稠的泥巴。微创医生每天玩的是微雕，心血管医生每天玩的是工笔画，老中医玩的是写意画，妇科医生玩的是印象派的大作。

418 雪中送炭：凛凛寒风，漫天大雪。月亮长满了老人斑，星星穿上大皮袄。大街上冷冷清清，小道上无声无息。炭在没有煤气管道之前．可是最重要的取火源。谁能给你送炭？凭什么给你送炭？只有三种人带炭而行：1. 剃头的。2. 锔锅的。3. 卖羊肉串的。雪中送炭是个传说，是个神话，是个谎言，是个忽悠。

419 在今天乘坐的京广高铁上，乘警告知商务舱里的一把座椅值 28 万。我怎么看这把座椅长得也不像 28 万。

420 宝字盖是指房屋，房屋里养着豕，也就是猪。有了豕，就有了腊肉，熏肉，风干肉。就有了东北的乱炖，就有了贵州的歪菜，就有了西北的大烩菜，就有了重庆的辣火锅，就有了上海的东坡肉。从此也就有了味道和情调。就有了人气和生气。就有了世袭和爵位，就有了文化和文明。信不信，由你。

421 豕突狼奔：1. 碰到东北虎；2. 遇到大狗熊；3. 撞上老猎人；4. 听到朝鲜放了个核烟花。

422 蛇年，古老的寓言《农夫与蛇》，朝鲜人闷声闷气演绎了一遍；朝鲜人不声不响默背了一遍；朝鲜人自拉自唱演奏了一遍。有人听明白了，有人听糊涂了。有人听懂了，有人听懵了。有人听岔了，有人听歪了。有人听高兴了，有人听腻歪了。

423 香港放烟花，朝鲜放核烟花。香港的烟花几十万人观看，朝鲜的核烟花几十亿人看到了。俗话说：臭屁不响，响屁不臭。这个臭屁放大去了。别看屁股小，还真敢放啊。

424 小龙虾之都江苏盱眙县的小龙虾威武造型。传说最早小龙虾是被人带到中国当宠物来饲养的。小龙虾怎么也想不到下场是这么轰轰烈烈。

425 有些人一大把年纪了，哭着喊着闹着赖着就是要鞠躬尽瘁死而后已，就是要为人民服务，天天为人民服务，日日为人民服务。为人民服务真会上瘾吗？为人民服务真会有瘾吗？这些人真让人感动，真让神激动，真让鬼冲动。

426 从南方到北方，从西方到东方，人们拖家带口，扶老携幼，三五成群，乘着飞机，赶着毛驴，驾驶着小汽车，蹬着自行车，跨着摩托车在不停的移动，挪动，摆动，活动，运动，异动，骚动、盲动。不停地吃，不停地喝，不停地说，不停地手舞足蹈，不停地天花乱坠，不停地灯红酒绿，不停地笑容可掬。

427 有些词，有些事，有些人，就是不能组合在一起，就是不能整合在一起，就是不能聚合在一起。譬如保时捷和警察，酒鬼和冤枉，正义和真相，等等。愤怒需要慢半拍，矫情需要慢半拍，同情需要慢半拍，声援需要慢半拍，打击需要慢半拍，可怜和可恨需要慢半拍，有时狗咬狗的事猫抓猫的事需要不予理睬。

428 广东博罗县的福田镇以福田菜心闻名遐迩。可是许多人不知道在这个镇上还有一棵烟囱树。被废弃的大烟囱不知何时不冒烟了，却冒出了一棵大榕树。取长补短，相依为命。

429 一个人，不怕你花，就怕你不是花旗银行。最次你也是个加拿大帝国商业银行。你懂得。

430 大锅不仅仅能制造大锅饭，也是防火的好工具。在那个特殊的年代，大锅还是另一种象征。可能是公平，可能是正义。

431 一个抽象派画家的油画总是像从染缸里捞出的一块油渍麻花的土布。好看的脸蛋总是色彩斑斓。不好看的脸蛋总是模模糊糊。

432 任何人的任何运动都要适度适量适宜。过量过度都会走向反面反动。据说很多职业运动员一旦停止了过激过量过猛过敏的运动都会迅速发福发胖发达发飙。运动员如此，资本家如此，政治家也如此。

433 美国把美元当卫生纸一样印刷，一捆捆，一摞摞，一车车发往东南西北，发往春夏秋冬，这才是横啊，这才是狠啊，这才是牛啊。谁不学习美国，谁不抓紧货币卫生纸的印刷谁就意味着傻啊，笨啊，蠢啊，呆啊，你不勾兑他勾兑，你不稀释他稀释。

434 三亚大东海拉拉扯扯推推搡搡的视频还没有完，西安有人跳楼了，周口有人圆坟了，上海有人扒别墅了，美国磨磨唧唧说有人骚扰他们了。呵呵，一个蝴蝶效应就这么随着春天乍暖还寒一惊一炸的气氛慢慢地飞呀飞呀飞呀，飘啊飘啊飘啊。

435 爱学习，爱读成报。爱斜着眼睛思考，爱竖着耳朵倾听。学习是一种姿式，思考是一种态度，倾听是一种习惯。

436 在词汇里对红色的描述是海量的，超级丰富。玫瑰红，太阳红，女儿红，高原红，鸡冠红，猴腚红，玛瑙红，荔枝红，晚霞红，等等。大量的植物红，大量的动物红，大量的生态红，大量的人文红都可以和红沾边和红套辞。

437 都说旧社会把人变成鬼。都说新社会把鬼变成人。都说武大郎骄傲点就变成武二郎，都说武二郎谦虚点就变成武大郎。你说有这种可能吗？忽悠啊。

438 偶尔为之是客。黑客，嫖客，食客，麦客，骚客，墨客，旅客，乘客，刺客，常客，茶客，刀客，闪客，熟客，访客，房客，凡客，飞客，博客，播客，剑客，街客，拉客，拍客，品客。

439 美国总统在上台前，上台中，上台后，对中国事务始终是三种态度：1. 只说不做。2. 只做不说。3. 又说又做。究竟采取哪种态度要看天时地利人和。

440 当野花开遍草原一簇簇红，一簇簇绿，一簇簇紫，一簇簇蓝，一簇簇白，一簇簇黄时，蜜蜂嗡嗡，白云飘飘，溪水潺潺。这无名的野花都是鲜花。当鲜花摇头摆尾亭亭玉立香气扑鼻时，没有哪个红骆驼哪个黑骏马哪个白绵羊哪个灰毛驴敢叼一口、吃一嘴时，这野花这鲜花就叫狼毒花。

441 有一天，一个人想不开，突然跳进一条江。被一船夫救起。在船舱里喝着船夫给熬好的姜汤，说了吓人一老跳的话，他说：死了就换一副肉体，活了就换一个灵魂。从此此人想开了。拿起放下，放下拿起，人就是不断的折腾折腾再折腾。在折腾中寻找另一个凄凄惶惶懵懵懂懂的灵魂。

442 自古以来，这些东西都不便宜：权贵，宝贵，珍贵，富贵，钱贵，尊贵，豪贵，华贵，新贵，高贵。这些东西听起来也不便宜：贼贵，可贵，希贵，才贵。只要是贵的东西，就有人卖，就有人买。权贵是第一贵，所以自古以来交易起来都不是省钱的事。

443 开个见面会，老特首董建华也只能站着听。没有废话，没有套话，没有长篇大论。认识的握握手，不认识的点点头。中国有一句老话：富者甲第连云，贫者无立锥之地。这话真的能成为一句千年老店的话吗？资本主义不答应，社会主义也不答应，共产主义更不会答应。老子不这么认为，孔子也不这么认为，孙子更不这么认为。

444 空气中一旦有了饕餮的味道，羊比狼跑得还快。魑魅魍魉一旦变成四大金刚，方丈一定是黑社会老大。乌云白云都是一个符号，关键是你在什么时辰观察和发表智慧。人以为人类喜欢回忆过去，废话、套话就源源不断地出生。人生不过百,万岁就是这个世界上的第一谎言。小锯锯大树，不是游戏，就是演戏。

445 那个年代是个人崇拜的年代。在西昌卫星发射基地，就连这些仪器上都写有忠于毛主席的口号。那个年代是红语录的年代，是发自肺腑的红歌的年代。真实只有一次，原创也只有一次。如果再出现，大多更具有表演的成分和怀旧的元素。与时俱进不是一件容易的事。

446 蒲公英生在草原看一望无垠，生在黄河看万里波涛，生在戈壁看死气沉沉，生在深林看郁郁葱葱，生在寺庙看烟火缭绕，生在公园看人来人往。蒲公英是生命力极强的一种植物，要求不高，随遇而安，有雨肥点，无水瘦点。有风就飘扬，无风自欣赏。

447 200 年前有一位英国人面对大清王朝遍地香火缭绕的寺庙，说了一句古董般的话：中国人没有宗教，如果说有的话，那就是做官。一位大清王朝的子民也说了一句话：英国人也没有宗教，如果有的话，那就是发财。背着抱着一般沉。五十步笑百步，大同小异啊。

448 你能怎么样？是一种蔑视的态度；你敢怎么样？是一种叫板的态度；你想怎么样？是一种威胁的态度。其实都是站着茅坑不拉屎的态度，其实都是站着茅坑不嫌茅坑臭的态度。

449 据说，罗马尼亚的前总统齐奥塞斯库一时心血来潮把他的爱犬正式晋升为少校，开创了罗马尼亚历史上第一位狗官。当然这位为所欲为的总统的下场众人皆知。

450 一个城市的上空总是笼罩着灰了吧唧的气体，它们会是一种什么气体？是由什么组成构成形成的气体？废气？风气？匪气？岔气？臭气？怨气？冤气？烟气？佛气？肾气？生气？神气？宝气？霸气？地气？天气？热气？人气？罡气？过气？骨气？剑气？景气？进气？咽气？解气？精气？力气？灵气？财气？杀气？

451 一棵树的春夏秋冬：打雷了，下雨了。闪电了，风来了。虫叮了，蚊咬了。狼来了，人走了。听说了，不见了。装神了，弄鬼了。敲锣了，打鼓了。魑魅了，魍魉了。桃红了，柳绿了。虾荒了，蟹乱了。委曲了，求全了。

452 一个等级制度的核心是对信息的占有，控制，筛选，分配，发布。古老的烽火台，粗糙的鸡毛信，笨重的步话机，小巧的 BP 机，夸张的大哥大，网状的通讯社以及现在的不可思议的互联网都是承载信息的工具和形式。可以说每一次通讯工具的进步都是对等级制度的一次瓦解、颠覆。

453 北京的雾霾是如何产生的，网上议论纷纷，怪论多如牛毛。其实，沙尘暴一到，即刻解决。复杂问题简单化啊。简单问题一句话。三月快到了，四月还会远吗?

454 随着通讯的发达，世界进入大娱乐化的时代。娱乐界的明星已变成小明星，小儿科。政治家，军事家，资本家开始乔装打扮登上娱乐的大舞台。他们才是这个光怪陆离的大世界的明星。他们每天制作的娱乐节目是任何一个传统意义上的娱乐明星不可比的。

455 嘚瑟，啰嗦，哆嗦要是集合在一个人身上，该是一件多么恐怖的事件。反反复复，忐忐忑忑，上上下下，耳朵受不了，眼睛受不了，关键是心脏受不了。

456 鬼有多少种脸谱？邪鬼，馋鬼，魔鬼，猛鬼，蛮鬼，百鬼，扮鬼，赌鬼，捣鬼，大鬼，地鬼，色鬼，尸鬼，神鬼，死鬼，山鬼，水鬼，衰鬼，女鬼，内鬼，男鬼，闹鬼，弄鬼，封鬼，符鬼，番鬼，放鬼，封鬼，官鬼，孤鬼，故鬼，贵鬼，天鬼，童鬼，厉鬼，老鬼，懒鬼，李鬼，灵鬼，烂鬼，雷鬼，灵鬼。

457 办公室是个分水岭。有事忙忙，没事晃晃；有事想想，没事放放；有事听听，没事笑笑；有事跑跑，没事聊聊；有事报报，没事靠靠；有事端端，没事散散；有事嘟嘟，没事哝哝；有事电电，没事微微；有事默默，没事唧唧。

458 站队：寻找方向。排队：等待方向。派对：折腾方向。战队：冲向方向。比对：辨别方向。笑对：拥有方向。进队，混进方向。军队：听从方向。谁对：疑问方向。针对：细化方向。作对：难为方向。反对：不睬方向。

459 它们都是正能量你，信吗？趋炎附势是一种历史的正能量；溜须拍马是一种世俗的正能量；装模作样是一种文明的正能量；我行我素是一种权威的正能量；指鹿为马是一种信仰的正能量。坑蒙拐骗是一种市场的正能量；狐假虎威是官场的正能量；隔山打牛是一种国际的正能量；不依不饶是一种管理的正能量。

460 这三个字：敬静净。就是神仙圣贤也很难做到啊。敬：万事万物都有你值得尊重尊敬的地方；静：平静安静冷静一颗平常心一个知足态足矣；净：干净素净澄净心无杂念天下太平。

461 今天一看一些滑稽搞笑的提案，我就知道赵本山兄弟的许多同事或者像同事的同事也来开会了。他们搞笑的本事比本山兄弟要高几个台阶啊。呵呵。可以大胆地预测，2014 年的春晚一定比 2013 年的春晚更精彩。

462 没事看看有些代表的提案，你就知道有些人是在临时抱佛脚；有些人是在用肚脐眼来思考；有些人是在说 2014 年的小品；有些人来这里撒娇耍赖哼哼唧唧。是挺热闹，是挺搞笑，是挺荒诞，是挺娱乐，是挺幽默。

463 这也是穿越啊：国家卫生部副部长黄洁夫昨天说，如果孔夫子活着，也会支持捐献器官。孔夫子支持不支持不好说，孔夫子同意不同意不好讲。现实是需要器官移植的病人确实多啊。

464 不比不知道，一比吓一跳。春晚现在看来真真正正是一个负责任的大会，是一个严肃的大会，是一个正经的大会，是一个精心准备的大会，是一个有备而来的大会，是一个不苟言笑的大会，不是一个即兴表演的大会，不是一个张口就来的大会，不是一个胡说八道的大会。今年没看春晚，明年一定好好看春晚。

465 有些代表是远学焦裕禄，近学赵本山。焦裕禄你们是学不来，赵本山你们也是学不来的。还是少搞点小品式的搞笑提案吧。要提最好放在 2014 年的春晚上。

466 我是个哑巴，总想比比划划。骑着不会飞的马，听到沸沸扬扬的闲话。夏天渴望雪花飘飘洒洒，冬天总能看到野花铺满天涯。有只野兔蹦到半空又摔下，一群麻雀叽叽喳喳。白云一丝不挂，草原秋冬春夏。一场大雪刚刚蹲下，柳树杏树开花的开花发芽的发芽。

467 去包装是一种节约，去化妆是一种节点，去伪装是一种节气。什么东西多了就该卸掉，去掉，丢掉。在加加减减、反反复复中，社会、公司和个人总能找到一个平衡点。

468 有时看开会，就像五十年代泡澡堂子，你帮我搓搓身上的泥，我帮你搓搓身上的泥。说说不咸不淡的话，唠唠不远不近的事。侃侃不红不黑的人。下次有泥了，再来泡。

469 不管怎么改，两类部门肯定是存在的。1. 无事生非，没事找事；2. 大事化小，小事化了。

470 譬如故宫，譬如颐和园，譬如长城，等等。所谓劳民伤财是伤了上一个朝代，而下一个朝代则无端端地享受上一个朝代劳民伤财的红利。

471 在押的网络敏感词实在是爆棚了，也到了积重难返的程度，何时能对敏感词实行一次大赦，也是对中国文字尊重的回归。文字不可怕，名词不可怕，数字不可怕，可怕的是过度的神经，过度的紧张，过度的联想。

472 一些字，单从笔画上的繁杂、复杂、庞杂看就知道来历不凡，家族庞大，血缘深厚：麒麟，凤凰，魑魅魍魉，有的来自深山老林，有的来自万里晴空，有的来自古老传说。

473 吹牛不上税这是过去时，现在吹牛也交税的行业有哪些？吹牛也交税的职业有哪些？你知道吗？消化不了的大话最终都变成了笑话。

474 现在，最牛的同学不是小学同学，不是中学同学，不是大学同学，是党校同学，既然是同学，你不让同学聚聚，你不让同学在一起吹吹牛，喝喝酒，可能吗？要想不让开同学会，只有不让他们成为同学。可能吗？我看有关部门的这个决定注定是一纸空文，注定是治标不治本，注定是用形式主义来对付形式主义。

475 自然界没有计划生育委员会，春天是播种的季节，春天是恋爱的季节，夏天是调情的季节。北方的桃花、杏花、梨花白得更白，粉得更粉。南方的木棉花、夹竹桃、紫荆花红得更红，紫得更紫。谁不开花谁绝种，谁不开心谁知道，谁不开放谁有病。

476 不食人间烟火的除了泥菩萨、石观音，还有残存的毛泽东雕像。不食人间烟火的除了老子、孔子，还有西点军校奉为偶像的孙子。

477 看斜阳需要一种角度，看暖阳需要一种温度，看骄阳需要一种气度，看太阳需要一种高度，看夕阳需要一种陡度。看麻阳需要一麻袋辣椒，看高阳需要一箩筐苹果，看昔阳需要一大箱子老陈醋，看阜阳需要三瓶子古井贡。

478 自从有了微博和弟弟微信后，不管是在拥挤的地铁上还是更加拥挤的公共汽车上，不管是在狭窄的电梯里还是在空旷的酒店大堂里，人们不是在自言自语就是低头默默无语。这是今年常见的一个群体艺术行为。俗话说：抬头女低头汉都是不好惹的人，现在人人都是低头汉和低头女。

479 蠢蠢欲动是春天的土特产，是春天的潜台词，是春天的小挂件，是春天的马车夫。蛙鸣一声连一声的饱嗝，麻雀一声连一声的口哨，都在一声连一声地呼唤蠢蠢欲动，都在一声连一声地忽悠蠢蠢欲动，都在一声连一声地胡侃蠢蠢欲动。

480 湖北襄阳政府有创意啊，听说刚刚成立了“马上办”办公室，成吉思汗老先生要是知道了，准会说，这是大元帝国的专利，穿越了这么久你们才学会啊。反应也太迟钝了吧，也真能沉得住气，也真能韬光养晦啊。牛逼，不是一般的牛逼。

481 那个年代全中国的中学小学最大的行为艺术是每天的早晨，要对着毛主席像连喊三遍：祝伟大领袖伟大舵手伟大统帅伟大导师毛主席万寿无疆万寿无疆万寿无疆！祝最最敬爱的林副统帅身体健康身体健康身体健康！现在想想也就练了个肺活量，练了个嗓门大。这茬人对付雾霾还是有点童子功。

482 那个年代数学课是让你背诵一大堆外国人中国人的诞辰日和忌日；那个年代让你追星的是向秀丽雷锋焦裕禄王国福邱少云黄继光董存瑞；那个年代最新潮的服装是绿军装；那个年代的圣经是毛主席语录；那个年代中央人民广播电台牛逼，七亿人民有两千万个大喇叭传递一个声音；那个年代也是一个年代就躺在我们身边。

483 当全国人民都叫你的外号时，你肯定是完蛋了。1971 年 9 月 13 日为分界岭，这之前林彪被尊称为林副统帅，是写在党章里的法定接班人，这之后就被戏称为林秃子。这一褒一贬也就一睁眼一闭眼的工夫。凡事都别太睿智，别太弱智，别太认真。

484 浪费和消费，出身不一样，来历不一样。浪费是纨绔子弟，花花公子。消费是寒门子弟，小家碧玉。浪费是嘻嘻哈哈，消费是哆哆嗦嗦。浪费不知道消费的假模假式，消费不知道浪费的气壮山河。浪费不懂消费的心事，消费不懂浪费的心态。清朝不知道明朝有多明，明朝不知道清朝有多清。

485 这个世界上吹牛容易吹猪难。吹猪是个口活，需要点技术含量，只要嘴巴大，肺活量够，就行。吹牛是个脑活，需要极大的自信和自欺，敢指鹿为马，敢隔山打牛，看看那些吹牛大王，甭管他是破釜沉舟，甭管他是信誓旦旦，甭管他是万丈深渊，甭管他是泪流满面，其实也就干了一件吹牛不上税的活。

486 在封建社会，改嫁都不容易，更不要说改革了。改动是爷爷，改变是儿子，改革是孙子。改动的同音字，一个是该，一个是盖，一个是钙。什么是该？应该，活该，祖宗早已定下来的事，哪个敢改？什么是盖？叠床架屋，积重难返，换汤不换药，陋习成规，说说而已。什么是钙？在现有的基础上，敲敲打打，修修补补。

487 雪中送炭，一厢情愿。那么大的雪，那么小的碳。谁会给你送啊，除非那个人无私无畏无知。锦上添花，犄角旮旯。那么多的花，谁需要你再添一朵花？除非那个人无耻无赖无聊。

488 人世间态度也就这三个字：好浩豪。不坏就是好，不窄就是浩，不抠就是豪。人越有越没有，人越多就越少，人越装就越慌，人越哭就越枯。事物走向反面就像老鼠遇到小米，拉登遇到布什，潘石屹遇到司马南，黄世仁遇到白毛女。

489 可以赌气，可以生气，可以文气，可以过气，可以小气，可以大气，可以闷气，可以补气。千万不能抢气。气的家族又多了一个新的气种。

490 到什么山唱什么歌，到什么季节化什么妆。时间就是季节，季节就是青春，青春就是生命。春天就要发绿，夏天就要长绿，秋天就要掉绿，冬天就要去绿。不然都是老掉牙的诸葛亮，不然都是金三胖的马后炮。

491 羊能了解羊，羊能理解羊，羊能谅解羊。羊和羊都在草原上为一棵草，一片草打来打去斗来斗去，都是吃草的动物，都是羡慕嫉妒恨的动物。都在一片草原上，狼虽然也活在草原上，也有四蹄，也有耳朵，也有尾巴，可是狼需要的不是草原和草原上的草，狼需要的是羊。吃草和吃肉本质上是不一样的。

492 墙是一双眼睛，总能望到丢盔卸甲的场面。墙是一双耳朵，总能听到饱吹饿唱穷撒谎的宣言。墙是一副嘴巴，总能尝到喜新厌旧趋炎附势的味道。墙斑斑驳驳，墙四四方方，墙大大方方，墙哆哆嗦嗦，墙稀稀落落。总之，墙是一种守护更是一种监护。墙要是会飞，恐龙就会喊墙万岁万万岁。

493 羡慕嫉妒恨，这是互联网上组词最精准的词组。一个人被诬告了，一个人被陷害，一个人被下毒，不要千里张望，不要百里寻找，不要十里搜寻，他或者她就在你的周围，就在你的身边。读死书，死读书，有时真能让人大脑进水，学习的尖子一旦钻进死胡同，十头牛，百头老虎也拽不回来啊。

494 妖怪，鬼怪，奇怪：妖多必怪，鬼多定怪，奇多真怪。一个社会，妖师，妖人，妖事，妖歌，妖说积攒久了就有妖气妖风；妖有官妖，商妖，文妖，民妖。反季节，反潮流，反规律，反方向似乎是一种正能量，也可能是一种副能量。说不清道不白，事后真像大白。放眼望去天下全是诸葛亮他二舅。

495 毛泽东当年说，国民党旦有两个是伟大领袖，一个是孙中山，一个是蒋介石。后来毛泽东说蒋介石是人民公敌。可能毛泽东的湖南话发音的缘故，共产党里的北方人就把蒋介石称作蒋该死。如果按湖南人的发音，蒋介石容易听成蒋该死。都是方言惹得祸啊。

496 与时俱进在广东听起来像粤剧，在内蒙古听起来像蒙古族长调，在安徽听起来像黄梅戏，在河南听起来像豫剧，在河北听起来像河北梆子，在浙江听起来像越剧。到什么山唱什么歌，唱什么歌就有什么调。总之，一方水土养一方人，一方水土育一方歌。

497 清明节是过世的人和在世的人的一次聚会，交流，沟通。有的能说清，有的说不清，有的越说越糊涂，有的越说越清晰。总之，清明节每个坟头都有高傲的，谦虚的，牛逼的。真是孝子的、假装是孝子的儿子和孙子恭恭敬敬、规规矩矩地站在那里。

498 都说新官上任三把火，要是三百把火会怎么样？要是三千把火又会怎么样？要是三万把火又会怎么样？变是常态，不变是变态。

499 革命，革别人的命容易，革自己的命非常不容易。历史上就没有自己革自己命成功的先例。革命更多的时候是改名，更多的时候是更名，更多的时候是歌名，更多的时候是挂名。

500 雾霾集合在一起还是雾霾，沙尘暴集合在一起就不一定是沙尘暴。雾霾总是细皮嫩肉，沙尘暴总是面黄肌瘦。细皮嫩肉总是惹不起面黄肌瘦。

501 魑魅魍魉家族庞大，来源复杂。美国中情局目前也没有搞清楚他们到底是来自何方神圣，来自哪个道上。魑魅魍魉兄弟四人倒是活得坦坦荡荡，大大方方。知道你们不喜欢，知道你们不待见，唯一的优点是不装，不蒙，不骗。黑就是黑，白就是白，圆就是圆，方就是方。

502 劳动是个好词，可是一旦和劳组词，好词就不多了。劳力，劳心，劳烦，劳改，劳教，劳乏，劳顿，劳损，劳瘁，劳役，劳作。劳动光荣，是我们反复提倡的一个概念。本来是个干干净净、清清爽爽的词组。可是换个词组又似乎不是那么回事：劳动改造，劳动教养，劳动合同，劳动服。同是劳动也分个三六九等。

503 生老病死，人生都要过得四大坎儿。而唯独对老的贬义词最多。老掉牙，老八板，老糊涂，老好人，老狐狸，老油条，老江湖，老脑筋，老封建，老来俏，老花眼，老人斑，老眼光，老顽固。

504 大机会和大危机是一家人。一个唱红脸，一个唱黑脸。是典型的佛魔不二。只不过是大危机跑调时，大机会就越来越靠谱了。大危机来时，99% 的人把大屁股给了危机，只有 1% 的人把大脸给了机会。

505 鄂尔多斯草原上的白塔看了多少场来来往往的春夏秋冬，听到多少场高高低低的诵经声，祈祷声，马嘶声？草原上的一场场绿，一层层白，一串串红，一次次黄。那不是颜色的转换，那不是季节的变换，那是时光和生命积攒出的无穷无尽的魔幻。

506 不想当将军的士兵不是好士兵，这都是一帮大坏蛋给自己写的墓志铭。这个世界最终还是需要一大批一大片一大堆认认真真，踏踏实实，兢兢业业的好好当一辈子士兵的人。没有士兵做支撑点的将军，没有真刀实枪在战争中经历过的将军，这样的将军算个屁。最多是一个穿着军服的相声演员。

507 世界上只有酒、歌、性这三种东西是可以不分国界，不分国籍，不分国家，不分肤色，不分男女老少，可以穿越时空，跨越历史。前天重庆的红歌在香港隆重上演，座无虚席。我观察，来的观众大多是五十岁以上的人。可见年轻时的记忆永远是厚重的记忆和难忘的记忆。呵呵。

508 好事不出门恶事传千里。这句话在微博时代得到了加速度的确认。从传播的速度上理解，通讯社也是一个落伍的机构。口口相传在今天的通讯技术条件下也变成了微博相传。口口相传也是 21 世纪的一大奇观。元朝人羡慕，明朝人嫉妒，清朝人只有恨的份儿。羡慕嫉妒恨好有历史感啊。

509 笨鸟先飞，菜鸟谦虚。世上只有大鸟，小鸟，黑鸟，白鸟，红鸟，绿鸟。哪有什么笨鸟？这又是忽悠人的一句成语。这又是一句安慰人的成语。这也是对付羡慕嫉妒恨的一张保护网。有些语言是桥梁，有些语言是渡船，有些语言是缓冲垫。

510 我拎着西装，从北京到新疆。走得吊儿郎当。我看见一片草原，无垠宽敞。我拎着西装，从广州到西藏，走得吊儿郎当。我要看见一座高山，装模作样。我拎着西装，从内地到香港。走得吊儿郎当。我看见一处大海，波涛万丈。

511 甭管你走遍大江南北，吃遍春夏秋冬；甭管你尝尽甜酸苦辣，吃遍东南西北。16 岁以前胃里装过什么？61 岁以后胃里依然记忆的是 16 岁装过的食物。一个人的胃记忆在 16 岁就定型了。有的人当了皇帝依然喜欢红烧肉，有的人当了宰相依然喜欢狮子头，有的人当了大将军依然喜欢小葱拌豆腐。

512 从职业分工的角度看，神仙老虎狗各有各的职能。神仙是用来摆的，老虎是用来唬的，狗是用来叫的。神仙喜欢新鲜的香火，老虎喜欢新鲜的猎物，狗喜欢新鲜的排泄物。神仙雍容大度，老虎大摇大摆，狗小心翼翼。神仙平视，老虎远视，狗近视。

513 老虎减肥现在都变成肥猫了。武松要是穿越到当下，恐怕也分不清哪个是老虎，哪个是老猫。照猫画虎容易还安全。照虎画猫不容易不安全。照虎画虎那也就是在国家动物园里的艺术行为。

514 夏季的南方，在湿漉漉的池塘总有成群结队的蛤蟆张着大嘴，唱着大歌，说着大话等着一群又一群的蚊子投桃报李。蛤蟆不傻，蚊子也不傻。只要不往股市上去联想，大自然一切都正常。

515 蚊子有一张非常有机的嘴环保的嘴挑剔的嘴。老人和小孩在一起，蚊子叮小孩；男人和女人在一起，蚊子叮女人；白皮肤和黑皮肤在一起，蚊子叮白皮肤；吃药的人和不吃药的人在一起，蚊子叮吃药的人；O 型血和 B 型血的在一起，蚊子叮 O 型血；信不信，你可以试一试。

516 人吃饱了撑的就得活动就得运动，就得蹦就得跳，就得唱就得说，反反复复不断地说出一堆一堆的废话，大话，谎话，黑话。原因只有一个：让胃里的囤积物早早消化。

517 秋天在广州是一场接一场的马拉松比赛。冬天迟迟不能上场，只能让态度暧昧的风送来阵阵无奈的掌声。

518 一地白碎石，阳光滚滚，咩咩的叫声招来风儿的轻抚。东张西望，阴山伸出斜斜的山影，从东到西频频打着招呼。阳坡上依然有碎石一颗一颗踌躇。芦花伴着浪花笑声灿烂，荞麦花等着冬季升起最后一根白发，雪花飘飘洒洒时，一家一户杀猪宰羊，炊烟荡出羡慕，四野里环顾，谢幕的谢幕，醒目的继续醒目。

519 今天一南一北都有吸睛体。河南女警被男警活捉，自己人抓自己人，抓错了；香港牛城牛车牛人撞黄牛，撞错了。天天上演免费小品，天天上演免费相声，天天上演免费活报剧。喜剧连着喜剧，悲剧连着悲剧，闹剧连着闹剧。没完没了，不了了之。

520 你知道这个世界上有多少烂尾楼？有多少烂尾事件、烂尾官员，烂尾新闻、烂尾明星、烂尾学者？你数得过来吗？

521 人世间很多事就那么简单，看透了没有了激情。看破了没有了热情。看厌了没有了戚情。看淡了没有了矫情。看远了没有了豪情。看近了没有了痴情。

522 主义和生意，一个从政，一个经商。主义玩大的是政治家，玩小的是政客；生意玩大的是资本家，玩小的是商人。

523 主义，主意，注意其实意思是大同小异。不管是什么主义，最终的主意还的自己拿。你注意了它就是主义，你不注意了它就是主意。主义是他，主意是我，注意是你。

524 在微博的首页上天天看到一条：你今天的心情怎么样？不是你神经了，就是他神经了。话说三遍淡如水，话说三千遍淡如水气啊。呵呵。各位周末快乐。

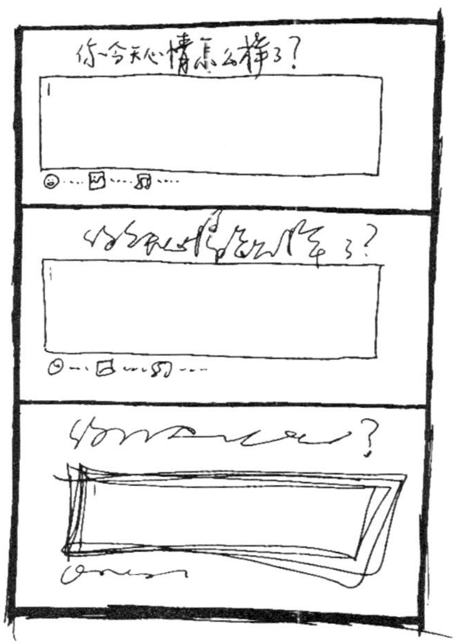

525 人啊，跑累了喜欢站一站，站久了喜欢坐一坐，坐久了喜欢蹲一蹲，蹲久了喜欢躺一躺。没人喜欢跑累了跪一跪，站久了跪一跪，蹲久了跪一跪，躺久了跪一跪。谁喜欢看到人跪一跪呢？龙王爷？土地爷？老天爷？泥菩萨？上帝？死了一百多年的皇帝？不大不小的官？

526 狼来了的故事，第一次听到，新奇；第二次听到，传奇；第三次听到，神奇；第四次听到，离奇。麻木久了也是家常菜啊。

527 琴瑟琵琶：这四个字上面有八个小王，可能是官二代，红二代，军二代，富二代，下面四个字写得明明白白：今天必须比爸爸。也就是比拼爹。这几个字里也有暗语和密电码啊。据说，富不过三代，贵不过三代。第一代打江山，第二代坐江山，第三代吃江山。第一代政治家，第二代资本家，第三代艺术家。

528 助理：老板，气象台预报今天无雨，还需要打伞吗？老板：打！防患于未然。今天不下雨，明天不下雨，后天还不下雨吗？助理：老板英明，老板高明，老板聪明。

529 一个人在红尘修行，能修到童心未泯就是最高境界。魑魅魍魉牛鬼蛇神花花草草日月星辰统统是你修行的伴侣。童稚的眼睛看不到人类鬼鬼祟祟的历史行为和技术精细。

530 这 30 年，这些词都开始面瘫，也都在不同的时期吃了不洁的精神食物：同志，小姐，老板，干爹，劳模，校长……你认为有哪些词也快进入面瘫的行列？

531 据说暴力是一个漩涡，财富也是一个漩涡，语言是一个漩涡，性也是一个漩涡。当这四个漩涡连成一片，就是翻江倒海之时。

532 黑鹰的溜冰场在天空，蛤蟆的溜冰场在池塘。骆驼的溜冰场在北方，蝴蝶的溜冰场在花房。

533 浑浑噩噩非常像个酒仙，糊糊涂涂非常像个弥勒佛，嘻嘻哈哈非常像个布袋佛。内心究竟是个什么佛，什么仙，只有鬼知道，只有佛知道，只有仙知道。人是不可能知道的。人生几十年，望见山就知道腿短，看见水就知道云远。醒了就醉了，醉了就醒了。颠三倒四似乎是一种哲学，胡说八道似乎是一种远见。

534 据说 2011 年到香港旅游观光和购物的人数有两亿人次。香港毕竟是个弹丸之地，香港人口 700 万，土地 1100 平方公里。可以想象拥挤的程度。一个熙熙攘攘热热闹闹的地方，人们会是一个什么心态，拌几句嘴，吵吵架，发发牢骚，太正常不过了。

535 古人骑马，骑牛，骑驴，骑龙，骑什么也讲究个事，时，势。骑驴找马，一般是工作还是不太满意，还有上升的空间，需要时间，不能急躁，驴的速度正好，马太快，牛太慢。骑虎难下，是忐忑一词的国画式的表述，误把老虎当成老牛，下来是被老虎吃掉，骑着也是被老虎吃掉。骑牛读汉书，慢生活，慢思考，人人羡慕。

536 离开了央视平台的主持人，再伶牙俐齿的八哥也不如阴阳怪气的乌鸦，再会说能讲也不如乌鸦的原生态的聒噪声。

537 装模作样的做官了，装疯卖傻的经商了，装聋作哑的做学问了。世界往往就是一个花季如花的世界，就是一个滑稽如痴的世界。关键是你是一个什么世界？

538 精神和神经的最大的区别就在于，精神把阳光，水，药，废话和谎言当成一种常态，神经是把阳光，水，药，废话和谎言当成一种常态中的常态。面对神经和精神抑郁是一种第三方的无奈选择。哲学是一种小桥流水人家后的庆幸，宗教是一种枯藤老树昏鸦后的无奈。人就是人，任何伟大的装修都是装修。

539 奖章是大厨的围裙，蜘蛛网才是一种力量。香味谁也拦不住，锅拦不住，灶豪赤，土豪橙，土豪黄，土豪绿，土豪青，土豪蓝，土豪紫。土豪是个老词，金银铜铁也是个老词。组合在一起就是个新词。土豪金，土豪银，土豪铜，土豪铁。不过你如何组合，真真正正被羡慕嫉妒恨的还是土豪金。

540 今晚元宵节，真正的情人是一辆辆汽车和一个个加油站。到现在还依依不舍，还含情脉脉，还流连忘返，还情话绵绵。

541 台拦不住，墙壁也拦不住。灰和黑之间是更大的灰和更大的黑。青菜，和尚最爱；肉，酒鬼最喜欢。缝隙有时像天和地那么遥远，又像线和针鼻儿那么亲近。哈欠和惊讶相似，香味和臭味也非常相似。不是鼻子出了问题一定是耳朵有问题。

542 幽默从颜色上来看有黑色幽默，白色幽默，黄色幽默，红色幽默。从地域来看有中国幽默，美国幽默，俄罗斯幽默。从季节来看有春幽默，夏幽默，秋幽默。从朝代来看有秦朝幽默，明朝幽默，民国幽默。从方向来看有西方幽默，东方幽默，南方幽默。幽默是一张窗户纸，幽默是眼睛后面的眼睛，幽默是炊烟是狼烟。

543 3 月 5 日好像是属于一个战士。记得 20 世纪 90 年代初，商品经济刚刚如火如荼，在广州的街头看到一幅标语："学雷锋，做好事。某某牙膏大甩卖。"当时觉得这也可以组合到一起。慢慢明白了，广州人是一个能把虚的和实的，微观和宏观，生活和生意结合的一个人群。前半句是街道办事处的任务，后半句是商家生意的需求。

544 抱团取暖是一种流行，是一种潮流。一群人喝酒是抱团取暖，一群人呐喊是抱团取暖，一群人读书是抱团取暖，一群人唱歌是抱团取暖，一群人开会是抱团取暖，一群人取经是抱团取暖。抱团取暖比比皆是。

545 人类自从有了钟，有了表，就不让公鸡打鸣了。狗自从成了人的宠物后，狗吠声就响遍了东南西北，春夏秋冬。

546 到了十字路口，有红绿灯好办，没红绿灯怎么办？左转？右转？直冲？后退？原地熄火等待？

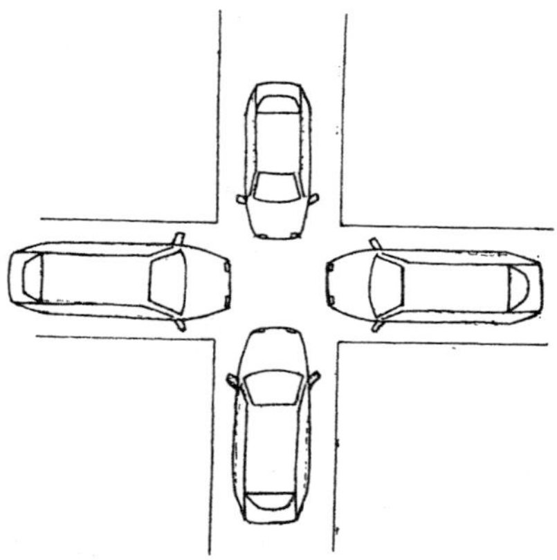

547 开什么玩笑，不要开网络的玩笑。信不信，由你。这个世界上就有一批自以为牛逼的人最后变成傻逼。呵呵。这样的故事，这样的传奇每天每时在我们的周边循环往复地演出。

548 世界上不管有多少家，政治家，旅行家，理想家，美食家，资本家，野心家，军事家，文学家，登山家，等等。其实都是物流家。把气态、液态、固态的东西从东搬到西，从南挪到北，从春抗到夏，从秋卸到冬。倒腾倒腾再倒腾，折腾折腾再折腾。从无到有，从有到无。一生二,二生三,三生二,二生一。

549 牛的行为艺术，整齐划一规规矩矩，是因为养牛人给它们套上了绳索，给了它们饲料。辽阔的牧场已是一个遥远的梦想，自由自在的晃荡已是一个奢侈的回忆。

550 一个城市，一个公司，一个人，一旦高估，就会浮肿，就会晕呼。这个可不是物理现象，也不是社会现象，是人群的心理现象。回归本位，就是九九归一。任何事物一旦撞了南墙撞北墙就能撞出清醒清晰清楚，就能从天上撞回人间。气球装满了气体就是气球，没了气体就是一堆废皮。

551 北方的雪地才是无边无际的宣纸，麻雀和麻雀才是超凡脱俗的大画家，一爪一痕一迹，一冬一春一秋，一南一北一西，米芾画不来，齐白石也整不懂。真正的艺术品留不下来，真正的艺术品不是伴着霞光溜达，就是随着月光晃荡。看白雪飘飘洒洒，看麻雀叽叽喳喳。天籁在天边，地籁在地头。呵呵。

552 这个世界所谓的赢家无非由三种人构成：1. 装神弄鬼。2. 装模作样。3. 装疯卖傻。

553 星星离地球太远，白皮肤的人们黑皮肤的人们黄皮肤的人们都把星星当做一双可有可无的眼睛，易经就讲了一个过去了 5000 年的故事，道德经就讲了一个现在版的 5000 年的故事，金刚经就讲了一个未来 5000 年的故事。星星笑了，秦朝就看到了汉朝；星星又笑了，汉朝就望见了元朝；星星眨了眨眼睛，元朝就搭上了清朝。

554 对于驴友来说，哪里荒凉哪里就是天堂。对于酒友来说，哪里有酒缸哪里就是天堂。

555 官管关灌馆惯棺：这些官发音一样，意思也关联。1. 官是管住大道理和小道理的人；2. 官能关你也能放你的人；3. 官给你灌输灌溉让你知道大小王的人，让你知道马王爷长三只眼的人；4. 官是经常下饭馆住宾馆的人；5. 官是老百姓惯出来的人；6. 官是经常在这个棺材默哀那个棺材告别的人。

556 反动是个怪怪的词，云 + 力 = 动。天空是云的庭院，云的花园，云喜欢从东门溜达到西门，喜欢从南面流窜到北面，白天卷缩累了喜欢夜晚颠狂，云是自由自在的，云是无拘无束的，云是放荡不羁的，云是一个平面，云没有国家，没有疆界。有风就有云动，有电就有云闹腾翻腾折腾。人不理解云，云也懒得理人。呵呵。

557 太阳是红花，月亮是白花，星星是百花。在红花和白花交集时，霞光万里味道十足韵味十足。蓝天是无垠的草原和无际的深林，白云是翩翩起舞的蝴蝶。天空再浩渺辽阔，人的一对对瞳孔就是他们绽放的花园，就是他们怒放的草地，就是他们表演的舞台。人的一双眼睛是连接天空的隧道和天梯。

558 同是一股烟，差别太大了，在烽火台上冒出来人们尊称狼烟四起；在蒙古包里冒出来人们尊称炊烟袅袅；在寺庙里冒出来人们尊称烜火喷香；在工厂的大烟囱里冒出来，人们尊称黑烟滚滚；在官场里冒出来人们尊称乌烟瘴气。文化这个东西，你有时候还真不知道它是魑魅魍魉，还是凶神恶煞；是婀娜多姿，还是五大三粗。

559 在任何一个城市的街道上总会让人产生眼球不够转速的感觉，可是站在草原上总会让眼球产生另一种不够转速的感觉。东南西北春夏秋冬似乎都被草原产生的超级能量慢慢吸收。草原浩瀚无际，辽阔无边。太阳像个流浪汉，马儿羊儿牛儿像草原上最后的野花无拘无束。月亮是苍穹中的骄傲王子，星星不来它就不来。

560 所谓的艺术品，看懂了就是品艺术，看不懂就是艺术品；看明白了是艺术品，看不明白就慢慢地细细地品，简称艺术品。要点是看懂了点头，看不懂就哈腰。只要装模作样，点头哈腰，附庸风雅，不用哭着喊着打着闹着就能混进鉴赏家的圈子，就浑身上下长满了艺术的黑黑的体毛。

561 这个世界越来越好玩，给赵本山和冯小刚担纲的春晚提供了优质的素材：给方丈的床上按上摄像头，窥探方丈的夜生活啊，窥探方丈的夜功夫啊，窥探方丈的一举一动啊，窥探方丈的闭关啊。这事幸亏斯诺登不知道，估计他也很难知道了。他要知道了，这该是多么大的人权事件啊。呵呵。

562 那一年，世界上怕就怕认真二字，共产党最讲认真二字。那一年，那一年，世界上怕就怕认真，共产党最不讲认真二字。那一年，那一年，那一年，世界上怕就怕认真二字，共产党准备准备最讲认真二字。那一年，那一年，那一年，那一年，世界上怕就怕认真二字，共产党真的真的真的开始讲认真二字。

563 看一个城市真不真假不假，看看聚会就一目了然。装疯的，卖傻的，勾心的，斗角的，卖身的，卖嘴的，涂脂的，抹粉的，勾肩的，搭背的，撒娇的，耍赖的，西装的，革履的，装神的，弄鬼的，求神的，拜佛的，摇身一变，全是上流社会一分子。黄河都黄了那么多年，黄河 999 曲 18888 弯，哪有那么长的上流?

564 艺术品有时就像个神经病人，艺术家就像个神经病医生。既陌生又熟悉，好像是两回事，其实是一回事。在纠结和爽朗中不断地摆渡，在迷糊和清醒中不断地摆渡。艄公不停地吆喝，度娘不停地呢喃。天高地远太公钓鱼，一棵杏树不声不响开满了梨花桃花枣花。

565 美女永远是赤橙黄绿青蓝紫七色后的第八种颜色。凡是能自如调剂八色的画家是大画家，是有生命力的不装模作样的大画家。否则就是不真实，矫揉造作的画师，是附庸风雅的画师。对于一个画家而言，真善美，真是第一位的，没有真，何来善？没有善，哪来美？看真，一眼；看善，两眼；看美，三眼。

566 白云溜达过来溜达过去，只有风在自言自语地哭自言自语地笑。喜马拉雅山是沉默不语的听众。隐姓埋名的是远古的废墟，自作多情不管不顾依然绽放的腊梅，雷莫名其妙拍起大巴掌，闪电露出来自以为是的白眼神，星星依然自言自语。

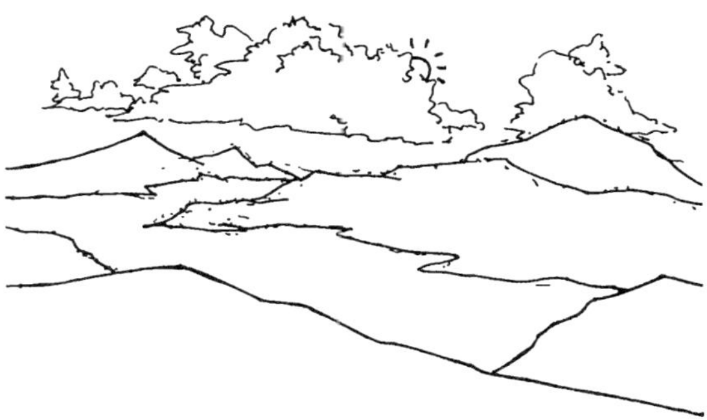

567 佛魔不二，佛要是穿上魔的超短裙，你说是魔还是佛？魔要是披上佛的袈裟，你说是佛还是魔？真真假假，假假真真，我看孙悟空在世也分不出个子丑寅卯。这年头花拳绣腿的大师多如牛毛。斜经伴着正经。自从大数据成了时髦用语，用数字说话好像很真诚。用事实说话，我看对眼的佛和斜眼的魔大同小异。呵呵。

568 含笑九泉的人可能是壮士，可能是勇士，可能是博士；含冤受屈的人可能是太监，可能是太子，可能是太棒；含血吮疮的人可能是将军，可能是医生，可能是同志；含沙射影的人可能是小人，可能是朋友，可能是红颜；含糊其辞的人可能是哑巴，可能是结巴，可能是恶霸。

569 云儿轻轻飘不如风儿悄悄荡，风儿悄悄荡不如雨儿潇潇撒，雨儿潇潇撒不如闪儿眨眨眼。闪儿眨眨眼不如人儿变变脸。人儿变变脸的词多去了：见财起意，见缝插针，见风使舵，见缝下蛆，见卵求鸡，见钱眼红，见异思迁，见神见鬼。呵呵。

570 王府井是世界上最热闹的井，井里没有青蛙，没有蝌蚪，只有绿绿的青苔及一对对东张西望的眼睛和一张张叽叽喳喳的嘴。王府井是中国最深沉的井，井里没有涟漪，没有波澜，只有古董般的龙袍及一对对羡慕嫉妒恨的眼神和寂寞空虚冷的吻。王府井是北京最开放的井，没有围墙，没有岗哨，只有昼夜推杯换盏的月亮。

571 每天神神叨叨的有播音员，保育员，辅导员；每天神神叨叨的有和尚，道士和尼姑；每天神神叨叨的有领袖，领导，领班；每天神神叨叨的还有你，我，他。

572 搞不明白的事问上帝，想不通的事问佛祖，哲学的事找老子，动武的事问孙子，做事寻墨子，纠结的事找孔子。他们都有遗言和遗墨在人间。呵呵。

573 巴结，勾结，纠结这三姐妹可是了不起，巴结长得妩媚，勾结长得圆润，纠结长得婀娜。这三姐妹到哪儿都是一台大戏。巴结天生是巧舌如簧，勾结天生是胡搅蛮缠，纠结天生是五颜六色。这三姐妹团结在一起遇水搭桥逢山开道，谁也惹不起，沾不得，碰不得。呵呵。

574 天堂好玩不好玩，上帝知道，上帝知道个大概，上帝知道个大趋势。地狱好玩不好玩，上帝也知道，地狱有多少个房间，多少个走廊，多少个客厅，多少个洗手间，上帝都清清楚楚。天堂的真实情况现在是绝对保密，地狱的情况互联网这么发达，早已家喻户晓。上帝喜欢天气预报，地气的事只有蚯蚓知道。

575 大象走路四四方方，蚂蚁走路无声无息，骆驼走路认认真真，麻雀走路叽叽喳喳，秃鹫走路咋咋呼呼，兔子走路蹦蹦跳跳，狐狸走路疑神疑鬼，老虎走路大摇大摆。各有各的走法，各有各的活法。大千世界哪有一个标准，哪有一个活法？每一朵浪花都一样，每一朵浪花都不一样。一样的是瞬间绽放，不一样的是继续瞬间绽放。浪花追赶着浪花，浪花簇拥着浪花，顶着阳光白晃晃，戴着月光金灿灿。前赴后继，一路呼啸。

576 有些警句，一旦掐头去尾，断章取义，就变成不辨东南西北不识春夏秋冬的一把会飞的小匕首，随着雷鸣去雷鸣，随着狂风去狂风，随着电闪去电闪。失去了现场感一切警句都是废话，都是大话。

577 指鹿为马是喝傻了，指东打西是睡傻了，指手画脚是读傻了。指鹿为马是佛爷，指东打西是道长，指手画脚是儒生。

578 利里力立丽理黎例礼历莉厉鲤荔狸。国家集团公司个人围绕着利益，不管是大利益还是小利益，不管是长期利益还是短期利益，都会衍生出以下的行为和结果。为了利益千里万里不算远，武力威力实力都是力，就立得住，站得稳，就有理就有革命道理，说话就有人听，听起来还入耳入脑入心。就彬彬有礼就有历史。

579 在马戏团里最惹人注目的是小丑，最受孩子们欢迎的也是小丑。他们谦卑的口气，平常的手势，蹲着的眼神，似乎告诉每一个观众：你们才是我们的衣食父母，你们才是我们的上帝，你们才是我们在人间的活佛主。没有你们的门票，没有你们的掌声，没有你们的人气，再装神弄鬼，装模作样，在舞台上一天也混不下去。

580 斯大林拉黑了列宁，赫鲁晓夫拉黑了斯大林，勃列日涅夫拉黑了赫鲁晓夫，戈尔巴乔夫拉黑了勃列日涅夫和另外几个夫。苏联就在拉黑中前进前进前进。

581 马是翻腾的草原；羊是下凡的白云；牛是滚动的秋色；骆驼是垒砌的沙漠；胡杨是竖起的戈壁；甘草是隐蔽的甘泉；狼毒花是蝴蝶的俱乐部；红柳是抽象派的风；草原沙漠戈壁是艺术的天堂和地狱。

582 沙漠剃光了头，对着春天对着夏天对着秋天对着冬天对着苍天大喊一声：光头也曾经有过沧海桑田。孔子说：英雄莫问出处。老子说：好汉不提当年勇。菩萨说：阿弥陀佛。呵呵。

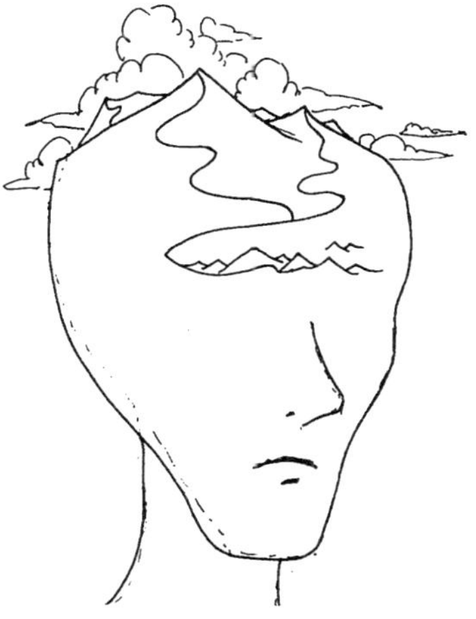

583 在语言里损人最狠的一句话是：管天管地管人拉屎放屁。其实这四件事是非常难管的事，菩萨不愿意管，神仙也不揽这事。如果你设一个机构宏观管天地，微观管屎屁。一是管不了，二是管不住。还是该放的放，该撤的撤，该拆的拆。

584 秋天在北风的伴奏下是一场场壮丽壮美壮烈的告别演出。芦苇知道草生一秋，野菊花知道草生一秋。黄蜻蜓低空盘旋，毛毛虫大摇大摆，野鹞子忽高忽低。大自然从来没有虚情假意，没有客气客套，不装不牛不傻，一切顺其自然。

585 “蛮夷戎狄”这个成语从出生那一天就带着一种优越感，一种深深的恐惧感。这种眼神往东往西往北往南张望都是荒凉荒蛮之地。皇家文化是一种放大的小地主文化，望不到炊烟会流泪，看不到祠堂会悲伤。躲进小楼成一统，管它春夏与秋冬。蛮夷戎狄之地的歌声舞姿成了蛮歌獠语，森林高山成了蛮烟瘴雨。

586 任何一种习惯都是强者赖出来的，都是弱者惯出来的。赖出来的习惯就有张牙舞爪，虚张声势，敲山震虎，指东打西，耀武扬威，说一不二。惯出来的习惯就有阳奉阴违，两面三刀，颐指气使，盛气凌人，指手画脚。习惯一旦形成养成惯成改是非常困难的，今天改了明天照旧，装模作样依旧装神弄鬼依旧。

587 喜新厌旧是人性的春天。花无百日红，人无千日好是最俗最烂也是最精准的规律性的解释。

588 好为人师，人之常情。腾讯热门话题又开题：长假四天你都干了啥？吃了睡，睡了吃；上了路，堵了路；聚了神，走了神。呵呵。

589 每天传递媒体人自以为是的哭墙，无以解忧的焦虑，生长期挤不掉的青春美丽痘，离天堂一步之遥的老年斑，神经兮兮的发现，斜眼对眼的标题，裸奔裸体的欲望，装模作样的高贵，装神弄鬼的高尚，无病呻吟的理论，这样的媒体早该结束，早该到天堂去报到。

590 蚯蚓不声不响也混进了龙的家族。二月二龙抬头，指的是地龙，地龙是什么？是蚯蚓。龙有天龙有海龙地龙，可大可小，能伸能屈。

591 阴山是一座男人的山。山里没有情歌，没有文人墨客的臊声浪语。飘过来是听惯了磨刀霍霍的红红的马队，荡过去的是闻惯了血雨腥风的白白的羊群。一本阴山史就是羊群马群牛群争夺冬营盘和夏营盘的历史。矮矮的秦长城总像一个矮矮的羊圈马厩既关不住白白的羊也关不住高高的马儿。长城是字迹潦草的遗嘱。

592 视野，视线，视角，视觉都是从眼睛里衍生出的，一个人的视野，视线，视角，视觉都是极为有限的，一群人的视野，视线，视角，视觉会极大地补充一个人视野，视线，视角，视觉。问题常常在于一个人眼光决定了一群人眼光，一个人的视野决定了一群人的视野。一个老花眼的视野必然带来老花眼的世界。

593 横看竖看拍马屁总能一路高歌，神采飞扬，精神抖擞。被拍的脸哪怕肿胀成一个硕大的篮球，总能露出穿越时空的笑容。从哲学上拍，从祖宗上拍，从历史上拍，巴掌不够响，可以再拿两面铜锣。呵呵。

594 看古往今来的口号，有的像个屁无声无息，有的像团雾霾缠绕不绝，有的像个遗嘱可怜兮兮，有的像个垃圾袋挂在枯黄的树梢上继续招摇飘荡。

595 人们总看不起羊肠小道，你总不能让羊都跑在高速公路上。其实在羊群的眼里，高速公路算个什么。踢踏在羊肠小道的羊群，一路看过的风景是人理解不了的。自由在里面，快乐在里面。羊肠小道上有喇叭花，有枳机草，有红色的山崖，有白色的石头。小道和小道相通，蜿蜒和蜿蜒相连。春天和夏天相交。

596 藏龙卧虎之地往往也是藏污纳垢之地。龙的排泄物，虎的排泄物是污和垢的营养池。没有藏污纳垢哪来藏龙卧虎。一朵鲜花插在牛粪上，那鲜花不是鲜花，可能是笑话。一朵鲜花插在牛粪上有一千坨牛粪天天惦记着，这鲜花一定不是笑话。

597 今天过生日碰上重阳节，这生日过得是老气横秋啊。最让人感动唏嘘泪流满面的是你忘记了你的生日，有很多机构没有忘记你的生日。一大早祝贺生日的短信不断，先是办过信用卡的银行，搭乘过的航空公司，然后是住过的酒店。在哪里消费哪里就有人情友情。呵呵。

598 有时看看一些人的绰号和笔名就知道一个人的肚量有多大多小：几寸，几米，几十米，几百米，几千米，几万米。小肚一定鸡肠，肥头肯定大耳，尖嘴跑不了猴腮。呵呵。

599 忽悠是一种脑力运动，也是一种体力运动，更是一场脑力加体力的运动。信就算脑力运动，不信就算体力运动，信与不信就算脑力加体力运动。

600 凡是回到草原部落的活动都是一种高贵高级高尚的活动。终点找不到能回到原点也是一种自以为是的炫耀。在没有任何风险的保障下玩一场心跳的活动，也是一种现代的虚荣。人的胆没有心大，心没有肺大。每个医生是这么认为，每个正常人也是这么认为。揪着头发跳高，抠着屁眼抬高是每一个牛逼的人的常态。

601 蜻蜓有蜻蜓的天空；麻雀有麻雀的天空；蝴蝶有蝴蝶的天空；老鹰有老鹰的天空。高和低怎么看，蜻蜓的高度老鹰未必有，蝴蝶的韧度麻雀未必有，麻雀的角度老鹰未必有。远近高低各不同，横看成蝶竖成鹰。呵呵。

602 魑魅魍魉像是远古流窜出的一束光，一列车。颠簸不散架，折腾不分家。你们爱说啥就说啥，鬼多了神敬，鬼多了人静。考古学家躲着走，训诂学家绕着走。魑魅魍魉真真正正是打不烂捶不扁揉不散的古老又古怪的万年仙般的成语和文化现象。

603 披着白纱巾，踢踏着白短靴，面对一堵白墙，头晕脑胀。半件黑衣裳不慌不忙。漫天大雪有芦花的焦虑棉花的坦荡。黑色的指挥棒挥舞着莫名其妙的方向。皱纹是是思考的车轮，半蹲半跪好像是一个时代的时尚。冬天是一个季节，秋天只能再跑三圈找回原来的模样。夏天总在沐浴，春天敲着木鱼一会儿杏花白菊花黄。

604 龙是开天辟地的大英雄，九曲十八弯地折腾，天上人间地闹腾，翻江倒海地翻腾。生了九个龙子：老大囚牛是文化部长，老二睚眦是体育部长，老三狴犴是司法部长，老四狻猊是旅游部长，老五饕餮云游四方成了美食家，老六椒图当上教育部长，老七赑屃是劳动部长，老八螭吻是公安部长，老九貔貅是财政部长。

605 雨过天青是一种天籁般的青，土豪金是刚刚诞生的一种带着味道的金。高原红是一种沧桑的红，有点太阳有点喜马拉雅山有点高空的风有点歌声和叹息组合了斑斑点点的红。鹅黄总能嗅到春天的气息，海军蓝上面洒满了白白的浪花和海鸥的啾鸣。漆黑总是淡定冷静，草灰禅意十足摊开双手总能看到春秋喧闹。

606 其实都不容易，黄河呕吐，东营多了一点痕迹。有人说是泥，有人说是地。泥是基因，地是记忆。成吉思汗吐得一塌糊涂。美国是中国汉学家给的地名，英国是中国汉学家给的地名。不要怪谁，成王败寇，总是一种人性。泥就是地，地就是泥。泥地闲聊，花开花的花，树长树的树。

607 每条山谷都是没有被拆迁的胡同。蝴蝶不糊涂，喜鹊不糊涂。风清晰得像雨滴，云清爽得像雪花。山谷是无名谷，无人眷顾。野鸟是常客，山鼠是食客，大雁偶尔会扮演过客。山谷里的喧闹是云和雾在打情骂俏，是风和风纠缠不清。山谷是胡同，互通有无的是春夏秋冬，红过紫过绿过白过，山里的胡同见过。

608 鸽派，鹰派其实都是一派。一个靠土地爷混饭，一个巴结老天爷混江湖。一个吃素食，一个啃荤食。一个吃斋念佛阿弥陀佛，一个虎视眈眈鹰嘴叼叼。一个法门不二，一个佛魔不二。一个以和平为理念，一个以除恶为己任。一个低调的像低调，一个高调的像高调。一个唱红脸，一个扮黑脸。

609 雨后斜阳，草原白蘑菇像蒙古包一样肥硕，散落在雨滴还在牧草上撒娇耍赖的草地里。牧人家里的炊烟宛如哈达飘飘洒洒，呼唤着牧归的羊群和牧羊人。又到了迁徙的季节，蒙古包躺在勒勒车上，牧羊犬浑身散发着乳香。下一片场地依然是绿意盎然。游牧的人家总能留下一个季节白蘑菇肆意放浪的音响。

610 大多数诗人的诗像是得了一场感冒，有些许的发烧，丁点的咳嗽。季节一过，听到的是来自天空云儿的笑声，来自深林里的树叶的呻吟声，来自田野里花开的声音。只有极个别的诗人的诗像是碰到了非典，让人记忆深刻。那是一场地震，一场狂风暴雨，一场遮天盖地的沙尘暴。

611 车前子总是在勒勒车流淌过的草地依然默默无闻地绽放。苍耳管你刮风还是下雨，一直不慌不忙地耐心倾听。冬虫夏草悄悄地躲在雪山修行，还是被山羊发现被山羊出卖。雪莲花的笑声以为只有雪花能听到，梅花的笑声居然雪花也能听到，这里的奥秘只有雪花知道。狼毒花是被草原遗弃的花，骆驼牛羊都知道。

612 在成语里凡是以卖字开头的成语，基本是两类：一是身穷，卖儿贴妇，卖儿鬻女，卖文为生。二是心穷，卖身投靠，卖俏迎奸，卖主求荣，卖友求荣，卖弄玄虚，卖国求荣，卖官鬻爵，卖官鬻狱。虽然都是卖字开头，一个是无奈，一个是无耻。呵呵。

613 杞人忧天忧国忧民心怀天下的伟大的精明的预言家们喜欢说一些准佛祖喜欢说的话：请系好安全带吧，什么事都有可能发生；请戴上安全套吧，什么事都有可能发生；请找好太平间吧，什么事都有可能发生；请认准太平门吧，什么事都有可能发生。呵呵。

614 石头可能是恐龙的观众，蝴蝶可能是银杏的情人。我们不理解的事多去了。人给自己找到了一个说法，一个概念，一个根据，一张来源。就在这个世界上指手画脚，指鹿为马，就忘乎所以，神魂颠倒。

615 熙熙攘攘一定是有人装模作样，有人装神弄鬼，有人装疯卖傻。乱乱哄哄一定是有人放了一个屁，有人憋了一个屁，有人等待一个屁。鸡飞狗跳一定是虎会磕头作揖，猪会弹冠相庆，鼠会交头接耳。

616 当东风红了的时候，西方还会黑吗？北方还会冷吗？南方还会热吗？其实，八竿子打不着的事是人的胡思乱想把它们关联在一起，是人的莫名其妙的情绪把它们乱炖在一锅。

617 站在渤海边的岸边，总能听到涛声和浪声。那是一种絮叨，那是一种磨叽。太阳逍遥，月亮必须消遁。盐碱滩翻起一片波浪。一种神经质的笑声像一篇小说和神话。有人信有人不信，浪花依旧不依不饶。空响也一声响。浪花也是一种花。寂寞是一种回答，荒凉也是一种回答。等待了许久，盐碱滩还是白白的牙齿两行。

618 一帮活得苦大仇深的人，一帮活得三顾草庐的人，一帮活得兴高采烈的人，一帮活得得意忘形的人，一帮活得自以为是的人，总以为自己的基因不同凡响。其实尿还是那泡尿，屎还是那泡屎。骨灰盒还是那个骨灰盒。

619 30 年前，在一个 3 岁的孩子的眼里，北京就是一串糖葫芦，上海就是一块大白兔奶糖，天津就是一个狗不理包子。30 年前，在一个 30 岁的中年人的眼里，山东就是一根葱，山西就是一瓶醋，河北就是一把枣。30 年前，在一个 60 岁老人的眼里，内蒙古就是一块草地，西藏就是一座山，新疆就是一个姑娘。

620 中国文化的博大精深在于可以随便替代的词汇丰富得让你崩溃。就说一个生老病死中的死，死的替代说法五花八门：驾崩，圆寂，逝世，嗝屁着凉，挂了，走了，去了，没了，上天堂了，见马克思了，等等。一个朝代和一个朝代的用词不一样，一个阶段和一个阶段的用词也不一样。万变不离其宗，味道大同小异。

621 一眨眼，白云招手黄河流，阴山卸妆不见愁。一转眼，魑魅魍魉伴千秋，子丑寅卯数风流。

622 少年时，向东向南向北向西；中年时，找苦找辣找酸找甜；老年时，数春数夏数秋数冬。东南西北融进了苦辣酸甜，苦辣酸甜又融进了春夏秋冬。

623 人生不过如此，你想明白了，老了。你想通了，死了。一代代的人前赴后继，像浪打浪，雪压雪，一茬又一茬，一伙又一伙。前人的教训变不成后人的经验。如果人生有 300 年，我估计这世界个个都是仙，都是道，都是佛，也都是魔。仙道如一，佛魔不二嘛。

624 约炮：网络上有约炮一说，民间约炮是约的欢爱之炮，人性之炮，缠绵之炮。最近官场也掀起了约炮之风，向我开炮，简称约炮，你想一想，哪个真敢向一把手开炮，那也只能来个假打炮、打假炮，打个不痛不痒的拐弯炮、招呼炮。一把手是什么？一把手是绝对真理，二把手是相对真理，三把手有点道理。呵呵。

625 总理新解：1. 总经理的简称。2. 总搭理你的人。3. 总不搭理你的人。4. 总说没用道理的人。5. 总把道理说得更像真理的人。6. 总在地理上溜达的人。7. 总有理的人……

626 当我们把停在停车场的大大小小的汽车全部开上高速公路，再把高速公路变成一望无际的停车场，一个伟大的节日就来到了。坐在汽车里看着路两边的景色，看着平日里看不到的汽车长龙，节日的气氛惊天地泣鬼神。心往一处想，劲往一处使，看来物理的共振现象在人间也是一个屡试屡爽的伟大定律。

627 在广州一写字楼大堂里的一古玩小店促销广告，已张贴两年。这是我见到最牛，最持久，最不在乎，最坦然的广告。

628 专家吹牛逼，会场像秃子的头，没剩几根草。经验告诉我们：1. 吹牛要分春夏秋冬。2. 吹牛要分公母。公厕和母厕要分清。

629 进入 2011 年，昨天是第一天，今天是第二天，明天是第三天。哈哈，全是废话，去年说的是废话，今年说的还是废话，后年继续说废话。人的一生 80% 是说废话，15% 说假话，4% 说半真半假的话，1% 说的是真话。嘿嘿，真话一出口，神仙马上走。

630 苍蝇有老苍蝇，小苍蝇，公苍蝇，母苍蝇，南方的苍蝇，北方苍蝇，夏天的苍蝇，秋天的苍蝇，历史的苍蝇，现实的苍蝇，受过诅咒的苍蝇，得过奖状的苍蝇，苍蝇和老鼠一样多。打是打不完的。可是不打又不行。真是一个世纪难题。

631 南海野生的菠萝特别像山中的老僧，知道的很多却不愿述说。风该来还来，雨该下还下，电该闪还闪。没有春夏秋冬，没有东南西北。只有海浪涛声一声接一声。

632 自从玩起了微信，垃圾短信就像北京的雾霾天天笼罩着手机。电信商看来真的是焦虑了，上火了。没天线了，没底线了，也没地平线和城际线了。一个人上火会长出青春痘，一个人没了火，会长出老年斑。一个公司上了火，青春痘和老年斑会一起长在一张非常难看的脸上。

633 男人除了喜新厌旧，就是占山为王。垒一堵墙是长城，垒半堵墙是成长。半半拉拉，松松垮垮，是一种状态，也是一种无奈。

634 当四通八达和胡说八道站在一起，四通八达是一种美好的遐想，胡说八道是一种粗野的畅想。四通八达是一种设计，胡说八道是一种施工。敢为天下先先要敢胡说八道。兼容并蓄先要兼容并蓄胡说八道。解放思想先要解放胡说八道。

635 有些画家读了那么多的书，学了那么多的技法，用了那么多的油彩，画了一个我估计连他本人也看不懂的画作。还美滋滋地自认为是一种时髦创新。人要犯糊涂 18 头牛也拽不回。抽象去掉皮去掉肉去掉骨头，起码还有个痕迹，如果连痕迹都不见。我看再抽象也抽象不过小孩子的尿片。如果这也是艺术品，每个人都行。

636 如果你愿意，你可以是一棵大槐树，看雷鸣电闪转瞬即逝。看春夏秋冬来去匆匆。看浮云霞光光怪陆离。看高山流水谁高谁低。看戈壁万里简单如一。看大漠落日红光满面。看雪山皑皑白头到老。看翠鸟攀枝悠然自得。看蝴蝶似花飘飘洒洒。看小桥流水窃窃私语。看大道青天勇往直前。

637 西北的太阳一进入六月，精气神十足，不依不饶无怨无悔每天在晚上八点还不准备下山。太阳像个政治家像个演说家每天讲得口干舌燥，皱紧眉头的沟沟壑壑依然一毛不拔寸草不生超尘拔俗不管不顾光秃如初。顽固的大气稳固的麻木，寸草不生也是千里寸草不生，寂寞惆怅也是万里寂寞惆怅。

638 在北方的田野上孤零零的树大多是坟树。栽得时候有点凄凉，长大了一点不凄凉，还有一点小小的辉煌。周围是大河流淌，树下没有墓碑，没有坟头，普通人想得明白，过上一段时间，几人有墓碑？几人有坟头？只有坟树不时摇摇头，偶尔会点点头。

639 历史上中国人以黄河长江珠江为界，河北为北方，河南为南方。一方水土养一方人。北方人大多是以喝白酒为傲，南方人是以喝黄酒和米酒为傲。中国人聪明，凡是粮食都能做成酒。这里包括大米，小米，高粱，土豆，青稞，莜麦，红薯，等等。白酒是有度数有温度。喝了上头，头大肚暖。红酒是这几年开始流行。

640 谍，这个世界上只有一根禾苗是在一个美国研究转基因的机构里。谎，在茫茫的西伯利亚的荒原上有一条亚马孙河在缓缓地流淌。讹，一个人或者一个组织拿着一把匕首就可以实现全球化国际化，不然就让匕首像核武器在天空飞一会。讳，你再伟大也不喜欢孔子的六十耳顺。话，废话就像一千条舌头在飞舞。

641 诈唬，吓唬，马虎。这三兄弟可是一奶同胞的亲兄弟。诈唬长得膀大腰圆，吓唬长得脑满肠肥，马虎长得万山沟壑。诈唬像池塘里的蛤蟆，吓唬像草地的火狐，马虎像平原上的叫驴。这三兄弟在一起，白云不敢在蓝天晃荡，老狼不敢在山林晃悠，鲸鱼不敢在海洋荒唐。诈唬阴，吓唬阳，马虎不阴不阳。呵呵。

642 酒是好东西，文化就是酒缸里泡出来的。没有酒就不可能有孔子，也不可能有孟子；没有酒就不可能有老子，更不可能有孙子。《易经》因为酒的缘故，现在还易读易用。《道德经》因为酒的缘故，现在还是头头是道。《金刚经》因为酒的缘故，现在还是金碧辉煌。

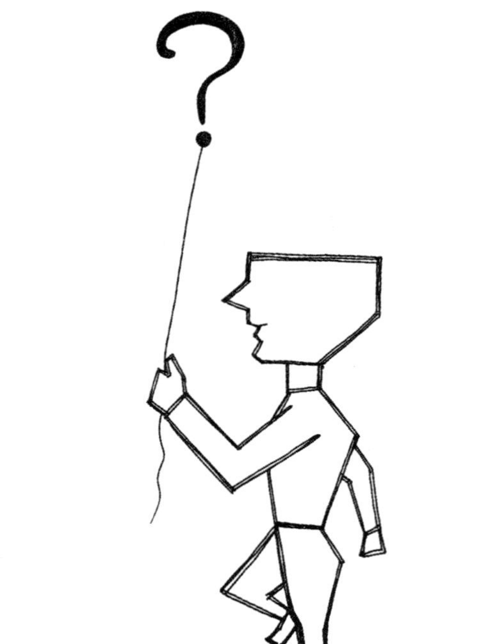

第六部分

城市

1 内蒙古草原的黄昏有一种秋天成熟的味道。给你一种如梦似幻的感觉。天空变成一个梦城，诗城。

2 内蒙古有风的天空像镜子，无风的天空像湖泊。春天像稚子的眼睛，夏天像草原的露水，秋天像蓝蓝的哈达，冬天像一湾寒月赶着一群星星行吟在浩瀚夜空。草原真干净，真洁净，真恬静，真安静。

3 海口是名副其实的大海的一张口。在内蒙古一般把湖泊和小水泡俗称为海子，也就是大海的儿子，如乌梁素海子，居廷海子，沙海子，现在北京有几处称海的地方我估计是少了一个子字，如北海、后海等等，如果称作北海子、后海子可能更准确。

4 听当地人介绍，椰子非常有灵性。1. 无人骚扰就不结果，人熙熙攘攘腋椰子也长得热热闹闹。2. 喜欢和海风共舞，海风愁椰子愁，海风狂椰子狂，海风浪漫椰子浪漫。3. 成熟的季节椰子不搞突然袭击，你在椰子树下，椰子不会砸在你的脑袋上。信不信你可以试一试。

5 红刺露兜是海口的一种热带植物，长相一般，可是树名非常有想象力。红肚兜，小蛮腰，有点泼，有点野，有点蛮，有点妖。风来喜风雨来喜雨。夏天啰嗦冬天絮叨。春天一身绿秋天绿一身。咸也逍遥淡也逍遥。寂寞自得其乐喧嚣自得其乐。鸟栖不烦鼠窜不厌。不是铁树胜似铁树，无花装扮叶叶胜似花。

6 在海南文昌全美村见到世界上最辣的黄灯笼辣椒。据说摸过此辣椒再摸哪儿哪儿都辣。海南的阳光火辣辣，海南的辣椒辣辣火。这辣椒辣出了中国的国母，这辣椒辣出了中国的航天发射基地。

7 海口西海岸坦坦荡荡一览无余，海口西海岸大气磅礴气象万千，海口西海岸静若处子动若脱兔。

8 黄河三角洲是山东的北大荒。草肥水美。每年随着黄河在这里入海，沉淀的淤泥和沙子能留下十平方公里的土地。垦利县是中国制造土地的县。黄河好啊，黄河眷恋这里。

9 重庆御临河畔的老竹郁郁葱葱，正正直直，鼎鼎沸沸，大大方方。集老绿新绿脆绿于一身。集沧桑苍凉于一身。重庆两江新区的红马雕塑。此马只能正面看，后面侧面都看不出是什么名堂。重庆御临河畔的船夫。御临河畔有个排花洞，据说当年是白莲教主藏身之处。一人入洞，万夫难寻。

10 重庆合川的古钓鱼城对于元帝国而言是最牛的钉子户。元帝国最牛的拆迁队队长蒙哥活活地被气死在钓鱼城下。

11 骆驼本来就难看到。骆驼粪就更难看到。在巴丹吉林沙漠就可以看到。生态本来很简单，后来不简单。明白也很简单。复杂也很简单。

12 青海著名的花儿的演唱者的典型装扮。有夏天的花儿，有春天的草儿，有秋天的叶儿，有冬天的风儿。

13 祁连山一年也就两件衣裳，夏天印满了树叶，冬天印满了雪花。白的大气，绿的清香。不到祁连山不知人有多么渺小，不知道山道有多么气派和深奥。夏天热是热了一点，可是一点也不夸张。冬天凉是凉了一点，可是凉得真实和坦荡。祁连山的夏天很包容，祁连山的冬天很干净。喜怒哀乐是山那边的事，是河那里的事。

14 谚云：海南三个蚊子一盘菜，老太太爬树比猴快。据考证蚊子有四特征：1. 好色，专叮女人；2. 喜欢白人，专叮肤色白的人；3. 热爱儿童，专叮小孩；4. 洁净，嗜好无污染不吃药不吃瘦肉精不吃地沟油的人。蚊子喜环保好低炭嗅觉灵敏，至死不叮不看不沾有污染的人。

15 巴丹吉林沙漠是块老土布，沙湖是印在上面美丽动人的眼睛。风是细细的眼睫毛。往北看清普京，朝东看到北京。一望千里再望万里。沙子不管春夏秋冬，不变的颜色寻找多变的人群。谁也拦不住，谁也挡不住。雨哭了，云疯了，苍老的天空空空荡荡，星星瞎转悠，月亮胖胖瘦瘦不知绿和红。

16 走进黑戈壁，刺眼的阳光和温暖的天空还有赤橙黄绿青蓝紫的玛瑙石是黑戈壁的全部内容。阳光像浪花在戈壁上翻滚。生命在这里像一首凝固的蒙古族长调，没有了方向，没有了季节。

17 内蒙古夏天的魅力在于草原上的野花可以无拘无束地叽叽喳喳，可以自由自在地随风摇摆。红一片是花也是画，白一片是花也是画，黄一片是花也是画，紫一片是花也是画。草原的震撼来自于一望无际，一望无际的草原总是雍容大度包罗万象。总能看到天际线和地平线合而为一，简单，简洁，简朴。

18 其实再牛的人也是吃五谷杂粮放臭屁。在成长的过程中也有尿片味，奶腥味，铜臭味，烟熏火燎味。也有咿呀学语的时候，也有穿开裆裤的光辉形象，也有情窦初开的潮红面孔。选特首就是选一个有管理能力，能在特首岗位上兢兢业业勤勤恳恳的人，不做作，不胡来，不脚踩两只船，忠于祖国，效力香港的人就是了。

19 在河南办事，三种语气可表现他的状态，他说一个中，准办；中中，商量商量再说；中中中，连说三个中准不办，信不信，有空去试一试。

20 香港新特首的选举现在快到高潮了。看各类媒体每天披露的材料虚虚实实形形色色。感觉不像在选特首，倒像是选圣人。

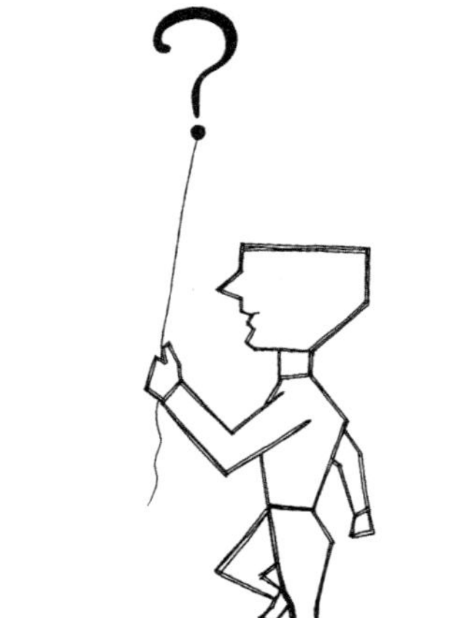

21 澳门治安稳定，罪案率比全球许多城市都低：据一个过时的数字统计，2011 年 12 月 31 日澳门监狱收容的在囚犯人数为 1031 人。澳门监狱最大的收容量是 1341 人。澳门的人口现在是 50 万。澳门有全球最大的博彩业，治安这么好，真该让我们许多城市的管理者好好学习学习，思考思考，琢磨琢磨。

22 鄂伦春的七月，白桦林长满了眼睛。纯真和纯正是一对，惊奇和惊讶是一双。长袖善舞的是溪流，漂泊不定是白云，蹦蹦跳跳的是三条杠的小松鼠。野花喋喋不休，暗香絮絮叨叨。夏天的盛宴不声不响。如歌是鄂伦春，如梦是桦树林。如幻是七月，如画是夏天。斑斑驳驳是天上，影影绰绰是人间。

23 鄂尔多斯：荒坡野岭，脑满肠肥。
乌海：一叫黄河，半打黑金。
上海：人小城大，史短事长。
北京：人多嘴大，说啥是啥。
宜宾：有水有山，酒香喧天。
石家庄：一马平川，无石有庄。
包头：神秘缭绕，坦克大炮。

24 黑戈壁是太阳的黑钢琴，是月亮的白钢琴。叮叮当当的阳光月光活蹦乱跳，贝多芬在这里站了一秒钟，用阳光谱了一首曲，用月光谱了一首曲，这曲就飘向四面八方。

25 中国有两个省是牛逼的。一个是河北省出了两个政治特区，一个北京市，一个天津市。广东省更牛逼，出了两个经济特区——深圳市，珠海市，还有半个经济特区汕头市，更牛逼的是出了两个特别行政区，一个是香港特别行政区，一个是澳门特别行政区。其实历史上就称省港澳，广州，香港，澳门。回归本位是真。

后记

自言自语是大自在

田炳信

向春天望望，是百花争艳自言自语；朝夏天看看，是雾是闪是雨是风各自在自言自语；往秋天里瞅瞅，是瓜熟蒂落在自言自语；冲冬天里瞧瞧，是雪花飘飘扬扬在自言自语。

春夏秋冬是一种天籁般的自言自语。

我长在草原，长在赖勒川，阴山后面是绵绵的锡林郭勒草原，有许多空闲伫立在绿一片、黄一片、白一片的草甸上聆听，万象草原如脱兔，如孤狼，似苍龙，似巨蟒，翻腾、折腾、闹腾。心一旦安静、平静下来，草原各个时辰都是风景如画，草原各个角落都是辉煌景象。

夏季的锡林郭勒草原一眨眼一圈圈的白蘑菇像魔鬼一样神出鬼没，不知是上帝的力量还是羊粪的滋润，总之一圈比一圈圆一圈比一圈大。风停了，阳歇了。雨是草原的大汗，估计也是鼾声大作。冬季的锡林郭勒草原又是一种态度，白白的羊群踩着白白的雪花溜达得飘飘洒洒，草原上没有草了，一眨眼间变成了雪原。每只羊蹄都是书法家，国画，油画，水粉画，抽象派，野兽派，写实派，神经派，精神派，像羊拉羊粪蛋淅淅沥沥铺排在雪原。秋季的草原是黄金的冶炼厂，阳光的娱乐场。一道道金边金穗在暮风里摇头晃脑。羊一个一个滚瓜溜圆，马儿一个一个红光焕发，牛也是膀大腰圆。丰收的姿态像一个一个市委书记煞有介事提出的政治口号散落在草原。蝴蝶似乎很懂事，不再张扬，蜜蜂知足常乐。蒙古包里的炊烟是用不完的哈达一缕缕送给了苍穹。草原独有的芬芳是野草和野花共同荡漾。牧羊犬总要吼几声，月亮羞羞牟牟哼哼唧唧亮亮相。草原秋季故事多，冬季事故多。夏季忘乎所以，春季含苞待放。一季有一季的辉煌，一季有一季的懊丧。白花有白花的模样，红花有红花的红火，紫花有紫花的淋漓，蓝花有蓝花的来历。谁也不妨碍谁，谁也不干扰谁。大千世界，自由自在。天籁地籁，千奇百怪。老鹰是专门教授数学的老师，老鼠是调皮捣蛋的孩子。猫头鹰患上忧郁症，只喜欢黑夜和星空。鸿雁是匆匆过客，不在北半球落脚就在南半球张罗。金戈铁马羊群早忘记了，烽火台好像缺了狼粪。古往今来的诗人和词人再喜笑颜开再一愁莫展再高瞻远瞩都不如一首蒙古族长调来得悠远悠长悠久。春夏秋冬都有早晨，东南西北都有黄昏。该开花的开花，该结果的结果。该红的红该绿的绿。草原依旧是个硕大无边的驿站，草原依旧在自言自语。

大自然总给人一种神秘的启示。与大自然对话，最好的是诗，是自言自语流泻出的诗。那天我是个哑巴，总想比比划划。骑着不会飞的马，听到沸沸扬扬的闲话。夏天渴望雪花飘飘洒洒，冬天总能看到野花铺满天涯。有只野兔蹦到半空又摔下，一群麻雀叽叽喳喳。白云一丝不挂，草原秋冬春夏。一场大雪刚刚蹲下，柳树杏树开花的开花发芽的发芽。

天籁总有一种诡异的灵气。与天籁相拥相抱，最好的是歌。我这个人呢，偏偏天生是一个五音不全的人，但是，我喜欢音乐。特别是快进“耳顺之年”，我最喜欢的音乐，有这样几首：一个是龚琳娜的《忐忑》，再一个是萨顶顶《万物生》。还有，那老巫婆唱的《招魂曲》，以及在金碧辉煌的寺庙和灰头土脸的小庙里，那些老喇嘛、老方丈、老活佛的诵经声。他们都有一个共同的规律，都有一个共同的旋律，他们都是“自言自语”！这个世界上，每个人都能做到“自言自语”，它只不过是属于人们生命中不同的阶段和不同的意境……

三岁以前的孩子咿呀学语，他们是“自言自语”；七老八十的老人默默叨叨，是“自言自语”；寺庙里的老喇嘛，对着经幡的诵经声是“自言自语”；还有，更加久远古老的孔子、孟子、墨子、老子！他们也是在“自言自语”中——说出了人类最伟大的文化经典！这个世界上文化的瑰宝、文化的精髓、供后人传颂铭颂的，也就是最宝贵最珍贵最真实的文章，一定是“自言自语”！自言自语对于散文而言不仅仅是一种心境一种意境，更是万事万物对应的天堂的出口。

2014年1月1日于帽峰山

香港成报杯总裁读书会首届读书有礼大奖赛

《遛脑》读后感有奖征文暨《遛脑后》结集出版启事

为进一步提高群众的思想文化素质，推动学习型社会建设，让阅读再次成为人们的良好生活习惯，为建设幸福生活提供智力支持和思想保证，大力倡导全民阅读的良好社会风气，回归读书和读好书的优良传统非常必要。成报传媒集团、成报出版社、当代中国出版社、总裁读书会、赢智汇财经出版中心、赢在中国创作联盟、元亨汇、成报网联合举办《遛脑》读后感有奖征文活动。具体规则如下：

1. 征文面向全球华人，中文撰写，文体不限，字数长短要求在800字到2000字以内，附上作者简介和详细联络方式；

2. 作品要求原创，严禁抄袭，一经发现有抄袭迹象将取消参赛资格；

3. 所有参赛作品投稿视同同意本组委会在报纸、网络、微信、微博等媒体上发布以及结集出版，版权和解释权归主办方所有；文章被选用出版的获奖作品将会得到《遛脑后》“获奖文选集”（暂定名）赠书一本，不再另付稿费；

4. 征文参与者均可获得“香港成报杯总裁读书会首届读书有礼大奖赛”证书和精美纪念品，亦可以申请为成报特约记者，经审核通过后颁发记者证；

5. 获奖作品除了有丰厚的奖品之外，还将结集在海内外出版并在全国发行；

6. 大赛特设奖项分别分为特等奖一名，奖金3000元，获赠成报画院书法家书法作品一幅、总裁读书会高级定制华服1件和总裁读书会俱乐部会员礼券2万元，将被作为特邀嘉宾参加成报报社在香港举办的75周年报庆活动；一等奖5名，奖金1000元，获赠总裁读书会俱乐部会员礼券1万元和成报画院书法家作品一幅；二等奖10名，奖金300元，获赠总裁读书会俱乐部会员礼券5000元和派客充电器一个或硕美科高档耳机一个；三等奖30名，奖品为派客充电器一个或硕美科高档耳机一个，获赠总裁读书会俱乐部会员礼券1000元；优秀奖50名，获得“鱼吻莲”普洱茶一饼，获赠总裁读书会俱乐部沙龙活动礼券200元。

7．所有来稿将会通过成报网 www.singpao.com 和遛脑微信公共平台上发布，群众可参与点评，点评结果可供大赛专家评审委员会为参考依据；

8．所有来稿要求电子版，电子邮箱为：cbwhzg@126.com 或者 huangshandream@163.com，请注明“征文”字样；

9．为公平起见，杜绝暗箱操作之嫌，评审委员会成员和成报员工及其家属作品不列为大赛评奖范畴。

10. 截稿时间：4月26日至12月25日

“香港成报杯总裁读书会首届读书有礼大奖赛”组委会

2014年4月25日